絞首台の謎

ジョン・ディクスン・カー

クラブのラウンジに置かれた精巧な絞首台の模型。この不気味な贈り物に端を発して、霧深いロンドンに奇怪な事件が続発する。喉をかき切られた死者を運転席に乗せて街中を疾駆するリムジン、伝説の絞首刑吏〈ジャック・ケッチ〉を名乗る人物からの殺人予告、霧の中で目撃された巨大な絞首台の影、そして地図にない幻の〈破滅《ルイネーション》街〉──悪夢の如き一連の怪事件にパリの予審判事アンリ・バンコランが挑む。全篇に横溢する怪奇な雰囲気と鮮烈な幕切れが忘れがたい余韻を残す、バンコラン・シリーズ第二作。

登場人物

ジェフ・マール　絞首台の模型に始まり落とし戸に終わる「悪夢の鬼ごっこ」に付き合う

サー・ジョン・ランダーヴォーン　元・ロンドン警視庁の人狩り稼業。バンコラン相手の賭けに負けた

バンコラン　パリ警視庁《シュルテ》の魔王。ロンドンの只中で消えた街の消えた部屋を尋ね当て、人身御《ご》供《くう》つきの絞首台を発見

ニザーム・エル・ムルク　古代エジプトの呪いと英国人の幽霊をしょいこむ

ダリングズ　悩める若者。謎の女性と出会い、霧の中で絞首台の影絵を目撃

リチャード・スマイル　ニザームのお抱え運転手。運転席で首を切られ、ドライブを満喫

タルボット警部　起きたとは言い切れない犯行現場探しでロンドン市内を渉《しょう》猟《りょう》

グラフィン　ニザームの酔いどれ秘書。転がるうちに苔ならぬ甘い汁にまみれた石

シャロン・グレイ　妙齢の英国美人。災難やジェフと好相性
ピルグリム医師　好事家。歴史上の犯罪を得意とし、そそられる推理を提唱
コレット・ラヴェルヌ　蠱《こ》惑《わく》的なフランス魔女。いろんな繋がりでニザーム
とは切っても切れない仲
ジョワイエ　ニザームのフランス人従僕。血の気が多い
テディ　ブリムストーン・クラブのキャリバン（シェイクスピア『テンペスト』の登場人物）
セルデン　小間使い。すっかり震え上がった可愛い子ちゃん

絞首台の謎

ジョン・ディクスン・カー
和爾桃子 訳

創元推理文庫

THE LOST GALLOWS

by

John Dickson Carr

1931

目次

絞首台の謎

「ジャック・ケッチ：おとぎ話でおなじみの小鬼。パンチとジュディの人形劇にも昔から顔を出している。絞首刑を行う処刑役人で、通常は絞首役人一般をさす。初代ジャック・ケッチは十七世紀後半にタイバーン処刑場勤務であった……」

――『好事家向け伝承』より

1　首吊り縄の影

目の前に、ティーカップなどにまじって絞首台の小さいが完璧な模型が出ている。黒塗りの杉材、高させいぜい八インチ。十三階段を上がると絞首台で、極小の蝶番《ちょうつがい》と紐一本で閉じた落とし戸が仕掛けられている。梁桁《はりげた》には撚糸《よりいと》の小さな輪縄が垂れていた。

午後遅くの黄色い照明を浴びた「それ」は、白いクロスにティーカップやサンドイッチの皿が並ぶ卓上にひときわ不吉な存在感を放っていた。席に面した出窓の向こうで陰鬱な霧がペルメル街の街灯を絞め殺さんばかりに取りまいている。黄がかった茶色の濃霧が渦巻いて街灯をすべてぼやけさせていく。窓は車のくぐもった轟音に揺れ、バスのつんざく警笛を通すかたわら、この不快なおもちゃを検分するバンコランとサー・ジョン・ランダーヴォーンの顔をガラスに映し出だしていた。

人狩り稼業のこのふたりは、対照的だった。

サー・ジョンの厳しい顔は血色が悪かった。狭く高い額《ひたい》に銀髪はみごとだが、ぎすぎすした黒い眉が、細い鼻筋にかかる金縁《きんぶち》眼鏡の堅苦しい目をよけい悪目立ちさせている。白くなった口ひげや短いあごひげをなでる時に、おもむろにまぶたを動かす癖がある。そうしながらも一心不乱にそのミニチュア絞首台を調べていた。向かいのバンコランは葉巻の煙ごしに相手を眺めやる。サー・ジョン・ランダーヴォーンは、元ロンドン警視庁副総監だった。

さしむかいのフランス人は、ものうい長身の魔王《メフィスト》——ひょいと片眉上げた魔王だ。黒髪をまんなかで分け、巻角《まきづの》の形に両端をねじってまとめている。鼻孔の両脇から細いしわが小さな口ひげをかすめて黒い山羊ひげに届き、途中の口角に笑みをちらつかせる。高い頬骨、測りがたい目。明晰《めいせき》でいて陰鬱、飄々《ひょうひょう》と苛烈な顔。けだるく葉巻を構えた手にいくつも光る指輪。彼こそはムッシュウ・アンリ・バンコラン。セーヌ河畔のパリ警察を束ねる予審判事、欧州きっての剣呑《けんのん》な男だ。

時は十一月十六日の午後五時半だった。ところはロンドン、ブリムストーン・クラブのラウンジ。われわれはその模型を皮切りに、名だたる幻の街に立つ幻の絞首台の殺人事件に遭遇したわけだが、かくて幕はあがった。

そもそもパリからバンコランと私が出てきたのは、ヘイマーケット劇場の「銀の仮面」初日のためだった。ご記憶かもしれないがエデュアール・ヴォートレル作のこの戯曲は、それに先立つ四月のサリニー事件解決のおぞましい決め手となった曰《いわ》くつきだ。ふたりとも宿をブリムストーン・クラブに決め、そちらに住まうサー・ジョンとはロンドン到着しだい会う手はずをつけた。バンコランとはとりわけ古なじみで、天与の組織編成力をスコットランド・ヤードで縦横にふるい、大戦前はオノラブル・ロナルド・デヴィシャム総監の懐刀《ふところがたな》だった人だ。たまにパリのバンコランに会いにきたので、私とも面識はある。やや猫背の長身に四角四面な身のこなし、チェス盤の難局に向かうような思い詰めた雰囲気――古い小説なら、「謎を秘めた」と形容されるタイプだ。バンコランによれば大戦で息子に死なれて立ち直れなかったのだという。で、一九一九年の勇退からは世捨て人同然にハンプシャーへ隠棲していたのが、その前年にロンドンへ出てきて部屋を借りたのだと。

サー・ジョンはその午後、ヴィクトリア駅に出迎えてくれた。列車がせきこみながら薄暗い駅舎に入ると、すすぼけた霧の停車場に立つ姿がまっさきに目に入った。戸惑うほど陽気に迎えられながらも、本音は三人ともそんな気分になれなかった。今回の用も用だが、どんよりした寒中に荒れすさぶドーヴァーを渡ったせいで滅入っている。やっとのことでブリムストーン・クラブに落ち着くや、自然と犯罪談義になった。

お茶をとったラウンジは出窓つきで、茶色い板壁にクラブの沿革にちなんだ悪趣味な浮き彫りがあしらわれていた。特大の石の暖炉に火が入り、醜怪なガーゴイルをかたどった暖炉飾りの上でド・シュエリフ描くクラブ創設者の肖像が、心なしかわれわれの話を楽しく聞いてでもいるようだ。摂政時代に掃いて捨てるほどいたジョージのうちでも、サー・ジョージ・ファルコナーは賭博、酒、馬道楽、決闘で名うての御仁《ごじん》だった。立ち姿は冴えた深緑の上着に当時流行のボー・ブランメル風クラヴァット、茶褐色のぴっちりしたズボン。髪を巻き、琥珀《こはく》ランプの灯をすかして不遜《ふそん》な目を向ける。はるかな壁面の高みから見くだす先にサー・ジョン・ランダーヴォーンの背中があり、背中の主は椅子にゆったりと寛いで、お茶のテーブルごしにバンコランと相対していた。

サー・ジョンはいささかためらいがちに眉をひそめ、とつとつと話した。

「なあ、バンコラン。大陸の犯罪は芝居がかっていて常に意表をつかれるよ。君の事件録にはずっと目を通しているんだが、肝《きも》を潰すようなのもあった。おぞましいまでの想像力――悪魔のしわざだ」

きちんと眼鏡をかけなおし、あやふやな顔で自分のティーカップを見る。

「ガリア的犯罪者、とでもいうか。そう、たぶんそれだ。蠍《さそり》や、女の髪で綯《な》った縄や、鋼鉄の処女もどきに鉄のとげを植えつけたゆりかごを凶器にするような――」

ずっと頬杖ついて、渦巻く霧を眺めていたバンコランがそちらへ向いた。

「ガリア的犯罪者、と言うと？」

「うーん……感情先行型かな。おおむね、気分に左右される連中だ」

バンコランは相手の背後の暖炉に目を据え、うっすらと笑顔になった。

「『感情先行型』」と、繰り返す。「と言って思い描くのは、さしずめ血相変えたフランス男が激情のままに短剣をつかんで情婦を刺す図だろう。そんなものはね、サー・ジョン、直情径行型のしわざだよ。直情径行なアングロサクソン的だな、後先なく情婦を刺しておいて、女が本にはさんでおいた押し花に後から涙するような。君たちアングロサクソン民族には、およそ前後の見境《みさかい》というものがないのだよ。思い立ったら猪突猛進、殺意を催せば問答無用で急所をずぶり——ガリア民族とはおよそ相容れないね。いやしくも命のやりとりを、八百屋の店頭ばりの軽々しさですませてしまうなど」

サー・ジョンは「ふむ」などとお茶を濁し、さしむかいにいぶかしむ目を投げた。

バンコランは語る。「そこへいくと、ガリア的犯罪者はひねった趣向に目がない。隠し通路から入れるなら、間違っても表玄関へは行かないよ。しかも冷酷非情にそつなく、殺すとなればきっちり辻褄《つじつま》を合わせてくる。ここぞの見せ場はケレンをきかせた流麗な手さばきで——それこそが冷えた心根の証左だね。真情の発露は脈略もなにもないのが常だ。本気で惚れた女を前にすれば、へどもどするのが関の山だろう。大仰《おおぎょう》に凝った恋愛詩なんぞ書くのは、すれっからしのドン・ファンぐらいなものさ。

だからといって英仏国民性の差異うんぬんの話ではむろんないよ。国籍がどうあれ、犯罪者の気質には二種類あるというだけで。ただし、断然楽しいのは後者だね——」

「ずっと観察してきたが、君にもそんな気質があるな」サー・ジョンがさらりと言った。

「——犯罪の超人を生み出す気質だからな」重いまぶたの奥で、バンコランがやけに目を光らせる。「先を見通せないほど狂った頭脳《あたま》は、突拍子もない考えをいつまでも堂々巡りする。そこをもって狂気というゆえんさ、なにしろ、ひたすらそれに明け暮れるのだから。知る限りでとりわけ不可解な事件というと、こういうのがあったな……」

しばらく口を閉ざしたあとで続けた。

「数年前か、夜明けのブーローニュの森でパリ警察が見つけた男の死体は、金の衣にサンダルで四千年前の古代エジプト貴族に扮《ふん》していた。頭を撃ち抜かれてね。そうとも、奇怪な殺人だった。あげく、さる英国人がサンテ監獄の独房で首を吊ったよ、シーツをひもに仕立てて——」

青白いサー・ジョンの頰に血がのぼった。座ったままで妙にこわばっている。

「教えてくれんか。どういう風の吹き回しで、そんな話を思い出したんだ?」

「驚かせてしまったらしい。その事件をご存じか?」

「いやあ、実を言うと似たような話を思い浮かべていたんだ。別件だが、やはり首吊りがらみの……」

こわばりがほぐれ、椅子のアームをかるく叩いて眼鏡の奥でなにやら忖度《そんたく》していた。

バンコランが尋ねた。「どういった話かな?」

「まゆつばだよ」投げやりに答えた。「おおかた、ダリングズの酒が過ぎたんだろう。若い友人でね、最近になって妙な事件に巻き込まれたらしい。なんでも霧の中で迷っていたら、ある家の横手に縄をぶら下げた首吊り台の影絵を確かに見た、黒っぽい姿のジャック・ケッチが縄の調節に階段をあがっていったというんだ。ずいぶんな怪談をでっちあげたもので……。むっ! どうした?」

暗くなった窓を横目で一瞥《いちべつ》したバンコランが、はっと身構えたのだ。

「ああ、話の腰を折ってすまない。たった今、あの窓に幽霊が映った気がして」

サー・ジョンが窓を見た。

「君一流の詩的表現で、何を言いたいんだね?」と、まごつく。

「この部屋を出ていく姿が見えた——廊下のほうへ」

と、頭で示した薄暗い室内の向こうに、廊下への出口が光の長方形になっていた。今は人影がない。静まり返った室内に薪《まき》の燃える音と、遠いタクシーの警笛が響く。バンコランが腰を上げた。いささか緊張気味に背筋を伸ばして肩を張り、耳をすまして気配をとらえにかかっている。

「どうやら、入り際にわれわれを見て気を変えたらしい……。前に知っていた男だ。エジプト人で、ニザーム・エル・ムルクという。もしやご存じかな?」

「うーん、いや、たぶん。いや待てよ、だが……ああ! 聞き覚えはなんとなく」と、サー・ジョンがつぶやく。「滞在客のはずだが。だからって——物言いをつける筋合いはなかろう? 君のほうこそ、なぜそんな?」

腰をおろしたバンコランが肩をすくめた。

「ほんの気まぐれだよ」と、暖炉の火を睨《にら》んで物思いにふける。燃えさかる火にじっと見入る目と、険しい陰影を帯びた厳しく強靭な顔がくっきりと際立つ。いぶかしげなサー・ジョンだが、とくに言葉はかけない。かわりに私と通りいっぺんの世間話などするうちに、バンコランがまた口を開いた。

「なあ君、さっきのこぼれ話に出てきた幽霊にはいたく気をそそられたよ。絞首台の影絵とは! その友人とやらはどういう人かな?」

「ああ——そっちか? ダリングズという。大戦中に息子と親しかった。そういえば、今夜の劇場で顔を合わせるんじゃないかな」

「で、その顚末《てんまつ》は？」

サー・ジョンは「なんなんだ」という顔をしながらも、いちおうは教えてくれた。

「さあ、一部始終までは——謎の女に出会い、霧の中を送っていったとかなんとか。こちらも話半分でね、なにしろ相手は酔っぱらいだ。さてそれで、はたと気づけばタクシーもいなくなってひとり残され——」

「場所は？」

「そこなんだが——まったく不明なんだ。行先の指示は女が出し、ダリングズには聞きとれなかった。どうやら支払いも女がすませ、すぐ車を帰したらしい。おかげで、ダリングズが降りるのを手伝ってあいさつする間に車はいなくなり、女も姿をくらました。

なにぶんの濃霧だ、視界は一フィートを切る。ダリングズ流に言うと暗中模索の出たとこ勝負で、縁石につまずきながら道路を横断した。夜中の一時ごろで人通りは絶え、灯の気配もない。そんな徘徊《はいかい》中に煉瓦《れんが》の壁らしきものに激突、なけなしの理性が吹っ飛んだ。ぼうっとたたずむ前方に、長方形の黄色い光が大きく立ちはだかり、首吊り縄のさがった巨大な絞首台が霧にぼやけて浮き出たそうだ。やつがそう言うんだよ、まったく！　やがて何者かが絞首台の階段をあがっていった、両腕をだらりとさせて……」

サー・ジョンはここで間を置き、うそ寒い笑いを浮かべた。

「で、それから？」バンコランが食い下がる。

「どうもこうもない。消えたんだ。ダリングズは光のいたずらか何かだと思ったらしい。なにしろ気分が悪くて、調べるどころじゃなかったんだよ。やがてまたふらふら歩きだし、ようやく街灯を見つけて流しのタクシーの音がするまでそこにいた。ピカデリー街からさほど離れていないライダー街だったんだ。その前はいったいどこにいたのやら」

サー・ジョンは話を切り上げて自分のお茶を注いだ。ただし、こう言い添えて。

「興味があるならダリングズ本人に聞いてみたまえ。話す気は大ありだよ。いつもは——おしゃべりでもないのに。どうやら、そのご婦人によほど未練たらたらとみえる。ちなみにフランス女だったそうだ」

バンコランは葉巻に火をつけかけて動きを止め、まじまじと相手を見た。やがて笑い出して火をつけると、くつろいでさも面白そうに葉巻の先を眺めた。

「フランス女か！　なるほどね、霧に神経をやられたのだろう。話題を変えようか。たとえば、この霧そのものとか」また窓に向いた。「捨てがたい風情とは思わないか？」

「思わんね」サー・ジョンが応じる。

魔王は鼻白み、「友よ」と言いだした。「君こそ強壮剤、シャワー付き浴室。天降った煉瓦の山さながらの詩情に事欠かぬ。早い話が、私には有益だよ……。

だが、風情ならあるとも。トロールの岩穴、仮面舞踏会、波の下に沈んだ都の風情が！　ありきたりの事物も輪郭を不分明にすればありがたみを生じる——現役の神学定理だよ、サー・ジョン。さもなければ恐怖を生じる、不分明な立地ゆえにね。それこそが、その晩にダリングズ君の荒肝《あらぎも》をひしいだ正体だ。ペントンヴィル刑務所に絞首台があっても違和感はない。だが、自宅で夜半にふと目覚めて、軒先に絞首台を見つけようものなら……」

そこへサー・ジョンが横やりを入れ、「絞首台なら、この部屋にもあるぞ」

会話がとだえた。手近な椅子を睨んだサー・ジョンがやおら立ち、前かがみの肩に灯を受けて近寄っていく。座席に横倒しになっていた模型は、そんな次第でお目見えした。サー・ジョンの手で林立したティーセットの只中に据えられたが誰からも声はない。そぞろ不気味さを催す迫真のできばえだったのだ。さっさと人形の死刑囚をのぼらせろ、と声高な野次が飛んできそうなほどに。

バンコランが舌を鳴らしてうなずき、興味ひとしおで検分にかかった。英国のクラブのラウンジにおもちゃの絞首台を置く奇習があるとは寡聞にして知らなかった。いやはやどうして粋狂な趣向らしいと言外に匂わせながら。

「どこのふざけたやつが、こんな――!」息巻きかけたサー・ジョンがふと見れば、バンコランはものも言わずに指二本でひとしきり階段昇降に熱中したあげく、脇の針金を引いて模型の落とし戸をばたんと開けた。

サー・ジョンが腰をおろし、すごい剣幕で呼鈴を鳴らす。

「ヴィクター」あらわれたウェイターに、「これはだれがやった?」

「なにか落ち度でもございましたか?」

「いや、落ち度とまでは。だが、そこの椅子にそんなものを置いたのは、どこのどいつだ?」

ヴィクターは恐縮しきって小さくなった。すぐ目の前でブリキの兵隊なみに縮めば、あの小さな階段をあがらせるのにうってつけの人形になりそうだ。

「これは、とんだ不調法を！　その――」

「いい、いい。片づけてくれ」

「ああ――ちょっといいかな」バンコランが、額にしわを寄せて見上げた。「サー・ジョンさえ構わなければ、それは私が引き受けよう」

と、またしても模型に目を戻す。その申し出にヴィクターがぎょっとした。ピンで尻を刺されたように虚をつかれて、「えっ！」と口走るや、顔を上げたバンコランに言いつくろう。

「え……あ、はい。恐れ入ります。持ち主でしたらおよその心当たりがございます」

「ほう？」

「はい、たぶん。おそらくはあのエジプトの方――エル・ムルク様かと」

「エル・ムルクさんか」なにやら考えながら繰り返す。「その手の蒐集家なのか、それとも自分で作っているのか？」

「さあ、そちらはなんとも。ですが本日昼過ぎに、あの方あてに郵便小包が届きましたのは確かで……」

一拍置くと、興味津々《しんしん》でなりゆきを見ていたサー・ジョンの声がかかった。

「続けたまえ」

「灰皿の掃除中、あの方がこの部屋におられまして。見れば、箱を開けておいででした――ちょうど、〝あれ〟に釣り合う大きさの箱で――がさがさと荷ほどきなさる気配の途中で異変がございました。はっきり申し上げますと、怖がっておいでのような。開けてしまうとしばらく棒立ちになられて……。あの、こんなことを申し上げても、お客様のご内情に立ち入ってはおりませんでしょうか？」

ヴィクターは周囲をうかがい、サー・ジョンの様子に力を得たようだ。揺らいでいた黒い輪郭がしゃっきりした。

「こうおっしゃいました。『ヴィクター、この箱の模型を出して火にくべてしまえ』ただごとでないお顔で、どこかお悪いのかというほどでした。その後になにやら思い当たられたふうで、模型をお出しになって――見たわけではございませんが、あれではないかと――あちらの椅子にぽんと放られました。あとは包装紙と箱を暖炉にくべてあたふたと出ていかれました。そこまでは存じております」

「燃やさなかったのは？」バンコランがただした。

「そのつもりでおりましたが、灰皿掃除にまぎれてしまい、その、うっかりと――」

「なるほど。ところでもしや、あとで彼が戻ってきたかどうかを知らないか？」

「いえ、それはございません。そのあと外出なさるのをお見かけしまして、お戻りはついさきほどでした。手荷物係なら存じているかと……」

「もういいよ、ヴィクター。ご苦労だった」

ヴィクターが出ていくと、サー・ジョンが尋ねた。「今の質問だが、狙いはどこにあるんだ？　だって――どうせ知ったことではなかろう」

バンコランは答えなかった。テーブルに片肘を立てて頬杖ついたまま、あの不穏なおもちゃを身じろぎもせずに睨んでいる。暖炉の薪が大きくはぜた折も折、ロンドンの喧騒を圧してビッグベンの殷々《いんいん》たる鐘が午後六時を告げた。

2　死体と追っかけっこ

　さて、ブリムストーン・クラブはロンドンのウェストエンドきっての異色団体で、その悪評たるや随一だろう。ペルメルとセント・ジェイムジズ街交差点の東の角に建つ、うらぶれた灰色花崗岩《かこうがん》の出窓つき四階建ての建物だ。往年の世評を思えば、現状は一八九〇年代の水着でしなをつくる小娘なみに見られたざまではないが、いまだに（体面を重んじるやや石頭の層には）咳払いとともに非難がましい「ふん！」の一言で片づけられている。シルクハットと地獄《ヘル》の劫火《ファイア》クラブの残り香が界隈によほど根強いとみえる。

　サー・ジョージ・ファルコナーがこのクラブを創設したのは一七九八年だが、それでも化石化して久しい古参クラブには成金扱いされている。いわゆる摂政時代《リージェンシー》の一八一〇年代には派手な賭博や乱痴気騒ぎの巣窟《そうくつ》となり、続く一八三〇年以降の醜態は、ロマンス華やかなりし時代性に照らしても相当なものだった。廊下の厚い絨毯《じゅうたん》を踏んで、ずらりとかかった大きな肖像画を見ていくとどうも実感しづらいが、なにくわぬ顔で凝った頬ひげなど立ててすましこんだ面面は当時、元気を持て余した若造どもだった。上等な畝織《うねおり》ズボンでレスター広場の牡蠣《かき》屋へぞろぞろしけこむかと思えば、行きがかりでピストルの決闘をやらかして膝に弾を食らい、やたら派手派手しい照明の下でカードテーブルを囲んでは妻の持参金までこともなげに突っ込んだかもしれない。赤ビロード張りに金ピカの鏡をふんだんにあしらった個室には、かさばるスカートをはいた女どもと、そこはかとない馬臭さがつきものだった。華奢《きゃしゃ》なレディたちは閉じこめられると都合よく気絶する習性を持ち（そのほうがよろず手間どらない）、存分に抵抗しても手遅れという時まで目を覚まさなかったものだ。

一八八〇年代後半にそんな狂乱の極みに達し、美女キティ・ダーキンスが最上階の一室から身を投げ、同じ部屋で若いライル卿がピストルで頭を撃ちぬいた――確証はなかったものの、皆には情死と受け取られたようである。その方面の見識なら、ライルの友人たち（コンプストンとかマーチといった連中）のほうが上だった。曰《いわ》く、自分の血で門前を汚すほど趣味の悪い女に当たったら、験《げん》直しに数杯ひっかけて他へ行こうぜと。とはいえキティ・ダーキンスが犯したのは天をも恐れぬ自殺の大罪である。おかげでまともな紳士は以後、ブリムストーン・クラブに寄りつかなくなった。らちもない世評数ある中に、情事にふけった隠し部屋への入り方はライルがあの世へ持っていってしまったという説もある。いずれも世間の耳目をそばだてはしたものの、雲をつかむような話ばかりだった。

ひとまずクラブが静かになったといっても、その静けさは過去のどんな亡霊より禍々《まがまが》しく不健全だった。見掛け倒しの騎士道は紙風船のように潰《つい》え、廊下でファルコナーの霊がピストルの撃鉄を上げる音（往時は確かに聞こえたとか）を聞く者はもういない。だが心なしか、悲運と切っても切れないあのクラブには、打つ買うの道楽を通行手形に英国国教会の地獄へ行ったファルコナーの笑いがいまだに尾を引いている。ブリムストーン・クラブに憑《つ》いた幽霊、それは現会員たちだ。

会員資格は男であれば国籍、人物は不問。いかなる入会審査もなし、ロンドンのどんなクラブと比べても法外な会費を支払う意思以外の資格はない。いきおい世界じゅうから、金がとりえの根なし草どもがブリムストーン・クラブに集まる。この三十年ほどは流れ者の吹きだまりと化していた。

実態はホテルと変わらず、空室はたいていいつもある。ふらっとやってくるのは英・仏・独・露・西・伊といった顔ぶれ。軍人、質屋漬けの零落貴族、追放者、職業賭博師、遠い地を探し求める者ら。倦《う》み疲れ、あてどない風来坊の呪われた連中。世をすねた不景気面《づら》に、やたら落ち着きのない目。せいぜい数泊で消えないほうが珍しい。ある晩のバーで口もきかずにグラスに見入っているかと思えば、翌日にはもういなくなる。彼らは誰も知らない秘密の抜け道から東洋の絨毯の如く複雑怪奇で多彩な世界を通って姿をくらますのだ。恒星なみの磁力を発しながら、いかにも快活に。それなのに、いつも数ヶ月か数年後には尾羽打ち枯らして舞い戻ってくる。するとバー支配人のマーティンはお好みのカクテルを黙ってこしらえ、クラブ創設から毎晩そうしてきましたという顔で出すのだった。

どの部屋にももれなく破滅の憂愁がまといつくのは、思うにそのせいもあるだろう。薄暗い照明や物音を消す厚い絨毯といった、自殺を匂わせる贅沢な内装が醸《かも》し出す悲哀の大きさに誰しも言葉を失う。底冷えする夜霧にこぼれる窓の灯も、癒《いや》しには見えまい。かわりに連想するものといえば、世界じゅうの霧深い港でおなじみの、汽船の灯がゆっくり出港する合図の霧笛――あのしゃがれた物悲しい叫びだ。コウルリッジの異香ただようザナドゥの都、不吉な宮居の屋根に異形《いぎょう》の幽霊どもが巣くう異郷に通じるものがある。万が一にも絞首台の模型がいずれロンドンのクラブで発見されるとすれば、ここそうってつけだ……。

さもなければその午後に、あの模型の見納めで兆した感慨だろうか。バンコランは不機嫌のたがが外れ、頭を振ってラウンジじゅうをのし歩くので、サー・ジョンに晩餐のための着替えを促された時には誰もがほっとした。バンコランはマントルピース脇のキャビネットにあの模型をしまい、物思いを自ら封印するように、おもむろにカチッと閉めた。

あとはその件を蒸し返したりせず、六時ちょっと過ぎに三人でラウンジを出た。サー・ジョンの続き部屋《スイート》は一階奥、バンコランは二階、私は四階だ。ラウンジからロビーを通って、またもやホテル仕様の裏手のエレベーターで移動する。壁面にタペストリーを連ね、暗鬱な丸天井に仄《ほの》白い壁灯のロビーには人影がなかった。足音がこだまし、霧の小渦がロビーのそこかしこでわだかまる。

バンコランは二階でエレベーターを降り、私ひとりで四階へあがった。憂鬱な気分にかまけていたせいで、エレベーターの作動音がするまで周囲に目がいかなかった。最上階には電気が来ていない。黒ずんだメッキのガス灯が、薄暗い大廊下のゴシックアーチ天井を照らしている。階下にもましてしんと冷え込み、吐く息が白くなる。ところで、私の部屋のドア番号は二十一だった。奥のご大層な客室を除けばこの階唯一のスイートだ。その奥の客室の暗いアーチ入口が廊下の行き止まりになんとなく見えていたのに、なにぶん陰鬱なあの一件を頭の中で最後までなぞるうちに、うっかり行き過ぎてそっちへ出てしまった。

その瞬間、ぶつかった。暗がりで誰かの肩に当たったのだ。

向こうが呑んだ息が喉にひっかかって幽鬼じみた音になった。私が「誰だ?」と大声をあげる。立ちすくんで互いを探りにかかる異様な刹那《せつな》、ぜいぜいと苦しげな相手の呼吸が聞こえた。やがて脇を押し通られたので、そのあとについて照明のある廊下へ出ていく。

やせた小男で、花柄の絹の部屋着だった。褐色の肌に鉤鼻《かぎばな》、濃い黒髪をぼさぼさに乱している。なにより驚いたのは異様な目だった。黄色っぽい目に獣じみた光を宿し、瞳が白眼の只中に浮くほどどみはって睨みつけている。息遣いはひどく荒いのに、目だけは蠟《ろう》人形のように動かない。そうしてじっと見合っていると、催眠術のようにますます目が大きくなっていく気がした。

口をきかれてさらに驚いた。まさか、この唇が動くなんて。

「貴様か、こんな縁起でもないものを机に載せたのは?」

ぬっと片手を突き出すように拳を開いた。中身は一インチ足らずのちっぽけな木の人形だ。どうやら男の人形で、帽子のようなものをかぶった首が一方にねじれている。

黙ってその人形を見ていると、相手はいぜん鼻息を荒らげている。褐色の掌《てのひら》に載るほどちっぽけな黒い人形に、ひどく含むところがあるらしい。言葉のなまりを抜きにしても、ぶつかった相手がニザーム・エル・ムルクなのはすぐわかった。で、こんなふうに応じた……。

「いえ。失礼……この階の宿泊客です。うっかり見当違いなほうへ出てしまって……」褐色の拳が閉じた。視線を上げると、向こうはまだ目をむいてつくづく見ている。「誰かが部屋に入ってきて——」と言いかけた。

後の言葉は引っこめて小さな人形を部屋着のポケットにしまい、きびすを返してアーチ入口に消える。私のほうはあわてて自室へ引き返した。

こちらの寝室では暖炉の火が景気よく燃えていた。無類によく気のつく召使トマスが、隣室で着替えを揃えにかかっているようだ。あんな妄想、どれもこれもばかばかしい。それでも風呂と着替えがすむまではそのことが頭を離れず、さて降りていこうかというころには七時ぴったりになっていた……。

出がけの廊下にニザーム・エル・ムルクがいた。エレベーターへ向かう途中で、こちらの部屋の前でまたしても鉢合わせしそうになる。ぎょっとするほど感じが変わり、おそらくはやつが恐れるものに負けじと凄みをきかせていた先刻の形相はどこへやらだ。うって変わって快活を装い——ドレスコートとシルクハットでいっぱしのダンディ気取りだった。ステッキを剣に見立ててさりげなくエレベーターのボタンをひと突きする手は、見ればしみひとつない白手袋だ。のんびりした褐色の顔、間抜けと紙一重の茫洋《ぼうよう》たる目つき。エレベーターのシャフトを機嫌よく眺め、ミュージカルの歌めいたものを口ずさんでいる。

いきなりこちらへ向くと、聞きとりにくい小声の英語で話しかけてきた。

「その……あの騒ぎ、どうぞお許しを」——アーチのほうを手で示し——「あの奥で、ね？

あれ」――目を上げてにこやかに――「本気じゃない。おわかりですね？」

「それはもう。こちらも不調法をいたしまして」

「いやいやいや、そんな！」片手で制して、「困ります、それ。あと、くれぐれも他言無用に――ね？」

またしても目をむいて、さっきの凄みの片鱗をのぞかせる。くだりエレベーター内の姿見で白い蝶ネクタイを直すと機嫌も直り、鼻歌など始めた。そしてロビーでちょっと煙草をつけに止まってくれたのをしおに、こちらはさりげなくラウンジへ。バンコランやサー・ジョンは見当たらなかったので窓辺の席で待つことにした。

いくぶん視界が晴れ、茶がかった狭霧《さぎり》を分けてクラブの灯が舗道に照り返す。路肩には、奇抜な緑の長いミネルヴァ・リムジンがぼうっと浮かんでいた。エル・ムルクがステッキで石段の手すりを鳴らしてのんびり降りていく。黒人らしき大男の運転手が鄭重《ていちょう》にドアを開け、勢いよく閉めて発進し、ほどなく路上の流れにテールライトを溶けこませた。

バンコランとサー・ジョンのお出ましはかれこれ三十分後だった。午後の話はとくに出なかったので、私も四階のひとこまを持ち出さなかった。カクテルに寄った館内バーは赤いカーテンに鉢形《はちなり》の丸笠灯をあしらった落ち着く内装で、マントルピースに飾られた磁器の大猿が横目を遣《つか》う。夕食だが、混雑が大嫌いなサー・ジョンはクラブ内を希望し、私はヘイマーケット劇場附属のペルメル・レストランで幕間《まくあい》にすませようと提案した。しかしながらバンコランが推したのは、オクスフォード街のフラスカティだった。

フラスカティの店内は金銀ずくめだ。はやっている。銀器のぶつかる音。コルク抜栓《ばっせん》の音、照明の下では楽団の生演奏。卓上コンロつき保温皿には湯気と青い炎がゆらめいて皿覆いをかすかに鳴らし、神出鬼没なウェイターたち、黄金にきらめくワイン。サー・ジョンは暗い部屋から出たばかりみたいにまぶしそうにしていた。血色の悪い頬にゆっくりと酒がのぼり、ばつが悪そうに片目をひくつかせる。あげく、食後のコーヒーとコニャックが出され、三人ともすっかり温まったころには含み笑いが始まった。内緒めかして身を乗り出し、まったくオチのないジョークをたてつづけに繰り出すのだ。切れ目ごとに含み笑いをもらしてはそり返り、いたずらっぽい目つきで悦に入りながら、「な?」と駄目押しする。

劇場へタクシーを走らせるころには、あの芝居がいっそ待ち遠しいほどだった。その晩のロンドンはすべてが湿っぽい霧の中で、タクシーが金切り声をあげ、ピカデリー周辺の電飾が空にしみをつけていた。ところがヘイマーケットにさしかかるや、なじみの焦茶の壁があらわれる。重い足取りの群衆、濡れた舗道の照り返し――エンジンの喧騒をついて交通整理の甲高いホイッスル、だぶだぶの雨合羽の袖を振る巡査――霧に包まれただけで、このすべてに連帯感めいたつながりができる。そして劇場に入り、照明が落ちてあの青ざめた擬《まが》い物の恐怖の世界、ヴォートレルの芝居の幕が開くと、あの時の真昼の悪魔が蘇った……。

第一幕がすみ、やれやれと一服に出る。満席につき三人ともばらばらの席だった。見れば、サー・ジョンがロビーに来合わせた人物をバンコランに紹介している。サー・ジョンがこちらを向いた。

「――それから、こちらはマールさん。マールさん、ダリングズ君だ」

相手は若いが活気に乏しく、力のない握手は死人もかくやだった。焦点の合わない目をなんとなく人の肩先へ向けて、「お目にかかれまして!」などともごもご言い、気抜けした薄笑いを浮かべて自分の爪を眺める。いささか肉がつきだした血色の悪い美丈夫《びじょうぶ》で、オックスフォードを出て数年ぐらいか。会話の間がもたなくなりそうだ。

ちょっと間があいたところへ、横合いから助け舟が入った。「ダリングズさん、この芝居はいかがですかな?」

「あ?」ダリングズがちょっと夢からさめたように訊き返した。「あ!」と、了解のしるしに同じセリフを使い、またぞろ変な薄笑いをする。「さあ、まだなんとも。実はいま来たので、ずいぶん遅れを取ったようです。あなたは?」

間がもたないという見極めは、ここでついた。またしても沈黙。一杯どうかと誰かが言いだした。ダリングズも次第に硬さが取れ、挙動に生気が兆す。第二幕までにはだいぶ気を許すようにはなったものの、区切りのない話し方から一語一語を拾うのは、しんがかなりくたびれる。いちどハイデルベルクで似た目に遭わされたことがある。私にドイツ語が通じると信じこんださるドイツ人に引き留められ、さっぱり意味不明な講釈を四十五分間も熱く語られた上に、ちょいちょい間を置いて反応を求められたのだ。だからこっちも訳知り顔で、「うんうん《ヤー・ヤー》」とうなずきに徹し、ほどよく間を置いて「駅《バーンホーフ》へ」と言い訳がましくつぶやいたものだ。――ついにサー・ジョンがこう尋ねた。

「ときにジョージ。せんだっての怪事件の話は覚えているか？　絞首台かなにかの影を見たそうだが？」

「絞首台？」ダリングズは額にしわをよせて聞き返した。「ああ、あれですか？　それはもう！」

サー・ジョンはどうやらバンコランに釘をさされていたらしい。曖昧《あいまい》にお茶を濁してブリムストーン・クラブの模型騒ぎをほのめかすにとどめ、芝居後にクラブで一杯やらないかと誘った。なぜだかサー・ジョンにあらためて絞首台目撃談を要請されたのが意外だったらしいが、ともかくもダリングズは快諾した。

「ところでダリングズさん」バンコランがものうげに口をはさんだ。「もしやエル・ムルクという男をご存じでは？　たしか、ニザーム・エル・ムルクという名のはずです」

こんどこそダリングズは本気で驚いたらしかった。豊かな黒髪をつるりとなでて目を白黒させ、しどろもどろに、「え、まあ、そういえばなんだか聞き覚えが――」途中で口をつぐんでバンコランに疑いの目を向ける。

折しも第二幕が始まり、私は相当なもやもやを抱えて席へ戻った。バンコランは涼しい顔だ。あとは終演まで話すひまがなかった。観客は不気味な舞台にすっかり当てられ、一様にふさいだ顔でぼつぼつ出てくる。ダリングズと合流し、無言で通りへ。寒気に冴えた街灯に、紫煙もどきの薄霧がかかる。路上には派手な警笛のタクシーが群れをなしているというのに、ステッキを上げるより早く先を越され、次から次へと取られてしまう。四人で空車を探し歩くうちに、とうとうピカデリー・サーカス付近へ出てしまった。

「もういい、歩こう」サー・ジョンがしびれを切らした。「霧もあらかた晴れた。そこを折れたまえ、大した距離じゃない」

ジャーミン街のピカデリー寄りの角だった。あまり交通量がないので、脇見しながらでも行ける。巡査に車を止めさせて道路を横断する連れについていこうとした矢先、ぼやけた電飾に照らされたサー・ジョンがこっちを向いた。ステッキを振りたてて大声を発する。

「あぶない、気をつけろ！」

その大音声《だいおんじょう》に脳天を貫かれて振り向き、転びそうな勢いで飛びのいた。通行停止中なのに——巡査の制止にお構いなく一台だけが走ってくる。ぬっと音もなくジャーミン街から出てきたやつだ。濃い霧にゆがみ、恐ろしい命でも得たようにライトをぎらつかせて、向き直る私に襲いかかる。巡査が大声をあげてホイッスルを高く鳴らす。緑の大型リムジンはやがて、すぐ脇をかすめてヘイマーケットへ向かった。

だが、私が吐きそうなほど恐怖にふるえて立ちすくんだのは、そのためではなかった。車がうなりを上げてかすめた刹那に運転手の顔を見たせいだ。

運転手は死んでいた。

一瞬の構図なのに、おぞましいほど鮮明だった。くすんだ霧ごしに、ぬっと顔を突きつけられたみたいに。お仕着せの大柄な黒人が、灰色になった黒い顔を右肩へがっくりと倒し、白眼をむいて下あごを垂らしている。耳から耳まで喉をかき切られて……。それでもリムジンは止まらず、ヘイマーケットへ向かう。エル・ムルクの車だ。我に返れば帽子をぬかるみに落としてジャーミン街の路上に棒立ちになり、自分とは思えないような声で悪態をついていた。

バンコランがそばにきた。やはりあれを見ており、即座に行動した。背後の車列にいた空車を拾い、駆けつける巡査を出し抜いてわれわれを乗せたのだ。

「さ、みんな乗れ！」声を張り上げた。「名を拝借するぞ、サー・ジョン。ロンドン警視庁だ」と、運転手に向かい、「前方の緑のリムジンを追え――あれだ。わかるか？」

あわてて乗りこんだ私は、勢い余ってサー・ジョンの膝に倒れかかった。隅に詰めこまれたダリングズは驚いて息もできない。マフラーが顔にかぶさり、息苦しげにぼそぼそ訴える。

「あの！　これは、ちょっと！――」

頭でっかちの大型タクシーはぶるんと気合一声、派手なギアを合図に発進するや、車窓で拳を振りたてて怒る巡査を振り切った。ヘイマーケットへ入ると、洞窟なみに暗い車内から、にじむ光に流れる建物の一部が見えた。

「これ以上は出ませんよ！」運転手がバンコランにどなり返し、車をさらにうならせる。対向車の小型オースチンを衝突寸前でかろうじて回避、走行中の戦車なみに揺すぶられはしたものの、前方の緑のミネルヴァだけは見失わなかった。その時だった、この追跡劇の狂気をこれでもかというほど実感したのは。ロンドン一周ドライブを満喫中の死人を追うなんて、狂った茶番にもほどがある。とうに死んだ相手に追いすがるためにばんばん飛ばすなんて。ダリングズとサー・ジョンが口を開きかけたものの、窓から乗り出しにかかったバンコランの、有無を言わさぬ手ぶりで黙らされてしまった。

運転手はあいかわらずバンコランに大声で、「霧が深すぎますよ、お役所のだんな！」とこぼす。「あれだ！　ペルメル街へ折れやがった……」

車体が濃霧をくぐる。右折した目の前にペルメルの街灯が整列した。まっすぐで平坦、ほかに車がいないとあって、ぽつんと霧ににじんだミネルヴァの赤いテールランプがはっきり追える。

車はウォータールー・プレイスを駆け抜け、死人ならではの恐るべき運転で交通法規一切を蹂躙《じゅうりん》した。勇み立つ死体が、腕によりをかけてこのレースに熱中するさまが目に浮かぶ。潮の引きかけたロンドンの夜をついて、ビッグベンが十二時を打った。カールトン・クラブを過ぎても車は速度を上げるいっぽうだ！　そこへ対向車のヘッドライトが視界をふさぐ。ぞっとするほど間一髪で避けると、車体が横滑りして相手の泥除《よ》けをふっとばし、悪態を浴びながら突き進む。通りの向かいで巡査のホイッスルが甲高く鳴り響いた……。

リムジンの速度がやや落ち、バンコランは拳を握りしめる。リムジンはセント・ジェイムジズ街の手前でいきなり右折した。サー・ジョンが妙な声を出す。

「やつは――ブリムストーン・クラブへ行くぞ」

追いかけて右折すると、ミネルヴァはゆっくり止まった。輪郭おぼろな車体の右側面が、クラブの玄関灯を受けて緑に光る。追っ手のわれわれは二、三フィートほどあけて止めた。死人はひっそりとねぐらへ舞い戻ったのだ。

てんでにタクシーを飛び出せば、ドアマンがしっかりとした足取りでクラブの石段を降りてくるところで、背後の灯りでその姿がぼんやりとした影となって浮かびあがった。私の心臓は早鐘を打ち、ほかの者もひとしく狂気の存在を察していたのだろう、誰ひとり動かなかった。ドアマンはリムジンの後部ドアをあけて待っている。降り立つ者はなかった。

ロンドンの喧騒を後にして、恐ろしい静寂の瞬間が訪れた。その揺れる薄闇を透かして、ドアマンはリムジンの後部座席をのぞきこんだ。怪訝《けげん》そうにしている。まだ誰も出てこない。やれやれとかぶりを振り、運転席へ話しに行った。

瞬時にバンコランが一団を抜け、渦巻く霧を長身にまとって、たしかな足取りで車の正面へ向かった……。やがてドアマンが身の毛もよだつ悲鳴を上げ、火傷したように飛びのいた。計器灯の光が、かがみこんだバンコランのシルクハットをかぶった鋭い横顔を照らす。長い腕で力任せにドアを開ける。と、大きな人影が車からこぼれ出て、足元の舗道へどさりと倒れこむ。光を受けてじっと見おろすバンコランの顔はこわばり、悪魔の仮面と化していた。

3 破滅街《ルイネーション》

私は一同の顔を見渡した。サー・ジョンは放心した目で運転手に紙幣を突きつけている。運転手も驚いて、代金そっちのけで車から身を乗り出していた。ダリングズは不景気なうらなり顔できょろきょろしている。一瞬後、全員が先を争って死体へ駆け寄った。

大きな黒人運転手はぶざまに顔から倒れた拍子に帽子がずれて縮れ頭をさらし、背筋をそらして膝を曲げていた。座り姿勢の死後硬直で、バンコランに跪拝《きはい》しているかっこうだ。深緑のお仕着せに霧がまといつき、大きな甲虫《こうちゅう》の背中を思わせる。車内も踏み段も血の海で、まだ乾いていない血が側溝に垂れていた。ダリングズはうっかり車のドアに手をかけ、あわてて飛びのくや、蠅取り紙にでも触ったように手をこすりあわせた。

腹が立つほど平静なバンコランの声がした。「サー・ジョン、ここの所轄は？　ヴァイン署？……結構。ドアマン、すぐ電話しに行け。できれば署付き警部をつかまえるのだ。すぐ人をよこすように言いたまえ」

「死んでるな、当然だが」サー・ジョンが静かに言った。

「死後かなりたつな」バンコランが応じ、ステッキで死体をつついた。やおら深呼吸し、死体の脇に膝をつく。

ダリングズがはっとして大声を出す。「だけど、おい！——こいつ運転してたぞ！——」

バンコランが立った。外から車内の前後をのぞいてうなずく。

「そのようだ。すべて実に手際よくやっている。イグニッションを切り」——さらにのぞきこんで——「ハンドブレーキもかけたらしい——手は触れないほうがいいな。後部座席は無人だ」

「待て」サー・ジョンがドアマンに声をかけた。「ちょっと待て。ヴァイン署へは私がかけよう。タルボットがこの管区の警部だ。気心の知れた元部下で、すぐ来てくれる——車の持ち主は誰なんだ？」

「よく知られたリムジンだよ、欧州のほうがおなじみかな。ニザーム・エル・ムルクの車だ。さ、手を貸してくれ、こいつを中へ運びこんでやらねば。このまま放置して野次馬を呼び寄せるわけにもいくまい。ドアマン、両肩を持ちたまえ。それと君」——と、タクシーの運転手を手招きする——「足を頼む。心配するな！　何もしない。しっかり持ってくれよ……重いぞ」

不気味な行列がクラブの石段をよたよたあがってゆく。サー・ジョンが電話しに行きかけた矢先に、交通法規をまとめて破った悪党どもを一網打尽にしてくれると猛《たけ》りたった警官が霧から飛び出してきた。が、中でサー・ジョンに事情を説明されてあっさり矛《ほこ》を収めた。幸い、野次馬は皆無だ。ダリングズもクラブに入り、霧たなびく往来にはバンコランと私ばかりになった。しばらくそうして、ドアを両側とも闇に開け放した不吉な車の脇に黙って立っていた。

「バンコラン」と私が、「エル・ムルクは？」

バンコランは肩をすくめた。「いずれにせよ、この車内にはいない。そう訊ねるわけは？」

あのエジプト人に二度出くわした件と、七時を回ったころにこの車で出ていったのを見たことを伝えた。バンコランは聞き入ったが何も言わない。そして後部座席にかがむと、車内灯のスイッチを手で探り当てた。ルーフからの黄色い光で濃色ベロア張りの後部座席が照らし出される。シートには黒檀《こくたん》ステッキと白手袋が置いてあった。そばの四角いボール箱に「ウィルス花店　ロンドン西一区コックスパー街八番」とある。座席の乱れはおろか、埃《ほこり》ひとつない。

「この後部ドアを見たまえ」バンコランに言われた。「な？」

「窓ガラスがむやみに厚いね」

「防弾ガラス仕様だ」バンコランが拳でガラスを軽く叩く……「その太さからすると、ステッキもどうやら仕込み杖《づえ》らしい。あの男は襲撃に万全の策を講じているらしいな」

灯を消すと、小声で洩らした。

「それでも『やつら』の手に落ちたのだ、ジェフ。手に落ちたのだよ」

「その『やつら』とは？」

またしても運転席をのぞきこむ。「こちらは狭いにもほどがある！　あの図体で詰め込まれたひにはさぞ……。ふむ！　ともあれ警察の捜査が先だ。中へ行くぞ」

「バンコラン」私が口をはさんだ。「この車がさっき横をかすめた時、運転席の向こう側まで見通せたんだ。中には誰もいなかった！　誓って、前の座席には他に誰もいなかったよ！　まさか、死人が運転していたなんて――」

「ばかな、ジェフ！　何者かが運転していたに決まっているだろう。車が止まるや、霧にまぎれてこっそり逃げおおせたのだ。この車の運転席は右側だろう、ならば左から降りたはずだ」

「でも、いま言ったように――」

「なら結構、それならそう思っていたまえ。行くぞ、中へ」

なにやら半信半疑の悪態をつきつつ、すっかり気をのまれたタクシー運転手が石段を降りてくるのに行き会った。バンコランがいくばくかの金を渡し、車の見張り役を頼む。車がひとりでに動き出して、勝手にどこかへ行ってしまうんじゃないかと陰気に睨みつける姿をよそに建物に入っていくと、さっきのでっぷりしたドアマンがハンカチで額の汗を拭いていた。

その案内でロビーを抜け、エレベーター脇の廊下をたどる。

「ビリヤード室に運びこんでおきました」と説明された。「元の、ですね。ラウンジに新しい台を入れましたので、今は使っておりません。それにこう申してはなんですが、やたらと人目に触れましても……」

ドアを開けてもらった中は、ずいぶん埃のたまった寒々しい大きな部屋だった。緑の布張りがずたぼろになったお古のビリヤード台が、中央の吊りランプ一対にこうこうと照らされている。その台に安置された死体には埃っぽい長椅子カバーがすっぽりかけられ、大きな靴だけが不吉にはみ出していた。ビリヤード台の向こう側で、帽子をあみだにずらしたダリングズが怖さのあまり目をそらせずにいる。こちらがドアを開けると、はっとして死体を指さし、見ればわかることを口にした。

「喉を切られてる。でしょ？　喉を切られてるよ！」

室内へ入ってみれば、ヴィクターが大理石の床にバケツを据えてせっせとモップを遣っている。ダリングズの指さす台では流血が緑の台の上をのろのろ這《は》って隅のポケットへ向かい、見る者の戦慄《せんりつ》を新たにする。まるでゲーム中のポケットに玉が入るかどうかみたいに、血の行方《ゆくえ》を目で追うなんて気味悪いったらない。ダリングズがまた指さし、きんきん声で、「やった、落ちたぞ！」とけたたましく笑いだした。ドアマンがたまらずに逃げ出し、これまた怪訝《けげん》な顔でやってきたサー・ジョンと戸口で鉢合わせしそうになる。

「ヴァイン署につながったか？」バンコランが尋ねた。「ダリングズ君、頼むから落ち着いてくれたまえ！」

「ああ、運よくタルボットもつかまったよ。ただなあ、妙なことがあって……」

「というと？」

サー・ジョンが上唇を嚙む。黒い細眉をひそめ、なんとなく死体へ顔をしかめた。

「いやいや、タルボットなんだよ。あんなに興奮するのを見たことがない。自分ですぐ行くと言うや、奇天烈《きてれつ》なことを訊くんだ。こうだよ。『ルイネーション街はどこでしょうか？』」

運転手の布覆いに手をかけたバンコランが振り向いた。

「で？」と問い詰める。「それがどうした？」

「そこだよ」サー・ジョンがうなずく。「ルイネーション街はいったいどこにある？　なぜ、そんなことを私に訊く？　私は――妄想のお付き合いはごめんだぞ」暗に、「自分までおかしくなるのはごめんだ」と言わんばかりだった。言いよどむとさらに、「これでも現役時代はロンドン市内の表通りも裏道もくまなく知り尽くしていたつもりだ。そんな名前の通りは聞いたこともない」

やがて顔を上げ、金縁眼鏡ごしにバンコランを見つめた。

バンコランは、「たわごとだ!」とつぶやくと、また死体に向いた。長椅子カバーをめくると、とたんにあとずさったダリングズが手持ちのシガレットケースから煙草を出しかけて手がすっぽ抜け、ケースごと煙草をばらまいた。死んだ黒人が肩ごしに横目を遣い、白眼がまばゆい照明をはじく。傷は首の左横にぱっくり開き、右耳下へ行くほど細くなっていく。血はもうほとんど止まり、剃刀《かみそり》で一思いにやられたらしい。胸元に上げた左手に模造ダイヤの指輪がはまり、犯人が取ろうとしたのか、ちぎれる寸前まで指を切られている。血染めの緑の上着は心臓すぐ上の生地が刺された跡のように破れている。さらに下へめくったバンコランが驚きの声を上げた。

「なんだ?」サー・ジョンがただす。

「上着のボタンがすべて切り取られている。それに見たまえ」黒人の肩に垂れた、派手な金糸紐一対の端をつまみ上げた。「まったく《ディアーブル》! エル・ムルク好みのお仕着せたるや! この紐は金房つきだった。それも切り取られている」

一歩さがって両手を腰に当て、死体の全景を視野に入れた。

「ポケットを調べたいのはやまやまだが、おたくの警部の到着を待つべきだろう」

そこへ管区のタルボット警部の来訪をヴィクターが告げ、バンコランは灯の届かない奥へひとまず退《しりぞ》いた。マントルピースに寄りかかる黒っぽい影と化し、こちらからは葉巻の火の動きが見えるばかりだ。

タルボット警部はとくに印象的な人物ではなかった。小柄で、いかつい無表情な顔に折れた鼻、派手に歯を鳴らす嫌な癖がある。ただし眠そうな表情とはうらはらに、目だけは水中にさしこんだ太陽さながら明晰で、どんな細部も見落とすまいと光らせていた。黒っぽい髪のこめかみに白髪がのぞき、支給品の雨合羽の下はいっぱしのダンディだ。みじんも動じるふうもなく鄭重にサー・ジョンへ挨拶し、ほかの一同をさりげなく一瞥し、手帳を出す。サー・ジョンからヘイマーケットの追跡劇を聞き終えても、うなずいただけだった。

「なるほど」ようやく言うと物思いにふけり、歯を鳴らす。「こうしてみると、一から十まで」と手振りで、「奇怪極まる事件ですな」

今のは大げさだったかと反芻《はんすう》でもしている顔だったが、やがて納得した。

「うん、奇怪極まる。さてと、やつの所持品を調べてみましょうか」

「ちょっと待て、タルボット」サー・ジョンだ。「さっきのルイネーション街だが、そもそも何のことだ?」

「ほほう!」タルボットが不審そうにつぶやき、眉をひそめた。「いや、それがね――なかでもとりわけ変なのはそこなんですよ、サー・ジョン。お話では、あの車の所有者はエル・ムルクなるエジプト人ですってね。入りがけにちらっと見てきました。どうやらエル・ムルク氏は実際に乗ってたみたいですね。ステッキと手袋ですよ。まっさらのが後部座席にそろえてありました」

「今夜、その男がクラブから出かけるのを目にしました」と、私が申し出た。

タルボットがまた何やら書きつけ、仏頂面《ぶっちょうづら》をゆっくりこちらへ向けた。「ほほう」と繰り返す。「で、それはいつのことです？」

「七時過ぎですね。五分ぐらいと。五分ぐらいかな」

「なんだね？」サー・ジョンが口をはさんだ。

「今夜、ヴァイン署に電話がありまして。名指しでどうしても私を出せと。はっきりしない声で言うには、『ニザーム・エル・ムルクがルイネーション街の絞首台で吊るされたぞ』」

しんとした。バンコランのいる暗がりで、葉巻の赤い火が宙に揺れて止まる。

「そこで通話が切れ」タルボットが続けた。「通話元の追跡には間に合いませんでした。当然ながら、どうせ酔っぱらいか何かのいたずらだろうと思いました。よくあるので」と、どっちつかずな笑顔になる。「いろんな通報があります。王子が誘拐されただの、誰かがマーブルアーチ（ハイドパークにある凱旋門）を持ち逃げしただの……。

ですが変わった名前ばかりでしょう、考えだしたらもう気になって。頭を離れないんです、『ルイネーション街ってどこだろう？』、とうとう署の何人かに訊いてみたんですが、そろって聞いたこともないという。そこへあなたさまから、エル・ムルク氏の車が死んだ運転手を乗せて走ってきたとお電話いただき――まあ、聞いた当座は面くらいましたね」

妙に溜息そっくりの音でたてつづけに小さく歯を鳴らし、こう投げかけてきた。

「まさか皆様の中に、ルイネーション街の場所をご存じの方はおられんでしょうな？」

こちらへ向けられたどろんとした目には戸惑いの色が浮かんでいた。私も、他の者もそろってかぶりを振った。

「ふむ！」とタルボット。「そうでしょうな」黙って死体に近づくと、ぎこちなくかがみこみ、せかせかペンを走らせて手帳に短いメモをとる。

「若干のバラ銭。他に所持金なし」

「強盗か？」サー・ジョンが尋ねた。

「さあ、どうですか……札入れは空《から》、無記名。シガレットケースは……」

「おい！」それまで短いあごひげを引っぱっていたサー・ジョンがいきなり指さした。「そのシガレットケースはプラチナだぞ！　黒人運転手の分際でプラチナのシガレットケースとは！」

バンコランの葉巻がひとしきり明滅したものの、あいかわらず動かない。タルボットが平然と言う。

「プラチナね。気づきませんで、サー・ジョン。助かりました。煙草はいっぱいですね。鍵束。映画チケットの半券。『ロンドン・ポケットガイド』、箱入りの薄荷《はつか》ドロップ。そんなもんかな」

タルボットは手帳を閉じた。

「あのですね」と力を入れて続ける。「皆様が死体を動かされたのを警視にどう思われるやら。

車に放置なさるべきでした。おかげでどんな手がかりを台無しにしたかも――」

サー・ジョンがこわばった口調で割って入った。

「それくらい心得ているつもりだ、タルボット。あちらの方の見分けがつかんのか?」

また歯を鳴らしたタルボットの目が細められ、初めてその顔に驚きの色が走った。目で尋ねられ、サー・ジョンがうなずく。驚いたことに、それまでのてきぱきした物腰がとたんに鳴りをひそめた。暗がりから出てきたバンコランに――素朴なあかぬけない笑みを浮かべて――握手を求めた。

「危うく、とんだ粗相《そそう》をするところでした。お忘れでしょうが、本官はよく覚えております。あのグロヴェイン事件でお力をお借りした時に、ヴァイン署の部長刑事でしたので。とはいえ」――我に返って渋い顔をする――「とはいえ、死体に触られたのはまずかったですよ」

「誠に申し訳ない、警部」とバンコラン。「そうはいっても大勢に影響はなかろう……。指紋採取班は連れてきたな?」

「はい。じきに区切りがついたら医師にざっと検視させます。本官はここの使用人全員に事情聴取中ですので、恐縮ですが皆様にはラウンジでお待ちいただくしかないと……。どうなるか、わかったもんじゃない」と、いきなりの剣幕で、「エル・ムルクがこちとら同様ピンピンして、あのドアから入ってこようもんなら!……では皆様、よろしければのちほどラウンジで」

バンコランはすっとぼけた目つきで、出ていく警部を見た。

「タルボット警部は、この事件の難点を案外よくわかっているね……。ルイネーション街が実際にあると信じている。サー・ジョン、君は霧の魔力について、午後にささやかな講釈の腰を折ってくれたが。そこへいくとタルボットは察知するか、推量している——」

ふさいだ顔で眼鏡を拭いていたサー・ジョンが、やにわに顔を上げた。

「——このロンドンに、消えうせた街が確かにあると」

「ぜんたい、なんの話だ？」サー・ジョンが訊ねた。

「まあいい、ルイネーション街とはどこだ？　そこが気になって仕方がない。人間が消えるぐらい、大した話ではないよ。どこぞのいかれたやつが電話してきて、失踪者が吊るされたと通報することもあるだろう。だがね、通り一本そっくり消えたとなると、れっきとした街ひとつがロンドンからかき消えたことになる。これ以上おかしな話はなかろう？」

一拍おく。

「ルイネーション街の住人は何者だ？　そこへ手紙を出すにはどうすればいい？　いやはや、エル・ムルクが幻の街にのみこまれたという幻ほど、すこぶるつきの悪夢があるか！——警察の発見できない街に高くそびえた絞首台に吊るすより、うまい殺人方法があるか？」

サー・ジョンがいらいらと手を振った。

「あのな、バンコラン——真面目な話だぞ——こんな世迷言《よまいごと》はよしてくれ。おかげで事をややこしくして迷宮入りにするのがオチだ。タルボットは口が裂けても言わんだろうが、君を神同然に思ってるんだぞ。私にはわかる。ちょっと言ってやれば唯々諾々《いいだくだく》と従う。それをいいことに——」

短いあごひげをつき出し、血色の悪い顔をゆがめて必死に食い下がる。バンコランの逆鱗《げきりん》に触れているとも知らずに。ここであのフランス人一流のハッタリが、びっくり箱の人形みたいに飛び出した。口をほとんど開けない独特の笑い方で、天を仰ぐように笑った。口調こそ冷静だが、私には彼の怒りがひしひしと感じられた。

「ならば君は、私の流儀が事をもつれさせる一方だと?」

「そんなものを『流儀』と呼ぶなら――そうだ」

「呼ぶとも」あいかわらず冷静だ。思案するように、ビリヤード台の縁へ指を走らせる。声が震えを帯びていた。そんなふうにつむじを曲げたところはこれまでも数度見かけたし、この前の時などはブリーズミシュ街のいかがわしいカフェで、ある男の背骨をへし折ってしまったものだ。

「その件では、これまでも君とたびたび押し問答になった」バンコランの声に毒がひそむ。顔を上げて、「この事件の情報はろくにないし、起きた事態もまだよく把握していない。だが、ささやかな賭けをしてもいい。四十八時間以内にこいつの殺人犯を挙げられなければ、この場の三人に晩餐を御馳走しよう」

声がとぎれ、拳でビリヤード台の縁を叩く。「君らの悠長な流儀など知るか! 足で稼ぐなど無用だ。私の流儀が『世迷言』かどうか、いずれわかる。受けて立つか?」

サー・ジョンは立ちすくんでいた。面《おもて》に朱を注ぎ、冷ややかな目は「気取り屋め!」と言わんばかり。それでもこう応じた。

「まじめにやってくれ」

「生まれてこのかたというほど、まじめこの上ないが」

「一応言っておくが、この国の法律では証拠を求められる。君の見世物ばりの流儀は、こっちじゃ通用しないよ。帰納推理は君の十八番《おはこ》だろう。一つか二つの事実を真実だと仮定して犯行を類推、その上で証拠固めにかかる。派手やかだし、君の国の法律向きではある。だがね、英国の警察がそんなことをしてみろ、大変だよ。警察官の真価は、熟練と忍耐と不撓《ふとう》不屈《ふくつ》の闘志にあるんだ」

「早い話が」と、バンコラン。「蚤《のみ》のサーカスの調教師が真骨頂という資質なわけだ」

サー・ジョンがぎこちなく答えた。

「なにを言い争うことがある？　賭けは受けよう……。証拠も耳をそろえて出してみせるんだろうな？」

「ああ」バンコランはビリヤード台にもたれた。疲れて凄みのきいた顔になっている。

「さてと、じゃあ話はついた」サー・ジョンがなんとなく笑い、「さ、行くぞ！　こんなしょうもないことで、つい先走ってしまった。ラウンジに席を移そう。向こうで飲みものでも――」

「そりゃいい、妙案だ！」大声がかかった。暗がりからの不意打ちだったので、私は幽霊の声でも聞いたみたいに飛び上がってしまった。声の主は、誰からも忘れられたダリングズだった。明かりの向こうを透かしてみると、ゆったりした窓辺の席に腰をおろしている。やはり幽霊じみた空気をまといつつ、それでもさっさと席を立った。

バンコランがドアを開けた。ドアが背後で閉まる前に、私は心ならずも振り向いて見ずにはいられなかった。黒人が顔だけこっちへ向けて、おやすみの挨拶がわりに白眼で睨んでいた。

広い円形ロビーの奥にあるポーター詰所《つめしょ》のドアは半開きで、そっけなく訊問するタルボットと、おどおどと答える誰かの話し声が洩れてくる。今のロビーの陰気なこと、殺風景に並んだドア、からっぽの部屋部屋に響くこだまの気味悪さは想像もつくまい。いま、ここにいる人間はどうやらわれわれだけらしい。だが、ラウンジへ行く途中でエレベーターの降下音が聞こえた。ロビーじゅうに音を響かせてエレベーターのドアが開くや、ひょろっとした男がまろび出てきたのだ。

骨と皮で、とがった肩がガウンの上からでも目立つ。細長い鼻、突き出た耳の間に細長い禿頭がそびえ、くぼんだ薄青い目は隈にふちどられている。酔眼でしばし狐につままれた顔をすると、大声を出した。

「警察はどこなんだ、教えてくれませんかあ?」

バンコランが声の洩れるドアへとあごをしゃくる。男はことさら肩をそびやかし、「どうも!」長い脚がもつれて仕方ないらしく、目に見えないサーベルのさやが脚に引っかかるような歩きぶりだ。変な笑顔を向けると、そそくさと教えられたドアへ向かった。

バンコランは毒気を抜かれてロビーを見渡した。ほかにはヴィクターと、ドアを固める警官しかいない。

「変わっているな!」と、つぶやく。「どういう男だ?」

サー・ジョンがかぶりを振る。「さあ。たまに見かける顔ではあるんだが。おっつけわかる――」

と、絶句するや、みぞおちに一撃くらったような唸り声を放った。もうラウンジの入口まで来ていた。仕切りカーテンを開けた一同が立ちすくんで中をのぞきこむ。やがてサー・ジョンが振り向くと、喧嘩腰にくってかかった。

「見ろ、バンコラン。こんなまねはやめさせなくては！　聞いているのか？――止《と》めるんだ！」

奥行きのある室内を暖炉の黄色い炎だけが照らし、奥まった壁の彫刻にうつろう火影《ほかげ》を投げている。その壁に大きな影が細くはっきり映っている。絞首台の影だった。

梁桁から垂れた輪縄には、男が吊るされて首を曲げていた。

4　アラジンの家の女

「驚くには及ばない」バンコランが言う。「ただの模型の絞首台だ」

指さしたのは、部屋の中央で暖炉の火に照らされたテーブルだった。

「な?　誰かがキャビネットから出してきたんだ。あの火に照らされて……」

サー・ジョンがドア脇の電灯スイッチをつけ、みんなでテーブルに近づいた。

「縄におもちゃがぶらさがっている」サー・ジョンだ。「うわ!　見ろ!　小さな木偶《でく》人形じゃないか!」

絞首台のほうは、今夜の出がけに見たあれだった。ただし、撚糸の絞首縄に小さな黒い人形がかかっている。午後、エル・ムルクの机上に何者かが置いていったとかで、あの男が握っていた人形と同一の品らしい。そこで、その経緯を私からサー・ジョンにあらためて話してきかせた。

「ここには狂人がうろついてる」あっさり片づけられた。

バンコランはうなずいた。「一つは当たっている。君が一刀両断にした『帰納推理』が的を射ているとすれば、狂人だ。しかもこの上なく確実に、ここに。間違いなく、今この時、このクラブに」

「仮説でもあるのか?」

「ある。大筋だけだが。このエル・ムルクという男は巧妙にじりじりと追いこまれ、今ごろはおそらく――。まあとにかく。やつらの手には落ちた。ヴィクターを呼んだほうがいい」

だが、ヴィクターを呼んでも役に立たなかった。タルボット警部の尋問ですっかり委縮してしまい、入ってくると目の前のありさまにしかるべき恐怖を控えめににじませ、七時半以降はラウンジへ出ておりませんと説明した。しかもその晩はずっと円形ロビーの奥のポーター詰所にいた。少なくとも七時半から十二時までラウンジに人の出入りはまずなかった。そして十二時に死体が運びこまれて詰所を出たので、それ以降のラウンジの人の出入りについてはなんとも申し上げられない。

「このクラブは今夜、人が多かったのか?」バンコランが尋ねた。

「いいえ。おひとりだけ、マーデイル大佐が手紙の有無を見に来られました。バーやラウンジをのぞいておられましたが、すぐ行ってしまわれました」

「マーデイル大佐とは、どういう人だ?」

「気にしなくていい」サー・ジョンが口を出した。「七十歳で耳がまったく聞こえない上に痛風だ。知り合いでね。除外していい」

「よかろう。となるとどうやら、これを吊るしたのは十二時過ぎ、死体を運びこむどさくさにまぎれてやったらしいな。人目につかずに……」

バンコランが顔を上げた。「ヴィクター、このクラブにはいま何人が寝起きしている？　むろん従業員は数に入れずに」

「はい。もちろん、皆様お三方ですね。エル・ムルク様。従僕のジョワイエというフランス人と秘書のグラフィンさん。ピルグリム医師《せんせい》。つごう七人です」

バンコランは髪をくしゃくしゃやりながら、深めの椅子に腰をおろした。

「ふうむ！」とつぶやく。「で、ロビーを横切る時に降りてきた、背の高い部屋着の人は？」

「あの人がグラフィンさんです。エル・ムルク様の秘書でございます」

「今夜は外出したのか？」

「クラブの外でございますか？　いいえ。ずっとこもっておられました。お食事もそのつどお届けしまして」

「で、このジョワイエという従僕だが。今夜はいたのか？」

ヴィクターがさも嫌そうに唇をぴくつかせた。「いえ。たしかパリへ帰省中のはずで」

「最後にもう一人の――なんといった？」

「ピルグリム先生ですか？　本当に物静かなお方でございますよ」ヴィクターの口調に熱がこもる。「九時ごろでしたか、お出かけになりまして、あとはお見かけしておりません」

「以上だ、ヴィクター。ご苦労だった」

広いラウンジは琥珀色の灯をすべてともし、たっぷり二十五フィートの高さの格《ごう》天井と奇怪な彫刻群をくまなく照らしていた。怪物、蛇、ねじれた円柱やこうもり、梟《ふくろう》、不気味な首などが壁を這いのぼり、菱格子の窓によじれ絡まっている。壁の肖像画の上で、骸骨が虚空《こくう》を睨む。石の門とまがう大きな暖炉脇の深い革張り椅子で動かないバンコランを、サー・ジョージ・ファルコナーが皮肉っぽく見おろしている。

「誰か知っている人は？」バンコランはやっとサー・ジョンに尋ねた。

中央テーブルの絞首台にかがみこんでいたサー・ジョンが振り向く。

「誰を？……ああ！　クラブの住人か？　ピルグリムならほんの少々」

「医者か？」

「ああ、内科医のはずだ。ただし開業はしてないらしい。古物研究家でかなり知られた人物だよ、昔のロンドンの本当にいいものばかりを取り上げて本にしている。私はね、今時の物書きはあまり好かん」サー・ジョンが息巻く。「小手先の言葉だけだろう。ところどころ腑《ふ》に落ちかねるし、とどのつまりは何の話だろう、ということになる。――そこへいくと、あいつは中身がある。人物も面白いよ」

「当面それはさておくとしようか。情況はこうだ。正しいかどうかはともかく、仮説がひとつある。いずれにせよ、先日の晩にダリングズさんが出くわした例の椿事《ちんじ》が本件に結びつくのは確かなんだ……」

ダリングズはバンコランの向かいの椅子でだらっとしていた。そこで牡牛《おうし》のように目を見開いた。

「……だから、その件を包み隠さず、そっくり話していただければ大変ありがたい」

「でも、おい、ちょっと！」ダリングズが大声で言った。「あれはただの――」

「そう、そう、もちろん悪ふざけだね。よくわかっていますよ。それでも話していただきたい。なんでもたまたま謎めいた女――フランス女に行き会ったとか。その女はかなり背があり、ずいぶん暗い色の赤毛では？　茶色い目と目の間隔がかなりあってね？」

ダリングズがきちんと座り直して問いただした。

「どうしてわかったんです？」

「たんに古なじみというだけですよ。あえて言いますが、絶対に名前を教えたがらなかった？　でしょうな。うん、コレット・ラヴェルヌだ」

「その女を知っているのか？」サー・ジョンが声を上げた。

「ほんの少々ね。人を惑わすあの魅力、名の売れたきれいどころのコレット！　早晩出くわすはずだとは見ていたが……」

「名の売れた？」ダリングズがなんだか気抜けしたようにバンコランを見た。肉づきのいい端整な顔を苦々しくゆがめて。

「で、君の武勇伝は？」

ダリングズはもじもじした。「どうしてもですか？」

「警察には別によろしいでしょう。ですが紳士のたしなみを持ち出して、われわれに伏せておくというのはご勘弁願いたい」咳払いしながらも、バンコランの唇はおかしそうにひくひくしている。「紳士のたしなみで――その――ものにした女の話を控えるなどとは」

「ものにした？」ダリングズが仰天して繰り返す。「滅相もない！」

さらに苦い顔になる。

「それはそうでしょう」バンコランがなだめにかかる。「お話しなさい」

「全部ですか？」

「全部です」

「でも、自分の頓馬《とんま》さ加減をさらすのもなあ」間が悪そうにこぼす。胡乱《うろん》な目でバンコランをうかがった。「しかもあなた、なんの権限で……」蝶ネクタイを直しながら考えこむ。

「まあいいや！　じゃあ言っちゃいますよ！　あれは――うん、だいたい一週間前か。ある友人と芝居を見に行く約束をしてたら、どたんばで彼女の都合が悪くなっちゃってね。ぼく一人で行きました。

晩餐を張りこみ、シャンパンをだいぶ過ごしたおかげで頭にきちゃって。芝居は」と、目をしばしばさせて、「よくある、暗闇の絶叫もので。そっちもなかなかでした。

まあね、ほろ酔い機嫌で煙草をつけようとしながら、けっこう面白く観《み》ましたよ。ただし神経には響きましたね。ナイフで人を切り刻んで回る男の話だから……」

と、バンコランに目で問いかけ、うなずいてもらった。

「ちょうど照明が落ちて真っ暗な時だった。誰かがぼくの鼻先にライターを出したんです……煙草をつけてくれるってわけですよ、ね。まったく！　ぎょっとしましたよ！　ライターの灯でその男の顔が見えました。背後のボックス席にいてね、それまでは気づかなかった。どうも、このエル・ムルクというエジプト人だったようですね。

前にどこかで見た顔でした、たぶんレディ・ポッソンビーのお宅かな。ぼくは外人というやつが嫌いでね……。あっ、すみません！――つまり、その――あの話しぶりがどうもね。でも面白いやつでしたよ。幕間に一杯やり、ナイトクラブの話題になりまして。お勧めを一軒教えてくれて、もっぱら通向けだと。なんなら自分の名刺を持っていけ、自分は行けないけどと言うんです。

そこまではよくある話でしょ。あの女に出会ったのはそこです。風変わりな店でね――人工庭園に隠しオーケストラその他もろもろ。青い月がのぼり、テーブル席の頭上の木には銀の実がついているという趣向で。『アラジンの家』という店です……。あの女は一人きりで、ほのかに光るショールみたいなのを巻いて、ちょっと目立たない席にいました。近づきになったいきさつは全然思い出せません。向こうが声をかけてきたんじゃないかな。だってぼくからは絶対に――わかるでしょ！」

笑いをこらえて見守るバンコランには、ずいぶんと嘴《くちばし》の黄色い言いぐさだったに違いない。

ダリングズは訴えるように一座の顔を見渡したあとで、また続けた。

「そうですよ、向こうから話しかけてきた。とにかく二人でシャンパンを開け、誰かの『アラビアン・ナイト・ブルース』とかいう歌に笑ったのを覚えてます。名前を教えてくれないんで後でボーイに聞いたけど、知らないって言われました。〝腕輪のお嬢さん〟で通っているそうです。たしかに青い石つきの銀の腕輪をいくつもじゃらじゃらさせていました。ひとつ外れかかっていたので、なくすよと注意してやりましたが、ただ笑うばかりで。よく笑う女でした。ほんとに楽しそうに目を躍らせてね。クラブじゅうに聞こえたんじゃないかな。赤毛の――美人でした。ほかに何を話したかは正直ひとつも思い出せませんが、さだめしひどい間抜けっぷりをさらしたでしょうよ。ぼくは――ぼくはあの場で男を上げたかった……。薄暗がりのナイトクラブの席がどんなものか、お察しいただけるでしょう……」

と、手ぶりで伝える。

「そこで毎晩逢ってました。ある晩……ぼくは当然ながら酒が入り、そう、酔っぱらってました……それでも一歩も引かず、どうしても彼女を家まで送りたかった。断わればひと暴れするというのを悟ったんでしょう。たぶんね」いきなり激《げき》して、「だから送らせたんでしょう。タクシーを拾ってやると自分で行き先を言ってましたけど、こっちには聞こえない。車を降りれば霧の中、どこがどこだかさっぱりです。おまけに女は消えてしまう。一言の挨拶もなしに黙って。馬鹿にしてますよ！　それで霧の中をさまよい、あの絞首台の影を見たんです……」

しゃんとかけ直すと、唇をゆがめた。

「その女に言われたことが、ひとつだけ。『もしも何かあれば、同じ場所で木曜の晩に』と。木曜の晩――今日じゃないですか。それであのナイトクラブに寄り、芝居に遅れたんですよ。でも、あの女はあらわれなかった」

長い間をおいてからものうく立ち上がり、コートを脱ぎにかかった。脱いだコートと白いスカーフを並べて置くと、両手をポケットに入れて窓辺へ行き、霧の街をのぞいていた。吐き出すように、「何かの役に立ちましたか?」

「ありがとう、ダリングズさん。お差し支えなければもう二、三うかがいたいのだが」

「いいですよ」ダリングズが急に振り向いた。「ただし、あの女が何者か、なぜあんな行動をとったのかを説明してください」

「前半はおやすい御用だ。ニザーム・エル・ムルクとごく親しい女で――いや、だったと言うべきかな。おわかりでしょう?」

ダリングズはうなずいた。こわばった口を丸くして、「ははあ……そうか!」

「後半部分は、さらに詳しく見ていかないと。名乗らなかったというんですな?」

「ええ」

「名乗らない理由も言わなかった?」

「たぶん――亭主がいるのかなと」椅子の端を蹴りながら、むっつりと答える。

「君個人の話をいろいろ尋ねられたりはしませんでしたか?」

「そ――それ、なんのことでしょうか」

「たとえば過去の話を根掘り葉掘り訊かれたとか?」

「そういえば」ダリングズは眉をひそめた。「軍隊にいたのかとずいぶん尋ねられましたね。いた、と言いました。そしたら、ある男を知っているかと――忘れましたが、どうせ聞いたこともない名前です。そいつがぼくの名を出したというんですよ」

どれもこれも、なんでそんなことを訊くのか私にはさっぱりだ。それでもバンコランの機嫌はいい。

「あと一つだけ、ダリングズさん。霧の中を迷ったその晩、女と別れてライダー街に出るまでにどれくらいかかりました？」

「うーん、迷った時間は大したことないでしょう。せいぜいで二十分かな、数時間にも思えましたけどね。でも、ライダー街に出てタクシーをつかまえるまでが長かった。そっちは数時間でしょうよ」

「それで――」と言いかけたバンコランが入口を見て、言葉を切った。仕切りカーテンを分けてくる男がいる。

さっきのロビーで見かけた、ひょろりとしたガウンの男だ。先細りの卵みたいな禿頭の両側に耳が突き出ている。梟みたいな青い酔眼をしばしばさせて、カーテンにつかまってどうにか体を支えている。

「お邪魔します」と、ずいぶんな勿体《もったい》をつけて、「ああ――皆様が、〃あいつ〃を見つけてくださったんですな」――と、親指を肩ごしに後ろへぐいと倒し――「ですね？」

うなずくバンコランにやれやれと肩の力を抜いてみせ、堂々とはしているが相当に怪しい足どりで入ってきた。

「グラフィンと申します」と名乗った。「正しくはグラフィン中尉です。軍隊にいられなくなりまして」とお茶を濁す。「エル・ムルク氏の秘書です。内々にかかわる腹心の者で」

真紅のガウンの衿《えり》を合わせるついでにやせた肩をすくめた。やがて、ハリボテの馬そっくりな動作で椅子に倒れこみ、長い鼻を揉みながらさかんに目の焦点を合わせてまた話しだした。

「大変な騒ぎですよ、つるし上げられてね。まったく《ハング・イット》。エル・ムルクが無事だといいんですが。まったく《ハング・イット》。それほどの悪人じゃなかったって見直すことになるんでしょうな、いざ死なれてみるとね。はっは！——あっはっはっはあ！　だってさあ、あいつの味方はおれだけなんだから」

訴えるような目を向け、泣き崩れる踏ん切りでもつける算段をしているらしい。妙な匂いが部屋じゅうにたちこめた。物静かに勿体をつけてはいるが、こいつはぐでんぐでんじゃないか。

「ああ！」と、バンコラン。「来てくださってよかった、中尉どの——」

「恐縮です！」グラフィンが大声で勢いこむ。「中尉です、まさしく！　英国陸軍航空隊です」

ダリングズが、見えない悪魔に脇腹をつつかれたようにぎくっとする。せっかく落ち着いていたのに、再び取り乱した口調になった。片眉を上げ、憂鬱で投げやりな姿勢になる。

「本当ですか？」さも嫌そうにグラフィンを見た。「ぼくもです。所属はどちら——」

「君の前の代だよ、お若いの」グラフィンがあわててさえぎる。「だいぶ前だね。でも、いたんだよ。なんなら記録を見せてやるよ、まったく《ハング・イット》！」

「その『吊るす《ハング》』という言葉ですが」バンコランが如才なく割って入った。「そこから本題に入りましょうか。こちらのサー・ジョン・ランダーヴォーンは元スコットランド・ヤードでね。目下は運転手殺しの非公式捜査といったものを進めておりまして。お嫌でなければ、いろいろと情報をご提供願えれば大いに助かります」

グラフィンは唇に指を立ててみせ、大げさにうなずいた。「それはもう、喜んで。従業員一同、あっちの広間で警部さんに尋問されてますけど、あんな手、私には通用しませんよ。やろうとはされましたがね、はっはっは！　え？……はい、まったくです。あなたとは完全にうまが合う。見解の一致ですな」やや間を置いて、「英国陸軍航空隊ですよ」

「エル・ムルク氏の秘書はどれくらいお勤めですか？」

グラフィンはちょっと言いよどみ、小狡《ずる》い目つきで片方のまぶたをひくつかせた。

「ざっと六年かな。カイロで会いまして。ほうぼうに屋敷のある人でね。一度なんか、アメリカで暮らしましたよ。おお嫌だ！」

「ロンドンにはどれくらい？」

「九ヶ月めに入るんじゃないかな。三月に来ましたので」

「あなただけですか——ご同居は？」

「目下はね、幸いなことに。ジョワイエという従僕はフランス人です。それに、死んだスマイルはアメリカ人です」

「エル・ムルク氏の内情は相当にご存じでしょう？」

グラフィンは、最高に面白いジョークを聞いたように含み笑いした。

「では、氏をつけ狙っている可能性のある仇敵《きゅうてき》を——誰かご存じない？」

「仇敵ときた！」横目遣いに舌を鳴らし、説教するようにぶつぶつと、「仇敵とはまあ——恐れ入ったね！　小説じゃあるまいし、今のご時世に仇敵なんかいるわけないでしょ」

バンコランがここぞと身を乗り出して、いきなりぶつけた。「では、エル・ムルク氏が綿密な計画による殺害脅迫を何者かに受けていた事実を否定なさる?」

「ばかな!」

長い指で椅子のアームをとんとん叩いていたグラフィンの声が甲走《かんばし》った。涙目をむいて、バンコランを睨みつける。

「結構ですよ、グラフィンさん。よろしければ、今日はどちらにおられました?」

「ずっと自室にあがってました。具合が悪かったんですよ。その――」片手をみぞおちに当てて顔をしかめてみせた。

「一度も部屋を出ていませんね?」

「はい」

「今日の夕方六時もそちらでしたか?」

「間違いありません。大きいほうの部屋で――読書を。エル・ムルクと共用の書斎にしておりまして」

バンコランが中央テーブルへ立って行き、撚糸の絞首縄から小さな人形をはずしてくると、グラフィンにつきつけた。

「では、何者かがこれをエル・ムルク氏の机に置いた現場にもおられた?」

グラフィンはしゃっくりの合間に、梟のような目で黒い人形にかがみこんだ。そしていきなり、憤然とバンコランの手を押しのけた。

声を限りに、「あっちへやってくれ! あっちへ!――」水から引き上げられた魚のように、椅子の上でじたばた暴れて悲鳴を上げた。

「ですが、部屋にはおられたのでしょう?」

「そうですよ」グラフィンはだんだんと落ち着きを取り戻した。「神さまがご存じだ」彼はおごそかに手を上げていった。「神さまがご存じだ。おれはあの部屋にいた。机に背を向けて腰をおろし、ドアのすべてに鍵をかけてた。

机には背を向けていたが、誰も居合わせなかった。そこへニザームが部屋着で寝室から出てきた。そして、急に机の上を指さした。

見れば、つい五分前には何もなかった机に――こいつが転がってた」

グラフィンは、猛然と手を握り合わせた。

「しかも、部屋には誰もいなかった! 誰ひとり入ってこなかったんですよ!」

5　ミスター・ジャック・ケッチ

音もない。それでも、今の叫びのただならぬ恐怖がいまだに鼓膜を小刻みに震わせている。グラフィンの間抜けな目が、信じてくれと一同の顔を見渡していた。やがて、なんとか落ち着くと、椅子に深く座り直した。

「以上が、答えです。信じる信じないはどうぞご随意に」

この男は嘘をついているのか？　たしかに真に受けるには途方もない話だし、グラフィン自身の態度もかなり臭い。感情の爆発がいかにも唐突で、芝居の演技のようだ。それなのに酔っているせいか、もういけしゃあしゃあと脚など組んでいる。醜悪なまだらの浮いた赤ら顔の、右目のひそめかたなどに小狡さがのぞく。

ほかの者たちはと見ると、サー・ジョンはテーブル脇で骨ばった長いあごをなでている。ダリングズは手にした煙草も忘れてグラフィンに見入っていた。バンコランだけがまったく動じていない。

「それで、部屋には誰もいなかった？」

「誰も。ほかに誰か入ってきたら気づいたはずです」

「なるほど。ま、根本的な事柄が調べがつくまで、そこに手をつける必要はない……。いずれにせよ、その人形は出現したようだ。ところで中尉どの、エル・ムルク氏はよくナイトクラブに通っていましたか？」

グラフィンが夢にも思わなかった質問らしい。ひたすら口をぱくぱくさせた。

「な、ななな！」と、舌がもつれる。「何をおっしゃいますやら！ナイトクラブ？　ナイトクラブなんか大嫌いでしたよ。偏屈者《へんくつもの》でね、エル・ムルクは！　いっぺんだけお付き合いしましたが、舞台じゃこんな歌をやってました……タラ・ラ・ラ・ラ」グラフィンは鹿爪《しかつめ》らしく首を振りつつ、がらがら声でさえずった。「タラ・ラ・ブーン！『可愛い娘《こ》ちゃんが街ゆけば、小鳥はみんなチュンチュンチュン』」

にやりと笑い、派手にしゃっくりした。「ニザームは途中で出てきちまいましたよ。『ウィリアム・ワーズワースが今の人じゃないのは惜しい。生きてりゃ流行歌を書いてひと儲《もう》けしたろうに』ナイトクラブで！　本気ですよ！」

「なるほど」バンコランはつぶやいた。「ほかにどんな才能があるか知らないが、これほど的確な文芸評は聞いたことがないな。外出好きでしたか？」

「ほとんどないです。あってもごくまれですよ。没頭してましてね——研究に」

「どんな研究ですか？」

グラフィンは額をかるく叩き、人事不省になったかと思いやられるほど、なにやらぶつぶつ言いながら物思いにふけっていた。そこへ束《つか》の間《ま》だが怯《おび》えが走り、はっきりと力をこめて、こんなセリフを口にした。

「海の底の悪霊も……（ポオの詩『アナベル・リー』）」

言葉がとぎれる。歯切れ悪く、「悪魔学ですよ！　研究はそれなんです。部屋を見ればすぐわかりますよ。悪魔学です、おまけにやつめ、それを信じこんでるんだ」

　グラフィンなる男が妙にゆがんだ性根を垣間見せたのは、これが初めてだった。「悪魔学だと！　くだらん！　どれもこれも！」

「で、今夜のお出かけの行き先は？」バンコランがさえぎる。

　相手はたちまち豹変、元の偉ぶった態度に戻った。

「そっちはわかります。さる女性と晩餐の約束がありまして」

「ほう？　お相手はマドモワゼル・ラヴェルヌじゃありませんか？」

「名前もご存じで？　ご明察です」

　バンコランがうなずく。「お話の中で実に興味をひかれる点がありますな、中尉どの」と評した。「さきほど、氏の味方はご自分だけだとおっしゃった。どういう意味でしょうか？」

　やせた男は、片目を上げて絨毯の柄をじっと見つめていた。まるで、その幾何学模様を調べてでもいるようだった。やがて、はっとわれに返る。

「そんなこと、言いました？　まったく《ハング・イット》！　そんなつもりはありませんよ」

「ほう？」

「そうですよ、まったく《ハング・イット》！」薄青い瞳の奥に反感がのぞく。「『味方はおれだけ』……。なんだそりゃ、笑っちゃうよ！――これ以上根掘り葉掘り訊かれるのはごめんだ！　止めたってむだだぞ、おれはもう行く！　行くからな……。じゃあいいよ、教えてやるよ。あいつはろくでなしだ――おれの同類だよ。だけどなあ、これだけは言っとくぞ――」

泣き上戸になり、鼻をすすると、バンコランに指をつきつける。

「少なくとも、おれの味方の数もあいつといい勝負なんだよ。やつらがあのろくでなしをやっつけたのならば、墓の前で泣いてやるぐらいはするさ。もう行くからな！　止めたってむだだぞ」

子供じみたおびえようで、よろよろと立って後ずさる。われわれに追いすがる気がないのを認めるや、脱兎のごとく逃げ出した。

「どう思う？」バンコランが尋ねた。

俗物ですね、とダリングズが応じる。

「とにかく、あの男には監視が要る」これはサー・ジョンだ。「私見は脇へ置いても、あいつは信用ならん。生まれついての卑劣漢だよ……。なんだ、タルボット？」

小柄な警部が鉛筆を耳にはさみ、暗い顔でやってきた。

「それが、どうも今ひとつで。医者によると死後四時間かそれ以上だそうです。いくつか判明した事実を集めてきました……」

手帳を見ながら話してくれた。さっきも聞いた内容だが、エル・ムルクはその年の三月にクラブに投宿し、最上階の大きな続き部屋《スイート》をとった。伝統に頓着しないブリムストーン・クラブの特異な経営方針ゆえ、エル・ムルクの風変わりな暮らしぶりにもさしたる問題はなかった。宿代こそ王侯なみにとられるが、要求も王侯なみだ。雇い人はグラフィンと現在帰省中のフランス人従僕、それにアメリカの黒人運転手リチャード・スマイルだった。グラフィンとジョワイエは住み込みでクラブ内にいる。運転手の住所は誰も知らなかったが、車は近所のガレージに預けてあった。エル・ムルクは自室にクラブ従業員の立ち入りを許さなかった。食事はその時々に外食やクラブのグリルを利用したが、たいていはジョワイエの差配で作られたものを四階の自室へ届けさせた。「絵に描いたようなフランス人気質ですよ」従業員たちはそう言っていたが、ジョワイエがクラブのシェフとぶつかったことも珍しくないそうだ。

タルボットによるとポーター曰く、エル・ムルクは「物静かな紳士」だった。ただし、その控え目な言葉に皮肉がこもっていたのも事実である。外部との付き合いは？　手紙のやりとりは？　皆無。招待は？　ごくたまに。だが、ある種の小包がちょくちょく来ていた。いつも同じぐらいの大きさで、茶色の包装紙に青い封蠟《ふうろう》という体裁だ。ポーターの記憶でも、封蠟の上にいつもKの文字が捺《お》され、ロンドンの郵便局の消印だったという。訪問客となると――この九ヶ月に一人もなかった。

タルボットは手帳を閉じた。

「ガレージに電話しましたら、運転手が車を出したのは七時十分ごろだそうです」と続けた。「それと後部座席にあった箱入りの花の購入先ですが、閉店後ですので明朝にでも……」

ここでヴィクターがそっと入ってくると、ぽつりと伝えた。「マールさまにお電話です」

電話！　ラウンジを出ながら腕時計を見た。一時半。それでも今夜のような怪事件の後だ、こんな時間に誰かに電話をもらってもさしてびっくりしなかった。受話器はラウンジ入口の真向かいにある。よしなしごとでもやもやしつつも受話器を取った……。

電話の声がした。「ジェフ！」――不意打ちに胸がしめつけられる。最後にこの声を耳にして、何ヶ月になるだろう。瞬時にさまざまなことがこみあげる。

大声をあげていた。「シャロン！」

シャロン・グレイ。あの声だ、間違いない。以前のままの早口で、とろけるように低い声。以前のできごとに終日ずっと悩まされてきた理由をここで悟った。サリニー事件の起きた、あのまがまがしくも甘美な四月の時と同じく、思い出の裏側でこの娘が動いていたというわけだ(小癪《こしゃく》な！)。

「あなたなの？」ちょっと息せき切って声が尋ねる。

「ああ。君か？」

「そうよ。わたくし――お元気？」私はまともにしゃべろうとしたが、どなり声になってしまう。

「元気だよ！　ああ、その――」

互いに言葉を探しあぐねて黙り、やがて同時にしゃべりかけて中断を余儀なくされる。ほどなくわかったのは、父親(私の脳内変換では棍棒《こんぼう》を構えた悪鬼の一種)がいつもの旅暮らしに戻ったため、シャロンもノッティンガムシャーから南仏へ向かう途中でロンドンに寄ったという。グレイ家がほとんど使ったことがないロンドン市内の屋敷は社交シーズン外で閉まっているが、なまじ友人の屋敷を根城《ねじろ》に遊んでいて父にばれるとまずい、だから父親が確かに未開の地に到着してくれるまでの数日を閉鎖中の屋敷でしのぐつもりだと。

いちおう耳は貸していても、頭にろくすっぽ入ってこない。今この時もあの唇を送話口に寄せ、煙草を振り回して話す姿を思い浮かべてしまう。困惑から夢想へ、やがて生気を帯びて底意地悪く問いかける、変幻自在に移ろいゆく琥珀の目のシャロン。黒く長いまつ毛、むきになって上気する顔、濃い金髪のシャロン。たおやかでしぶとく、その気になれば水夫なみの酒豪にして新聞記者そこのけの悪態をつくシャロン。かつてパリで味わった彼女の夢、嫉妬、怒り、やさしさが蘇る……。

「あのね、ジェフ」彼女が話している。「来てくださる——今すぐに？　いろんなことが一度に起きてしまって——！」

……サリニー事件が決着したあとは、セーヌ河畔の小さな村で忘れがたい熱狂の一週間をともにし、怒り狂った父親にかぎつけられて引き裂かれた。××でなしのおやじに文字通り引ったてられて幕切れ、正真正銘の監禁中を匂わせる手紙が何通か届いた。とはいえ、その一週間があっただけで御《おん》の字だ！　幸い、若者の楽しみを温かい目で見守るバンコランが、われわれの後を追う父親を可能なかぎり遠ざけてくれたのだ。

「——それに、怖くて！　お友達のバンコランさんもご一緒にロンドンにいらしているそうだし、コレットには話しておいたわ……。ねえ、おいでになれない？」

「出られるとも！　帽子をかぶればすぐにでも。どうしたんだ？」

「電話では話せないの。うちの住所はご存じ？」

マウント街の番地を教えてもらい、あとの話はかなり湿っぽくなったが、内容はさておきシャロンはどうも何杯かひっかけていたようだ。

電話を切ったあとになって、どうも妙な胸騒ぎがしてきた。「コレット」という言葉がひっかかるのだ。バンコランの話では、ダリングズと逢っていたエル・ムルクとわけありの謎の女がそんな名だとか。どうやらエル・ムルクの情婦らしいと。それでもコレットなんてよくある名だし、そのふたつが結びつく渦のただなかに自分たちが巻きこまれているなんて、考えるのもばかばかしいが……。

ばかな話で片づけようとしたが、どうにも気になって仕方がない。そこでラウンジから出てきたバンコランに電話の内容を急いで伝えた。バンコランは感情を表に出さず、眉をひそめて考えこんでいる。タルボットのそっけない声がことさら戸口から聞こえた。

「女の名前は先ほどの通りだ」バンコランに言われた。「コレット・ラヴェルヌだが、もう、そうは名乗っていない可能性もある」

「どういう女なんだ？」

「待ちたまえ」電話帳を手にする。「見込み薄だが、エル・ムルクが情婦に金を惜しんだためしはない……」と、指先でパラパラめくる。「なんたること！　あったぞ！　マウント街一二二番、電話メイフェア一七七八番！」

「シャロンの家は」私が指摘する。「その隣だよ」

「では、急いで行きたまえ。いいか、この件は空《から》振りに終わるか、これまた大事な決め手に化けるか、そのどちらへ転んでもおかしくない。エル・ムルクの今夜の行き先がその家なのはわかっている。ただし到着したかどうかの確認はまだだ。この話は他言無用だぞ。タルボットに知らせる必要はない——まだ」

「仕返しにこの捜査を抜け駆けしようというんじゃあるまいね？」

「賭けをした。本気で勝ちに行く。さ、行ってきたまえ。どうしてもという時まで、一言も洩らさないように。君なら足手まといにならないと信じたいものだ」

エル・ムルク、ダリングズ、ナイトクラブの女、シャロン。盲目の神々がこうした駒をそろえ、さも愉快そうな配置にかかっている。操り糸も、意図も、こみいった木偶《で》廻《くまわ》しもなく、奔《ほん》流《りゅう》が——当の神々同様に盲目となってたけり狂う。われわれ一同、押し寄せるその流れを免れられない。ラウンジへ帽子とコートを取りに行きかけて、ちょっと立ち止まった。

タルボットの話にちょうど区切りがついたところだった。いやにぎこちない沈黙で、こちらは帽子を手にして身の置きどころに一瞬迷ったほどだ。タルボットはまたしても歯をがちがちやっている。念頭にある懸案を振り払おうとして、今の今までありったけの長広舌《ちょうこうぜつ》をふるったというふうだった。ずんぐりしたダンディ風のたたずまいで絞首台のテーブル脇に立ち、咳払いをする……。

どこかしら不穏な感じは否めない。明るい琥珀ランプ、天井の高い部屋の奇怪な彫刻群、黒っぽい刈り上げ頭を前のめりにしたタルボット。サー・ジョンが言った。

「どうしたんだ、タルボット?」

どんよりした警部の目がそちらへ向いた。実際家! 手堅いやつ!

「さきほど、こう申し上げました」と言い始めた。「エル・ムルク氏がここに来てから、氏を訪ねてきた客はひとりもおりませんでした、と」

「うん、それで?」

「ひとりありました。今日の午後です」

タルボットは軸足を変えながら続けた。「午後にひとり。どうとっていいものやら決めかねています。二時ごろに来た男がエル・ムルクさんを呼んでくれと交換台に申しました。あっちのロビーは通常かなり暗くしておりますし、照明は交換台の上にひとつあるだけなので、交換手は顔を見ておりません。交換台の向こう側は影になっていたそうで。

ですが男の手は見えた、白いすんなりした手を交換台の上にのせていたと。『エル・ムルクさんは?』と男は尋ね、交換手がエル・ムルク氏の留守を告げ……。男はちょっとためらい、やがて、『じゃ、名刺を置いていく。お手数だが、近いうちにまた伺うとお伝えいただけるかな?』と言いおいたとか」

ひと息ついたタルボットが目をくしゃっとさせた。

「やつは名刺を渡しました。交換手はその場ではあらためようとせず、エル・ムルクに渡そうとよけておきました。ほどなく非番になり、名刺は渡されずじまいでした。これがそうです」

手帳にはさんだ厚紙をテーブルに出し、かがみこむ一同の表情をじっと見守る。サー・ジョンは一瞥したとたん、いつもの厳しさに似合わない妙な表情を浮かべて顔をそむけた。バンコランが、ふっと乾いた笑いを洩らす……。

私はというと、胃の腑《ふ》から吐き気がじわじわこみあげてきた。伝言がひっそりと蘇る。「近いうちにまた伺うとお伝えいただけるかな?」名刺にあっさり刻まれていたのは、おなじみの名前だった。

ミスター・ジャック・ケッチ

6 縊《くび》れて果てた男

おもての霧が薄れ、街灯のまわりに明るい光の暈《かさ》が躍る。厳しい寒さがペルメル街の人影を一掃、はるか先のピカデリーで車のブレーキ音がする。角で流しのタクシーを拾い、穴ぐらを思わせる車内に沈みこんでセント・ジェイムジズ街を抜けた。

処刑役人ジャック・ケッチが名刺を置いていった。これまで遭遇したことがないほど狂気じみた、凶々しくも鮮やかな手口だ。狡猾《こうかつ》な足音がひたひたと闇の中を迫りくる、すぐ近くへ――シャロンの身辺にも? ロンドンの夜のざわめきをついて、タイヤが眠気をさそう歌をうたい、タクシーの暗い車内に思い出が次々とたちあらわれる。それはこの胸を去来し、したたかに痛めつけはしたものの、喜びもまんざらないわけではない。車はピカデリーの薄明を走り抜け、寒空をつんざく警笛の鳴り物入りでバークリー街から閑静なメイフェアへ入った。

あの四月のバルリ・シュール・セーヌ村は、白亜の家並みに白い道をガタゴトと進む手押し車。ガチョウどもが偉そうに行列し、大学教授のようになんだろうという顔で通り過ぎる。鳴き声まで聞こえるようだ。往来には麦わらと堆肥の臭いがし、日なたに繁る木々のようにまどろみ、河のせせらぎがかすかに聞こえる。

たしかバルリ・シュール・セーヌには小さな宿屋があり、川から吹くそよ風が紅白のカーテンを揺らしていた。そこかしこにシャロンの面影がつきまとう——暗闇に石油ランプの灯心が煙れば、シャロンの目、シャロンの腕があらわれる。あの時の痛み、ささやき、けんか、口論、酒浸りだったことまでがすべて春のおぼろ月に織りこまれて、一場の夢物語となった。

シャロンが必要だ、いつものことだが、そう思うと今度もはっとした。タクシーがバークリー広場を左に折れる……。

寒空に暗い夜道をしばらくなぞり、ようやく目当ての番地を見つけた。乗ってきたタクシーがギアの音高く走り去る。やがて大きな玄関ドアが開き、薄暗いホールが見えた。奥にぼうっと薄明かりが灯り、ドアを開けたのはシャロン本人だ。前よりさらに小柄に見える。薄明かりが白い肩と濃い金髪を照らしている。まんなか分けの細い筋までくっきりと見えたが、その顔はまだ影の中だった。光の中へ出てくると、ちらりと笑みを浮かべ、いきなり鋭い目つきになる。押し寄せる思い出が私の胸をつまらせた。

痛切な思いを抱えながら、私は勿体ぶった挨拶などさりげなく口にしていたが、ホールにほかの人影を認めて怒りがふつふつと煮えたぎった。男だ。畜生！——乗せられた！　最初の出会いがこれか！　男か。ははあ、なるほどね。男なしじゃ寝られないってわけか。彼女が挨拶の手を出した。その手を取って時計の秒針がひとつ進むと、胸にカチリとはまった何かがどうしても取れなくなった。

彼女が言った。「ジェフ、こちらはピルグリム先生よ。先生、マールさんです」

大きくひとつ息を吸うと、相手の姿がゆらりと視界をふさいだ。長身だ。やせているが貫禄《かんろく》ある印象を受ける。見たとたんに好感を持った。まじめで聡明でユーモアをたたえた角ばった顔。前に患った名残のあばたが薄気味悪いほど散ってはいるが、濃い眉の下に飄々《ひょうひょう》とした猫のような緑の目が光っている。五十は過ぎているはずなのに、たっぷりした黒髪に白いものは見当たらず、今みたいに笑えば二十は若返る。そのがっしりした肩が光をさえぎっている……。

「お目にかかれて幸いです、先生」ピルグリム！　ピルグリムか！　あの名前じゃないか！

――「もしや」と尋ねる。「ブリムストーン・クラブにお住まいのピルグリム先生でいらっしゃいますか？」

向こうが驚いた顔をした。

「そうですよ、マールさん。まさにご明察です。しかしまあ！　小説にはそんな話がちょいちょい出てきますが、現実の探偵が本当にそんな特技をお持ちとはね。お嫌でなければ、種明かしでも――？」

答えを促すようにまた笑いかけた医師の肩ごしにシャロンと目が合い、声にならない声が洩れた。彼女は唇に指を当てて、なにも言うなと懸命に合図している。このお嬢さんは以前から、私の親友でも信じかねるような才能あふれる役を私に割り振って人に吹聴する、妙な癖があった。今回は名探偵役らしい。しかも彼女の吹聴癖から推し量るに、欧州随一の名探偵にでもされているのだろう。

「おほん！」私は咳払いした。

「──靴の泥ですか、さもなければカフス・ボタンでも落としてますか？」と、ピルグリムが尋ねてきた。

いやいや、と手を振る。「簡単至極ですよ。あのクラブに泊まり合わせて、たまたまお名前をうかがったもので」

「ああ！」拍子抜けした顔で額《ひたい》にしわをよせた。「まあ、とにかく推理でなくてよかった。身近にそんな探偵がいたら、誰しもおちおちできませんよ……」

医師はシャロンに向き直ると、ちょっと帽子を上げて挨拶した。コートはとうに着ている。「一通りの手当てはいたしました、ミス・グレイ。患者はひどく怯《おび》えておられますが、必要な処方はたっぷりのブランデーです。明日、いちおう念のために往診にうかがいます。今夜のうちにご自宅へお戻しになっても、むろん構いません……。さて、それではこれで」

「なんと御礼申し上げたらいいか、先生」シャロンが言う。「わたくしひとりでは、本当にお手上げでございました──」

私は一世一代の努力でせいぜい探偵らしい顔をしてみせたが、後でシャロンに言わせれば、歯痛病みの天使みたいだったとか。勿体《もったい》ぶって割り込んだ。

「何があったのか教えていただけますか？」

ピルグリムの顔が曇る。

「お隣のミス・ラヴェルヌです」猫のような緑の目が思案する。「事情は私もよくは。三十分ほど前にこのマウント街を通りがかりまして。グローヴナー広場の友人の家でかなり遅くまでブリッジをした帰りがけです。隣家の前まできたら玄関のドアがばたんと開いて、女が悲鳴をあげて走り出てくると路上に倒れた。とっさに街灯にぶつかって昏倒《こんとう》したのかと思いましたが、診《み》てみたらただの気絶でした。ミス・グレイもご一緒でしたので、事の次第はご説明願えるでしょう。ミス・グレイのお申し出でこちらへ患者を担ぎ込み、今は回復なさってます。だいたいそんなところでしょうか」

帽子をかぶり、口のはしにかすかな笑みを漂わせて、半眼《はんがん》でわれわれふたりをつくづく眺め、

「おやすみなさい、ミス・グレイ。おやすみなさい、マールさん。何か——推理を思いつかれましたら教えてください。私はブリムストーン・クラブにおりますのでね」

玄関が閉まると私はシャロンを見て、「グルルルル！」とうなってやった。それから、「その女をさっさと帰してしまえ。話があるんだ」

そのあとは悪魔にけしかけられでもしたように激しい言い合いになり、打ち解けない状況が続いた。極彩色で何百回となく思い描いてきた再会場面だが、いざ起きてみればこんなもの、となんとなくわかっていた——味もそっけもなく、もつれて台無し。二人ともこれまでさんざん感傷を抑えてきた反動で、止めても止まらないのだ。だからよけい腹が立つ。当惑しつつも鋭く目を光らせた彼女は、美しいが反抗的な唇をきゅっと引き結んでいる。ああもう面倒くさいったら。

「その患者をお見舞いに行こうか」私が申し出た。

「いいでしょう。お二階よ」

大きなホールには肖像画などの先祖の業績が飾られ、こもった空気が埃《ほこり》くさかった。オークの羽目板張りに、白々と覆いをかけた家具が不気味に並ぶ。二人とも、とるにたらぬちっぽけな自分たちを思い知らされたかっこうだ。大階段にさしかかる——絨毯を敷きつめた頑丈な特大の階段、棺桶《かんおけ》を運びおろすにはうってつけだ。曲がりの部分以外なら、棺桶を手すりにすべらせれば無事に階下へおろせるだろう。階段下のくぼみに薄暗い灯がともり、隙間風が顔に吹きつける。シャロンは二階の直前で足を止めた。振り向いた白い額や、黒いくまとぎらつく目をいまでも思い出せる。悪党づらにひだ衿《えり》をあしらった紳士の大きな暗い肖像画を背景に昂然《こうぜん》としてみせながらも、闇を怖がる子供みたいに震えている。

「話しておきたかったんだけど」と言われた。「こうなった事情を……」

あやふやで、冷ややかな小声だった。

「ずっと思ってたの」額にかすかなしわが寄る。「わたくしたち、一緒にいると暇さえあればいさかいや口論に明け暮れ、猜疑《さいぎ》心に駆られてひどいことばかりしてるじゃない？　違う？」と、ぶつけるように言った。

「そうだね」私は静かに応じた。

「でも、あなたは違うわね。ただ自然とそうなるだけ。わかってないわ。わたくしがご自分に首ったけだとでも思っていらっしゃるんでしょ、でも、そうじゃないの——わたくしが自問自答しなかったとでもお思い？　そういうあなたは？　ちゃんと考えたとおっしゃるなら大嘘つきよ」

らんらんと睨む目が私からそれて頭上の闇をあてもなくさまよう。双方どうかしたみたいに戸惑い、ぴりぴりしている。彼女が両手で壁をばしんと叩いた。

「この狂った世間の外に大事なものを置き忘れてきたのよ、ほかの人もそう。いろんな変な人に会うでしょ――ニース、カンヌ、ドーヴィル、至るところで。血も涙もない外面《そとづら》だけの人たち――憎らしそうに、そんなもの、とうに捨ててきたよってげらげら笑う。わたくしたちの世代はみんなそうなの。それは小さなことだし、本当かどうかもわからないけど、それが必要なのは重々わかっているの。コレットと話せば、わたくしの言いたいことに思い当たるでしょうよ。さ、行きましょ」

「その女を拾ったいきさつは？」

「あら、前からの知り合いよ。クラブへ今夜電話したら、あなたはお芝居へいらしたって。その後で、うちの灯に気づいたコレットに声をかけられたの。とても取り乱して――おっつけわかるわ――そしたら……。ああもう！　ほんとにぞっとした！　一難去ってまた一難だなんて！」両手をもみしぼるようにして泣きだした。「どうしてわたくし、いつもいつも巻きこまれてこんな目に遭わされるの？」

「この屋敷にひとりきりってわけじゃないんだろ？」

「ひとりきりよ。入る時だって窓からこっそりですもの。父に知れようものなら……」

陰気くさい吹きさらしの階段の上がりはなで、暗い肖像画を背にした愁嘆場《しゅうたんば》は束の間に終わった。表通りを見おろす小さな居間のドアを開けるころには豹変し、しとやかなシャロン、快活なシャロンに化けおおせていた。
「ずいぶん、待たせたじゃないの、お嬢ちゃん」恨みがましい声がした。明かりは暖炉の火だけだ。フコレット・ラヴェルヌは暖炉脇の肘掛椅子におさまっていた。ひとつひとつの音節をぶつ切りにランスなまりの平板な声、一語ずつ独立した文章みたいに、ひとつひとつの音節をぶつ切りに発音する。入ってくる私たちに、形ばかり向いてみせた。

暖炉の薪がぱしぱし鳴って煙の勝った青白い炎を上げ、真鍮《しんちゅう》の薪載せ台と女の顔に不気味な光を投げかける。背の高いウィングチェアにやたらかしこまって座り、小さすぎてシャロンの借り着に違いない青いキルトの部屋着を羽織っていた。

顔立ちは申し分なく端麗だが、冷たく険《けん》がある。硬質な白磁の肌に、口紅を引いた唇がしみのように浮いている。白眼までつややかな焦茶の眼は、まっすぐな眉の下で冷たく動じず、ひどく計算高そうだった。暗い赤毛を衿足でまとめている。たしかに見たこともないほどの美貌だが、少しも魅《ひ》かれない。恵まれた上背と男心をそそる姿態は青いキルトの部屋着でも隠しきれないが、険のある顔同様に体つきも金属めいて硬く、やはり計算高い性格がうかがえる。鼻翼の影まで計算ずくで、顔全体に計算高さが漂っていた。

「じゃ、あなた、探偵さん」ぶつ切り口調でそう言われた。「いやあだ！　こんな、お若い人だなんて！」きれいな白い歯を見せて、いきなり笑いだした。「怒らないでね。横に来て、かけて、おしゃべりしましょ」

と、隣のソファを叩いてみせる。快活を装っていても冷ややかに値踏みする目、ちょっといかついあごに怒りっぽさがにじんでいる。しなをつくって腕をさしだすと、トルコ石をあしらった銀の腕輪が数本かすかに鳴った。どういうたぐいの女かは心得ている。リヴィエラに行けば、すぐにでもお目にかかれる手合いだ。賭け事好きで、夢中になって何時間でも粘るくせに、損しないように小口の賭けをちびちび抜け目なくやる。ペキニーズ（いつ見ても蹴とばしてやりたくなる代物だ）をちやほやして、遊歩道の棕櫚《しゅろ》の陰でおおよしよしなどとやっては笑っている。きらびやかで無邪気で頭の回転が良くて験《げん》担ぎ、おまけに冷血なることコブラの如し。

コレット・ラヴェルヌが上の空でシャロンに、「ねえ、お利口さんらしく、気を利かせて、上等のブランデーをもっと持ってきて。アブドゥッラー印の煙草も。この、すてきなお若い方と、お話しするんだから」

身構えたシャロンの顔は、今にも「なんですって？」と言わんばかりだ。だが相手はもうシャロンなど眼中にない。私はますますこのコレット・ラヴェルヌが嫌いになった。誤解を解いてやる気はとうにない。ひとを探偵と思いこんでいる。だったら《エルゴ》調子を合わせるまでだ。今夜転がりこんできた手札を袖に隠して、イカサマ勝負をやりおおせてやる。

しかもこの女は怖がっている。笑ってみせて、計算高くふるまっていても、何かを死ぬほど恐れている。女は暖炉の火を見つめて話しだした。

「あなた、警察じゃ、ない？」

「ええ」

「じゃ、お話ししてもいい。いま、困ってます。ひどいことよ、でも、あなた警察なら、話せないの。シャロンが信用できると言った人……」無表情な茶色の目でおもむろに見回す。唇は無言の悪態でも吐《つ》いているふうで、目の奥にくすぶるものがある。いきなり両手で椅子のアームを叩き、金切り声でニザーム・エル・ムルクを痛烈に罵《のの》しった。腕輪の音が伴奏をつける。「――でも、あんたに、わかるわけないか」と、言葉を切る。「お話し、しないとね。

あたしの家、お隣よ。囲われてる。だんなはエジプト人、すごい金持ち。わかる？ ことの起こり、十年前。あたし、おばかさん。でもわかってる、事情はこういうこと。

ニザーム――だんなはニザームっていうの――そのころ、パリにいた。十一月だった、今月ね、戦争終わったばかりのころ。愉快な仲間たくさん。まだ、だんなと暮らしてなかったけど、お金いっぱい出してもらった。あの人いつもそう、お金惜しまない」思い出すように、「でね！ ニザーム以外、あたしに二人惚れてた。わかる？ 一人はフランス人。ド・ラヴァチュールって人。すんごい素敵、でも」――肩をすくめた。「あんまりお金なかったし、戦争でけがして、体不自由。もう一人は、イギリス人。

大きな、背の高い若い人、たくさん笑う人。戦争では飛行機乗り《アヴィアトゥール》。撃墜されて、みんな死んだと思ったけど、実はパリの病院にいた。〝キーン〟と名乗ってた。理由知らない。だって本名じゃないってその人に聞いた。前に本を出したときのペンネームだって。

でも言ってた、この先も〝キーン〟で通すんだって。生きてるって身内にばれたら、国へ帰ってこいと言われる、まだしばらく帰りたくないからって」

また思い切りよく歯を見せて笑った。

「はっ！　いつもあたしに言うの。『「ベティー」（そう呼んでた）、君はぼくの可愛い彼女だろ？』そしたらあたし、『そうよ、あんたの可愛い彼女よ。でも髪をいじらないで』」またしても怒りだして、盛大に肩を揺すると下唇をつき出した。「ニザーム、しょうもないばか。自分じゃなく、ド・ラヴァチュールとキーンが意中の人だろうって。はっ！　あたしそんなばかじゃない、絶対！　でも、ニザーム、そう考えた。まーぬけーよねー！――で、とにかく《アー・ビアン》、ニザームはブーローニュの森はずれに、大きな家を買った……」

さらに過去に浸る。

「部屋、六十四もある屋敷。パーティいっぱいやった。すごいパーティ！　どんだけお金かけたか！――たった一回のオーケストラ代、しめて十万フランね！　踊りのお相手役にいつも本職のバレエダンサー雇ってた。で、みんな酔っぱらう。

ある晩（十一月十七日の晩だった、明日よね）、エジプト舞踏会とかいうのを開いた。みんな仮装して。すごかった！　三十万フラ――ま、とにかく。その晩のニザーム、様子が――いつになくおかしい――というより変だった。いかれた顔、蛇がぐるっと巻いたみたいなのをおでこにつけて」

ブランデーの瓶と銀のシガレットケースを持ったシャロンが暖炉の光の中にあらわれると、女は口をつぐんだ。シャロンはブランデーと煙草をコレットに近いサイドテーブルに載せ、私と並んでソファに腰かけた。

しゅうしゅうと薪をとりまく青味がかった黄色い炎に見入りながら、私の頭の隅で奇怪な姿がしだいに形をとる。「蛇がぐるっと巻いたみたいなの」——古代エジプトのファラオの鉢巻《ディアデム》状冠だ！　ニザーム・エル・ムルクの額にさぞ映えただろう。ここで、その午後のバンコランの話がふと浮かび、横からいきなり背骨を引き抜かれた気がした。「夜明けのブーローニュの森でパリ警察が見つけた男の死体は、金の衣にサンダルで四千年前の古代エジプト貴族に扮していた。頭を撃ち抜かれてね……」

煙草に火をつけようとコレット・ラヴェルヌがあげた腕を、ほのかに光る腕輪が音を立ててすべり落ちる。唇から漂いでた小さな煙の渦がじっと動かない目の上へのぼってゆく。しなやかに伸びをして肘掛椅子に沈みこみ、椅子のアームを指でこする。無表情で抜け目のない冷たい顔。焦茶の目を細め、痣《あざ》のついた朱唇をゆっくり開いて白い歯をのぞかせると、煙草の巻紙のきれっぱしが唇についていた。

「ニザームはいろいろ本を読むけど、あたしはさっぱり」ふと洩らす。「ばかだから、あたし。いろいろあってさ……。

あの晩だけど、大騒ぎ。何があったか絶対言わない。あたしはド・ラヴァチュールとキーンを探した、でも見つからなかった。明け方近くになって友だちが入ってきて。ほかの人ほど酔ってなくて、がたがた震えてた。みんな酔っぱらって花壇にぶっ倒れ、誰にも話が通じなかったって。つっ立って、どなってたよ。『ド・ラヴァチュールが誰かに撃たれた。警察はキーンを探してるぞ』」

話がとぎれ、暖炉の炎の音がする。

「ド・ラヴァチュールの死体、ブーローニュで見つかった。警察、マルソー街のキーンのアパートへ踏みこんだら、ベッドで酔いつぶれてピストル持ってた。ニザームは笑ってた」

また間があく。コレットがぱっと手を口へやると、深々と煙草を吸った。

「キーン、酔いが醒めて泣きだした。ド・ラヴァチュールと決闘したって。警察が尋ねた。もう一丁の拳銃はどこだ。だって、キーンのピストルしか見つからなかったから。キーンは言ってた、拳銃を貸したのはニザーム、決闘につきそって、見届け人になってやると申し出たのもニザーム。嘘か本当か、ニザームに聞けばわかるよって。

ニザームは笑って取り合わず、肩をすくめて終わり。なにもかも嘘っぱちだって……」

コレットは絹ストッキングの長い脚を組んだ。前かがみに手を伸ばし、手酌《てじゃく》でブランデーを注ぐと、いわくありげな態度で深々と椅子にくつろいだ。

7　夜ふけのノック

女は大はしゃぎで、グラスを持つ手を肩まで景気よく上げてみせた。

「面白いじゃない？」と、シャロンに尋ねる。青いローブにブランデーをこぼし、口をとがらせて詫《わ》びにかかる。「やあだ！　ごめんね、あたしったら！　せっかくの……まあいいわ《アロール・ルヴ》、本題にもどりましょ《ノン・ア・ノ・ムトン》」

シャロンがこちらへ振り向いて笑いかけた。

「はあん」と、コレット。「いいね、いいね！――かわいい英国娘と名探偵さん！　けど、用事を先にしてよね」

と、あごの線をそこはかとなく険しくする。

「今話した通り」煙草をぷかぷかやりながら、「キーンだけどね、キーンは酔ってて、大して覚えてなかった……。ド・ラヴァチュールと決闘の約束は覚えてる、撃ったのも覚えてるけど、弾はまず当たらなかったはずだって。

覚えているのはニザームに背中をどやされ、おまえはド・ラヴァチュールを撃っちまったぞ、面倒だからひとまず帰れって言われた。それでおしまい。

ニザーム、全部認めなかった。こうだって。キーンがド・ラヴァチュール脅すのをたまたま聞いた、そのまま森へ連れ出して撃ったんだろう。自分は夜通し屋敷を出なかった、証明できるって。で、証人はあたし。話せるほど素面《しらふ》だった人ほかにいなくて、ニザームは外へ出なかったと証言するはめに……」

「実際には、出たんですか？」

女は思案の目でじっくり値踏みし、薄く笑って骨太な肩をすくめた。

「えっ、あたし？　どうやって知るの？　あの人のやること、一から十までどうでもいい。それに素敵なイスパノスイザの車をせしめたのよ、他にどうしろと？」

さも心外そうにされたので、こちらもうなずいた。

「なるほど。続けてください」

「いいわよ。わかってくれてよかった……。で、キーンは殺人で裁判にかけられ、ニザームは法廷で話し、あたしも話した。キーンはどんな刑でも文句ないって。ただし決闘だった、丸腰の男を撃つような卑怯者じゃないと身のあかしを立てたいって。笑っちゃうじゃない《サ・セ・リゴロ・アイン》？　英国《セ・》人《ザングレ》よねえ、間抜けったらないわ《イル・ソン・トレ・トレ・ドロール》！」笑ってグラスを手にすると、ちょっとは気がさしたものの、またもやすぐにそんな男の愚かしさを笑うのだった。

「キーンの判決、終身刑。でも行かなかった。独房で首吊った」

女が椅子にかけ直した。広い屋敷内のどこか階下で、時計が二時半を打つ。

「終わるまで、あたしも落ち着かなかった」思い出口調で認める。「知り合いに、怖い男がひとりだけいた。あんたの絶対知らない人。バンコランって名前よ。あの疫病神《ス・シャモー》、汚らわしい売《ス・サル・フィス・》女の倅《ド・ピュタン》め！」両手を握りあわせて悪態をつく。「いつも笑ってばかり。何も信じない。でもその時は戦争に行ってて、裁判がすむまでパリに戻ってこなかった、だから最後まで手出しできなかった。そしたらある日、うちにきて、すーごくお上品ね、手袋にシルクハットで愛想いい。『こんにちは、マドモワゼル』だからあたし、『なんなの？　あんたなんか知らない！』そしたらやつが、『そうですな、マドモワゼル』またにっこりして、『ですがそうなりますよ、あるいはいずれ。それだけお伝えにあがりました、マドモワゼル。あるいはいずれ』だって。

　それで引き上げてった。警察怖い。ばかじゃない。警察っていうと、思い浮かぶのはあいつ――誰が行くもんか、警察なんか――でも、あんたは違う、あたしの味方ね」

　盲目の神々の織物ときたら！　死と偶然とシャロンの大ぼらがないあわさり、断じて警察に口を割らなかった女からこんな話を引き出させた。ほんの行きがかりで正体を伏せていたら。そうすると――どうなる？

「不思議がってるね」また話しだした。「なぜ、こんなのしゃべるか。いいわ。さっき言ったでしょ、キーンの本名は知らない。そこ、いい。誰か、知ってる。誰か、ニザームとあたしがキーンを死なせたと思ってる。その誰か、あたしたちふたりを殺そうとしてる」

　身を乗り出し、そら恐ろしいほど真剣な目になった。

「で、その人物は――？」私は尋ねた。

「わからない！　それ、あんたに調べてほしい！　ゾッとする！　こそこそ野郎のやり口、もう耐えられない」

　さてこうなると、うかつに手の内を洩らさないように気をつけないと。陰険な計略は完遂目前、勝ちどきを抑えられなくなりそうだ。

「キーンと親しかった誰かが、凝った復讐を企てているとお考えなんですね？」

「そうよ」

「ですが、すべては十年前の話でしょう。その誰かに」――さ、気をつけろよ！――「その間ずっと狙われていたと？」

「違う、違う、違う！　十年ずっとじゃない。あたしたちロンドンに来てから。たった数ヶ月よ。やつの狙い、主にニザーム。ほんの数週間前、あたしに目をつけた。ここからが大事。ニザームどうでもいい。大事なのは自分、わかる？　ニザーム殺されたっていい、後釜候補ならいる。でも、あたしも殺す気なら……」と、両腕を派手に放りだした。

「ははあ」と、私はそっけなくあしらった。「どういうわけでご自分が――狙われていて、キーンの死のせいだと思われるんです？」

「ああ、それニザームが知ってる。あいつ、あたしにあんまり教えてくれない、いかれてるわ。ボロボロ口走る。死神がくる、自分にはわかる、わかるって」大きな手で椅子のアームを叩いて〝わかる〟をことさら強調した。迷信家の目になっている。「警察は役に立たないって、わけわかんない文句を唱えてた。けど、学もあるしわかってる。だからあいつに起きた話はしない、あたしに起きた話をしてあげる」

女はしばらく口をつぐんで頭の中をなぞると、グラスを干してテーブルに置いた。

「ニザームずっと言ってた。誰かが変なもの送りつけて脅すって。でもあたし、笑っただけ。すぐに自分にも手紙届いてびっくり。家にあるから今はないけど、中身覚えてる。何度も読み返して、そっくり、そらで言えるよ」

指を立てると、おもむろに暗誦《あんしょう》した。「こうよ。『ラヴェルヌ嬢　謹啓　貴女がパリでJ・G・キーンなる若者の死に関与なさったと最近知りました。十全な贖罪《しょくざい》を求めるべきかどうか、いまだ確信はございませんが一応は請求申し上げる次第。逝去十年目の十一月十七日は、貴女様にもニザーム・エル・ムルク氏にも忘れがたい一日となるでしょう。敬具――』」

言葉がとぎれ、ひとしきり息が乱れた。

「それから?」私が尋ねる。

「『ジャック・ケッチ』よ」と言い終える。

闇夜をずっと恐怖に塗りこめた影が、ここにきてにわかに姿を見せたわけだ。想像の中でジャック・ケッチの白い手がコレット・ラヴェルヌの椅子の背にだらりと置かれるのを私は見た。ブリムストーン・クラブの電話交換台の上に置かれた手と同じものを。

女のほうは暖炉のほのかな光で固まり、きつくきつく手を握り合わせている。

「誰よってニザームに訊ねた。そしたら、ジャック・ケッチはただの――ペンネーム、昔のロンドンで縛り首を仕事にしてたやつがそう呼ばれてたって。処刑役人よ」

「で、あなたはなんと?」

「まあ、初めは――ニザームすごく不安がって――これをやってるやつ、突き止めるから手伝えって、あたしに。でもあたし、言ってやった。知ったことか《ジュ・マン・フィッシュ》！　あたしに関係あったっけ？　そのあとで自分も手紙もらった、当然怖くなる。だから当然、進んで手伝った」

ちびた吸いさしで、新しいのをつけた。

「それに、手がかりがあるってニザームが……」

「どういう手がかりです？」

「よく知らないけど、これだけは。キーン、自分の話はあまりしなかった、ね？　でもニザーム、他の人の名を出したのを聞いたことある。きっとキーンの知人の誰か――ニザーム、絶対忘れなかった。友だちだって言ってた、ダリングズって名前」

「ああ！」

「で、ニザーム、うまくすればダリングズから〝キーン〟の正体を聞き出せるんじゃないかって、ね？　キーンが名前を出すなら、ダリングズと知らない仲のわけない、ね？　それで、キーンの正体がわかれば、今回の黒幕の正体もわかるんじゃないかと……。

でもさあ、そのダリングズっておっかしいの！」いきなり笑いだし、思い出して目をきらめかせた。「あはは！　英国人ってさ、もうほんとに笑っちゃう人たちね。ダリングズって人、どっか足りないんじゃないの？　いやいや、これから話すけどね。ニザームが待ち伏せして引っかけ、あるナイトクラブに送りこんで、あたしと知り合うように計らったの。こないだの晩なんかぐでんぐでんになっちゃって、家まで送るってきかないのよ。そんなやつ、何になる？

だからだましてタクシーを帰しちゃった、おかげで名前も住所もばれずじまいよ……。

まさか正面切ってキーンを知ってますかなんて訊けないでしょ、気をつけないと。目当てを悟られるわけにはいかないでしょ、だって――」

「ジャック・ケッチかもしれないと思ったから？」

女は驚いた顔をした。

「あいつが？」と見下したように、「はん、あんなやつ！　間抜けもいいとこ。違う違う！　それにジャック・ケッチかもしれない男と一緒にタクシーに乗りこむとでも？　はん！　そんな底抜けの間抜けに見える？　違う違う。あいつはキーンを知ってるかもしれないってだけよ」

いらいらと身じろぎした。

「でも何にも知らなかった！　だからニザームに言ってやった、あいつじゃ絶対わかんない。〝キーン〟が嘘の名なら、そこから本名たどれるわけないでしょ？　こっちにその名しか手持ちがないなら、あっちだって身元のたどりようがないでしょ？　ばっかばかしい！　友だちなら一杯いるってさ。そらみたことか《ツオワラ》」

「キーンの写真はないんですか？　スナップ写真とかそういうのが？」

「ないわ」

「で、裁判になっても身元を知る者は出なかった？」

「出なかった。言ってたよ。『どうせ死ぬなら、人の顔に泥を塗ることないだろ？』だから、とうとうわからずじまい。書類は全部、残らず全部、破棄しちゃってた。『消えゆくのみだ』

って」

「そうですか。外見はどうでした？」

「ああもう！」かぶりを振る。「さあどうだろ。背が高くて、黒っぽい髪に灰色の目。どうだか。だれだって当てはまりそう。あんたでもおかしくない。それはそうと、今晩あったことを話しておくね」

シャロンが身震いしてソファを立ち、暖炉の火を熾《おこ》しに行った。燃えあがった炎の中で薪が音をたてて崩れたが、室内は冷えこんで仕方がない。心臓のとどろきが自覚できるほどだ。

「マールさん、ニザームはジャック・ケッチの手に落ちたのよ！」

コレット・ラヴェルヌの宣言は、彼女が期待したほど驚きではなかった。私はただうなずいて、こう尋ねるにとどめた。「そうと知ったのは？」

「きょうの午後早く、ニザーム電話してきた。鼻風邪を引いて気が立ってたけど、今夜は車で行くから外食しようって。だからあたし、いいわよって。だって女中もコックも夜いないし。そしたら、八時ごろ行くからって。

でね、今夜はひとりで着替えて待ってたの。でも来ない。すっかり着替えて、待っても待ってもあらわれない。うちはあたしだけだし、ちょっと！　何かあったんじゃないかしらって、ふとそんな気がして。うちじゅう明かりをつけて回って、窓からずっと外を見てた、車の音がするたびに玄関を開けた、でも来ない。だから住んでるクラブに電話した。一時間前に出たって言われた。そこで思った、ジャック・ケッチの手に落ちた？　あたしんとこにも来る？　気が狂いそうだった！」

彼女は話しながらも、シャロンのほうに目を向けた。

「ねえってば、これ着る時に脱いじゃった服は？　とってくるものがあるの。早くして！」

「すぐうしろの椅子の上よ」シャロンが答えた。

女が立つ。思ったよりはるかに背が高く、全身が緊張しているおかげで、ローブごしに豊かな曲線と豊満な胸と腰つきがあられもないほど目につき、薄い黒絹の靴下を膝上までおろしている。そんななりで暗がりへ向かいながら、長身（エル・ムルクがさぞ小男に見えただろう！）を恥じるふうもなく堂々としている。椅子に脱ぎ捨てた服の山から何か出すのが見え、結った赤毛をかがんだ拍子に光らせた。横目でたえずこちらをうかがう。やがて、片手になにやら載せて戻ってきた。

「また一時間したあたりで、おかしい、何か、あったって。窓辺にいたら警官が通りかかったんで、あんまり怖いから話し相手に寄ってもらおうとしたのに、承知しないのよ！　話にならない！」と息巻いた。

「出るのは嫌、家も怖い。そしたらここんち、電気がついてた。そういえば午後にミス・グレイが来てた、自分一人だけだって言ってたわと思い出して。それで電話した。『ねえお願い、あんた、うちへきてしばらく一緒にいて。なんだか怖いの』

この子、あんたを電話でつかまえようと、ずっと頑張ってくれたんだけど、お留守でね。それで二階で一緒に飲みながらしゃべってたら、この春パリで、あんたがすごい名推理でお手柄だったって……」

そう言われて、横目にシャロンをうかがう。あちらは視線を合わせようとしないが、顔を赤らめた。

「……いくら遅くなってもニザームは来ない。嬢ちゃんが『家に帰る』と言いだすから、あたし、『だめだめだめ！　お願い、帰らないで！　今夜はここに泊まってよ、あたし一人きりにしないで』って。

で、しばらくして、誰かが玄関をノックしたの」

そう聞いて、背筋がうそ寒くなった。女は必死ですがるような目をしている。

「トントントン——表通りに面した戸を、ちょうどそうやって叩いてた。トントントン」ゆっくり手を上げ、ノックのまねをした。「心の中で、『ニザームかな？』と言った。でも、ニザームいつも呼鈴を鳴らす。初めは怖くて降りられなかった。で、シャロンに言ったの。『あんたもついてきて』

明かりは全部ついてた。下へは行ったけど息ができないほど怖くて、あのトントントンはまだ続いてる。

ドアを開けた。誰もいない。霧をすかして見たら、玄関前の段々に誰かが名刺を置いてる。かがんで拾おうとしたら、いきなり誰かに肩を叩かれた」

片手をぱっと振ると、めくれた唇から食いしばった歯をのぞかせて嗚咽《おえつ》の声を洩らした。

「ちょうど名刺をとり上げた時に、うしろから指で肩をとんとん。もう耐えられなくなって。

悲鳴をあげた。走りだして、その後はぜんぜん覚えていない。気がついたら、この部屋のあのソファにいて、その名刺を持っていたわけ」

問題の名刺をさしだす。おおよそは予想がつく。暖炉のほの明かりに、「ミスター・ジャック・ケッチ」という不吉な名が読み取れた。しかも名刺の端に血痕がある。

沈黙が長引く……。

「特に襲われたりはしなかった？」

「なかった。たぶん、け――警告。まだ、襲うまでは……」

「で、肩を叩いたやつというのは？」

「見えなかった――だれひとり」

私はシャロンに向いた。「現場に君も居合わせたのか？」

「ええ、すぐうしろに」シャロンは張りつめた顔で、前を見すえている。「誰も見なかったわ……」

「それから？」

「街灯の下でこの人が気絶しちゃって。そこへ男の人が通りかかったから、二人でかがんで様子を見たの。わたくしが『お医者さまを呼ばないと』と言ったら、その人が『私は医者です』って。二人がかりでなかへ担ぎこんでね。その後もお家へ戻ろうとしないの」

「あの家に帰れって？」コレットが金切り声をあげる。「ひとを気違いだっての？」

「声が高いですよ。で、何時ごろでした？」

「時間、知ってる」コレットは固唾《かたず》をのんだ。「時計ばかり見てたから。一時十五分だった」

問題は提出された。断片は、隠微でおぞましい文様を描いて目の前に並べられている。二人の前でちょっと迷ってしまった。バンコランには「何も言うな」と言われてきたが、どんな質問をすればいいのか、踏ん切りがつかない。

「で、もう耐えられなくなった。ミス・グレイの話を思い出して、あんたに電話してもらったの……」

（それでシャロンは引くに引けなくなったわけか？　たまたま私もだが）

「ねえマールさん、あたしの身は危ないと思う？」

「思います」

「ニザームはやつらの手に落ちたと思う？」

「思います」そこは自信を持って言い切れる。妙なもので、勿体つけた心得顔で自明の話をひとつしただけで、すごい慧眼《けいがん》の持ち主らしく思わせるのがここまで簡単だとは。深刻な顔であごをなでながら、内心は合衆国大統領にでもなった気分だった。「本件の――心理的側面に踏みこまなくては」と、かぶりを振ってみせる。

（いまいましいほど五里霧中の場合、いつも使える逃げゼリフだ）

「で、訊くけど、あたし、これからどうしたらいい？」

「どうしたらいい？」私は腹を決めたように膝を叩いて立ち、もっともらしいセリフをまとめた。「ちょっとした問題ですよ、ラヴェルヌさん。もう一度、よく考えてみたい。明日連絡します。差し支えなければ、それまでこの名刺を拝借したいんですが……。それと、届いた手紙とやらも。今夜はお宅へ帰るんでしょう？」

「いやよ！　ここでシャロンと一緒にいる。二人きりで銃を持って部屋に立てこもるの」

さも当然のように言うので、説得の余地はなかった。いろいろ話してみたが、なにぶん尻尾を出さないように慎重に質問したおかげで、まったく埒《らち》が明かない。いっそ何もかもぶちまけてしまえと何度か思わないではなかったとはいえ、疲れてヒステリー気味なこの未明にぶちまけて何になる。この自意識過剰女にさらっとバンコランの名など持ち出してみろ、どんなに怖がらせるか！　自分がこう言う場面を想像してみる。「わかりません、同僚と相談してみなくては。彼の名は――」

帰り際、戸口から女をつくづく見た。

「ほかにいないんですね？」最後に念を押した。「キーンの素性について心当たりのありそうな人は？」

「いるよ！」意外な返答だ。

「えっ！」

それまで消えかかる暖炉の火をぼんやり見ていた女が、ぱっと立ちあがった。目にひらめくものがある。余計なことを洩らしてしまった、という表情。きつい声で、「いるよ。でも、彼から聞き出す手はない」

「誰ですか？　何の話です？」

「押し問答する気ない」平然と言う。「ある人。でも、話は聞けない。あんたにはわかんないだろうけど、絶対無理――それだけ」

聞き出せたのはそこまでだ。あとは頑として口をつぐみ、エル・ムルクの他愛ない悪口をきんきんわめいてごまかそうとする。そう、さっきのは不用意な失言だった。ただし具体的にどこがまずかったのかはさっぱりだが。謎ならまだある！　キーンの身元を知っているという見込みだけでダリングズを追い回したくせに、いまの話が本当だとすれば、ちゃんと知っている者がいるはずなのに、さっさと見切りをつけている。まあとにかく、どうがんばっても女は口を割らなかった。

おまけにシャロンまでへそを曲げてしまった。さっきの大階段を震えながら一緒に降りる。夜明け前の屋敷内はよけい陰鬱だ。どこを向いても逆風だらけ、いつどうして逆風になったかすら不明というありさま。もういい加減にすれば？　どうやってもシャロンとまっとうに添い遂げる見込みなどないと、とうに悟らないほうがおかしい。甘やかされたわがままお嬢さんなんだから。しかも道理が通じない。私がコートと帽子を着るより先に、はやばやと玄関の戸を開けて待っている。寒さが骨身にしみた。霧が晴れ、凍てつく月がマウント街を照らしている。ロマンスってやつは！　眠気でまぶたがひりひりする。

「おやすみなさい」凍るような声だった。「お礼を申し上げておくわね。こんな騒ぎに巻きこんでくださって」

突っ込みどころだらけだ。「ちょっといいかな」穏やかに返した。「君の小細工のせいで巻きこまれたのは、ぼくのほうなんだけど」

見渡す限りの白銀と、野ざらしの白。彼女が白い息を吐いて月を仰ぐ。寒さに震えながらも、かたくなに上げた明るい目はかっきりと揺るがない。

「もうお入り」と言ってやった。「風邪を引くよ」ロマンスってやつは！　夜明け前の風が、眠るロンドンを不穏に乱して駆け抜ける。足音が舗道にこだまし、遠くでサイレンのうなりが夜明けを告げ、馬蹄の音が響く。薄明かりの中、まどろむ街灯……。

タクシーがなかなかつかまらず、ブリムストーン・クラブについたら四時過ぎだった。ラウンジの張出し窓から薄明かりがもれるほかはどこもかしこも暗い。回転ドアの音にぎょっとする。暗いロビーから左手の廊下をのぞくと、ラウンジ入口の垂れ幕から明かりが洩れている。起きているのは誰だかわかっている。薬がないと眠れないとこぼしている男だ。

入っていってもバンコランには聞こえていないようだ。大暖炉脇の深い椅子にだらっとくつろぎ、膝に本をかぶせていた。天井の高い室内は真っ暗で、かろうじて手元にだけ照明がある。ものうくグラスをつまみ、熾火《おきび》のはるか奥をじっと睨んでいた。

ずっとあごを衿に埋めていたが、じきに声をかけてきた。

「夜は長いものだ、ジェフ。そんな夜ばかりがずっと……」

所在なく目をこすり、わずかに飲み残したウイスキーに気づいてグラスを干した。密謀中といったひそやかな笑みを、暖炉の火に向ける。

「この事件で耳寄りな話をずいぶん仕入れてきたよ」私が言う。「いいかい！　知っているかな――」

「知っているよ。君の仕入れてきた話なら知っている。そっちもやはり以前からね。だが、頼むからその話はしないでくれ。それどころではないので――」

「聞きたくないって――！」出かかった文句は彼がテーブルに置いた本を目にして、ひっこんだ。やがて、「おいおい、いったいどうしたんだ！『囁く家殺人事件』、J・J・アクロイド著……」

　真顔で本に目をやり、うなずいてみせる。酔っているのだろう。

「実にいい本だよ」フランス語で太鼓判を押す。「あの探偵――いやはやどうも、恐れ入ったね！　犯人はまだはっきりしないんだ、半分も読んでいないのだが……」そこで言葉を切ると、ニヤリとしてみせた。「まったく《ティアン》、ジェフ！　そのざまを見たまえ！　珍妙極まるぞ！」

「現実の殺人事件を目の前にして、のんびり読書なんか――」

「ほう！　しかし、君は要点をそっくり見落としてるよ、古なじみ君《モン・ヴィユー》！　目の前に」と、赤い本の表紙を叩きながら、「この退屈きわまる世の中で、知性のある男が気晴らしを求める唯一の方便があるというのに。我ながら哲学的になってきたぞ……」

「それがヨーロッパ随一の探偵の言いぐさとは。柄にもない。こう言っちゃなんだけど、事実は小説より奇――」

「頼む。頼むからそれだけは言ってくれるな。そんな凡俗の嘘八百など！　引用したその文句は、想像力のない人間がでっち上げた逆説というだけだ。おまけに当たってもいない。悪意の流言だよ、ジェフ、小説の足を引っ張りたがる辛気臭い連中の悪意だ。この懐疑の世の中で、誰にも疑われずに残った古臭い格言はこれだけだろう。誰か大胆な偶像破壊者が出て、そのいまいましい権威にあえて逆らい、『小説は事実より奇なり』と言ってやるがいい」

「もう一杯飲んだら」と、私。

「だがな、ジェフ、弊害は現にあるのだぞ！　大衆は小説家にそんないやらしい嘲《あざけ》り言葉をぶつけるくせに――受けて立って目新しいものを書けば怒り狂う。レスリングの試合で、自分にはどんなホールドも禁じ手にせず、相手がリングに入ったとたんに『反則！』とやらかすに等しい。あれこれ屁理屈をこねて、小説本来の目的完遂を悪いと決めつける始末だ。『現実離れ』という決まり文句で脅して、危うい想像力の使用をことごとく禁じてしまう……。それでもやはり面白さでは、真実はつねに小説の後塵《こうじん》を拝する。ことのほか感銘を受けた実話を、『小説のようにスリルに富む』と評するのだから」

「どんな奔放な空想も、複雑な人間心理の不可解には及ばないと科学が証明しているよ」私がいっぱしのご託宣ぶった。

バンコランが残念そうにやれやれと首をふった。「ジェフ、出版社の売り文句のような言いぐさを……。君は龍や大海蛇の存在を信じているのか？　たしかに駿馬を駆る騎士たちの冒険譚ならすこぶる面白くもあろうが、この脳細胞の中でうなる龍など、ひたすらうんざりだよ。暗い部屋で蚊を叩くのとそっくりだ。フロイト博士の寝間着試合もどきな夢判断の精神分析には、キャメロット物語の御前試合のように血沸き肉躍る要素はないだろう……」

「けど、あなたは、あんなひどい犯罪事件をいくつも解決してきたじゃないか――」

「その他大勢と同じく、私だってどうしようもなく人生に退屈している」あくびまじりにさえぎる。「そこで『囁く家殺人事件』だよ。安心して読めるのは、この種の小説だけだ。昔は戦争小説を愛読していたころもあったが、今の本はどれもこれも、いかにフランス人はドイツ人を愛し、ドイツ人はフランス人を愛したかという刷り込みばかりでね、国境の無人地帯で、花やリボンで飾った五月柱《メイポール》を囲んで踊る皆の邪魔をしたのは、けちな儲け目当ての残虐な戦争商人だと書くのに必死だ。肉欲や愛情ものは昔から大好きだが、最近の官能小説は、むやみに深刻一方でね。無理のある筋立てで、男と女が楽しもうとしない場合に限り何をしてもいいと証明するのに躍起だ。しかも、そういうのが〝生き生きした〟〝必読の〟〝意義ある〟本だというからやりきれん。文章がまた、すこぶるまずい直訳調の外国語もどきで……」

面白そうに私の顔を見て、言葉を切った。

「騎士道を重んじる身としてはね、ジェフ」と続けて、「片言隻語《へんげんせきご》にあっさり落ちるご婦人の描写はいただけないな。婦徳への反則技ではないか。ラシーヌの戯《ざ》れ歌に出てくる若者発案による鮮やかな手口を彷彿とさせるね……。だが、この『囁く家』は私の期待を裏切らなかった。よくできた悪夢を野暮な蓋然性に結びつけたり、実際に起きてもいないことに意気阻喪《いきそそう》させられたりしない。探偵は一度もしくじらない。それこそ、まさに私の求めるものだ。作家がなぜ探偵を凡人に仕立てたがるか理解に苦しむよ。こつこつと足で稼ぎ、しくじりかねないのに頑固一徹という――ばかばかしい！　むろん、本物の頭脳明晰な人物造形の才に欠けるために代用品で押し切る魂胆なのだろうが……」

「いつまでやるの、この長話？」私はそう訊いてやった。

「……早い話が、実人生に人を引きつける魅力やドラマはなく、この小説のように筋立てに沿ったきれいな動きもない。今の問いに対する答えだが、さっさと寝たまえ、でよかろう。私のほうはこの話を読み終えてしまいたい」

「だけど、現実の事件は――？」

「なあジェフ、現実の事件にとりたてて頭を悩ます点は皆無だ。肉屋やパン屋や燭台屋が罪を犯しても、私がちゃんと捕まえるから大船に乗った気でいたまえ。ただし、そんな犯人に興味を抱くと思ってくれるな。そういう有《う》象《ぞう》無《む》象《ぞう》はしょせん野暮天だ。君の言う現実の事件なら、いつでも解決してお目にかけよう……とはいえ目下は率直に言って、この『囁く家』の犯人当てに取り込み中でね……」

　眉間にたてじわを刻んで、脇目もふらずに読みふける。私ひとりラウンジを出がけに手元の時計を見れば、針は五時めざしてのろのろと動いていた。

8　青い封蠟

ジリリリリン、ジリリリリリリン！　執拗《しつよう》なベルが、眠気の霧を突き破る。

「お電話です」トマスの声だ。

寝ぼけながらベッドに起きて受話器を手にした。ご無体な。それにしてもこの部屋、ばかに寒いじゃないか！　また霧か、それとも雨か？　ベッドサイドのテーブルでは紅茶が湯気を立てている。「もしもし！」と、受話器に呼びかけた。

「ジェフ？」シャロンの声を聞いたとたん眠気はふっとび、とっさに身構えた。「ジェフ、今朝、あの人を帰したわ」

「ほう？」

「ジェフ、あなたったら昨夜の事情をとうに全部知ってたのね！　新聞で読んだわ」

「ほう？」

「わたくし、今日出発するつもり」

「だめだ。従犯か何かで身柄を拘束させるぞ……。その窓を閉めろよ、このエスキモー」あとの方はトマスに言ったセリフだ。

それでアフタヌーンティーの名目でシャロンと会うことにして、一部始終はその時に話すと約束した。朝のお茶でなんとか人心地ついたころを見計らって、トマスがこう伝えてよこした。ご朝食をご一緒にとおっしゃって、警察の方々が一階でお待ちでございます、と。着替え中に昨夜のやりとりを頭でなぞる。これでジャック・ケッチの事情の一部と、ダリングズがナイトクラブで謎の女に会った武勇伝の全容はわかったわけだ。追い風だぞ！——バンコランとサー・ジョンは、がらんとした薄暗い食堂にぽつんと灯のついたテーブルにいた。来たばかりのタルボットはコーヒーをお相伴《しょうばん》している。

朝食をすませ、めいめいくつろいで一服のさなかに昨夜の一部始終を報告した。タルボットは一切口出ししなかったが、目をみはって歯を鳴らし、手帳にせっせと鉛筆を走らせる。私の話が終わるや、サー・ジョンは難しい顔をして、皿の端をパイプでこつこつやった。

「どうかね、すべてひっくるめて茶番ということは——？」

「十分間でもあの女とお話しになったらいい」私は明言した。「『茶番』なんて言葉は辞書から消えうせますよ。同情にはまず値しませんが」

「ジェフはヴィクトリア時代の淑女がまだ存在すると信じていてね」バンコランが横から言いだした。「それでも、コレット相手では腹を立ててもおかしくない」

「しかもあの女、そのキーンとかいう哀れなやつをはめる手助けをしたと認めていて……。事実、決闘ではあったようです」

サー・ジョンは苦々しく口をゆがめた。「そうはいっても、マール君は法律にお詳しくないようだ。決闘というだけでは、キーンの罪状はみじんも変わるまい。法的に情状酌量できん。人命を奪う行為はなんであれ一級殺人だ。まして決闘ならこの上なく目的がはっきりしている。キーンの殺人有罪はかたい……。ところでエル・ムルクもこの決闘に一枚かんでいたとすればやはり有罪、法的見地ではキーンと同罪になる。エル・ムルクはキーンを陥れる魂胆というより保身に逃げたようだな。あまりほめられた態度でないのは確かだが……」

「でしたら仮にあなたとバンコランが決闘し、タルボット警部とぼくは介添人に過ぎなかったとしますね。もしも死人が出れば、それだけでわれわれふたりとも殺人罪ですか？」

「そうとも」

「だったら、エル・ムルクにキーンへの害意はなかった可能性もあるじゃないですか！」

「まあ、待ちたまえ！」バンコランが話を引き取った。からかうような笑顔で、「サー・ジョン、君が言うのは英国の法律だろう」

「フランスでは違うのか？」

「理屈の上では同じだよ。ただし裁定は完全に陪審員次第だ。すべては陪審の決定と法の適用いかんだが、判事から陪審への有罪評決指示は禁じられている……。しかもフランスで決闘がどう見られているかは、たぶんご存じだろう？　一般の通念では（私も同意見だ）傷ついた心を法廷へ持ちこんでフラン札で傷をふさぐより、決闘のほうがはるかに正気で申し分なく率直、名誉あるまともな行為なのでね」

サー・ジョンがいらだって手で払いのけた。「ああ、そうだな」と憤慨する。「決闘とは！

すると、真実とは決闘においてピストルの腕比べで決まるわけか」

「おやおや。法廷では嘘つきの腕比べで決まるわけだが。どちらのお膳立てにせよ、正々堂々の一本勝負に変わりはない」

「それだってメロドラマだろう。くだらなさがわからんかね？　『吾輩《わがはい》を侮辱しおったな。よって貴公のお命を頂戴する』などとは」

「だから」バンコランが考えながら言う。「今はこう言うだけだよ。『吾輩を侮辱しおったな。よって貴公の小切手帳を頂戴する』どっちが合理的とは言い切れないが、真剣味の差はかなり歴然としているようだ……。ともあれ、われわれフランス人がこの件をどう思うかを、骨折ってなんとか説明しようというのだよ。酒のせいで決闘した人間をフランスの陪審が終身刑にするとは考えにくい。まして情痴がらみの派手な証言が出ればなおさらだ。エル・ムルクにせよ決闘の立ち合いだけでの処罰はまずありそうにない。断じて。それゆえにエル・ムルクの立ち回りようは周到かつ陰険で執念深い。おそらく、決闘のお膳立てをしたのはやつ自身ではないかな。自分だけは素面《しらふ》でいながら、酔った両名を決闘するようにけしかけ、拳銃を貸したのだろう」

それまでいらいらと歩き回っていたタルボットが言いだした。

「では、その事件を前からご承知で？　昨夜からわかっておられたんですね」

「そう、昨夜からうすうす勘づいてはいた。ただ、全部が関連しているかどうかを確かめておきたかった……。まあ聞きたまえ。とどのつまり、ド・ラヴァチュールを撃ったのはキーンではなさそうだ」

「やっぱり」ぽつりと洩らしたタルボットがうなずいた。「そうですね、私もそうじゃないかなと」

「私が事件現場に出向いた時はもう遅きに失したものの」バンコランは続けた。「証拠は見た。ド・ラヴァチュールは額の中央を撃ち抜かれ、傷の周囲に硝煙の焼けこげがあった。いくら酔っぱらいの決闘でも、そんな至近距離で撃つわけがない。当然ながら検察側は、決闘ではなかったという有力証拠にこれを出してきた。すなわち殺意を抱いたキーンの手で、ド・ラヴァチュールは銃口を額につけて撃たれたとね。謀殺を認めるにやぶさかではないが、犯人については意見が分かれる。ただし現状で自分の推理を話してもしかたがない。証拠がまだなので」

一拍おいた。

「だが、キーンのピストルでド・ラヴァチュールを撃ったのはエル・ムルクだと確信している。それに諸君、ジャック・ケッチにもそうだとわかっているのだ」

閉ざした窓に囲まれた灰色の中庭で、氷雨《ひさめ》の針が水たまりをさかんにつつくのがテーブル脇から見えた。卓上の灯が一座の緊張した顔を照らし出している。バンコランは火をつける前の葉巻を指にはさんで、深い椅子に背を預けていた。

タルボットが冷めたコーヒーをぐいと飲みほす。

「では本気で言い張るのか、狂人じみたやつが十年前の敵討《かたきう》ちを企てていると？」サー・ジョンがスプーンの重みを手で確かめながら言った。

「どうもそうらしい。しかもその男、一筋縄ではいかない犯罪者だね。冷酷で奸智《かんち》にたけ、虚仮《こけ》の一念といった妄執に憑かれている」

「しかし、ならばなぜもっと早くしなかった？　十年だぞ――」

「まあな。キーンの末路が一年ほど前に知れたのだろう。マドモワゼル・ラヴェルヌ宛の手紙にもそう書いている。で、知ってしまった以上は焦らずに復讐にかかった。たったひとつのさいな狂気の糸を、底なしの根気でたぐっていったのだよ。あの完璧な絞首台の模型だって何ヶ月もかかり、人知れず苦心してひた隠し、こつこつと丹精したのかもしれん。もしかすると彫刻刀の使い方を一から覚えて、あの薄気味悪い名刺の原版を彫り上げたのかな。何ヶ月も何年もかけて、うまずたゆまず狙った相手を追いつめて精神的に参らせ、影法師にも悲鳴を上げるまで手をゆるめない。あらかじめ立てた計画に沿って動いているのだね――まだ完成された計画ではないが……。

やつの言う通り、あの犯行から今夜でちょうど十年目だ」

「つまり」タルボットはこれっぽっちも動じない。「エル・ムルクは死んでいないとおっしゃる――まだ？」

「そうとも！　この男の筋道の立て方たるや、おぞましいまでに明快ではないかね？　目的完遂に向けてここ一年かかりきり、有無を言わさずすべての示す先に――事件のクライマックス、復讐という地獄の栄冠がある！　こちらはそれを知っている。知るように仕向けられたのだよ。警察の目の届かない街に、狙う獲物を隠した上で」

サー・ジョンがそれまでいじくっていたスプーンをおろす。冷たい目のはるか上まで細い黒眉を吊り上げ、小刻みに震えるほど鼻孔をふくらませた。蜘蛛の巣でもかかったみたいに片手で銀髪をひと払いする。

「タルボット、こんな与太話にはまりこむ気か？」と、無理に声を抑える。

「まあそれはそうと、ルイネーション街って本当はどこなんでしょう？　それに、エル・ムルクのいどころは？」警部は見るともなくテーブルを見ている。「ふむ！　与太話っぽいから本当じゃないと言い切れないのは確かでしょう。そういうことです！　前にも申しましたが」どんよりした目をバンコランに向けた。「じゃあ、ジャック・ケッチに捕まったのはエル・ムルクがラヴェルヌ嬢宅へ向かう途中だったとお考えなんですね、今は――ルイネーション街に囚われの身で、時間になりしだい処刑されるはずだと？」

「君の考えは、警部？」

タルボットは考えこんだ。そばの椅子から三つの品を手にする。黒檀のステッキ、箱入りの花、白手袋だ。三つとも卓上にきちんと並べた。

「証拠だけをもとに話を進めますよ。まずは初心に戻って一から。ガレージで裏を取りましたが、例のリムジンは出す前にくまなく掃除とオーバーホールをすませ、ガソリンを満タンにしてありました。エル・ムルク氏が出たのは七時ちょっと過ぎ。検死解剖で運転手の殺害時刻はその直後と判明しております――正確な時刻は断定できませんが、まあ七時半見当でしょうか。かなり長めの短刀といった鋭利な凶器で喉を切られ、心臓を刺されているのに――抵抗した形跡はなく、どうやら不意をつかれたもようです」

間を置いて、頭の中を探りながら事実関係の整理整頓にかかった。

「犯行後の現場捜査では、前部座席の指紋はハンドルについた被害者のものだけです。ですがハンドルは血だらけで、スマイル以外の者が手袋をはめて運転したらしい。助手席にも人のいた形跡があり、血がついていました。ハンドブレーキの上にも血痕が……」

酸鼻にもほどがある！　見えない運転手よりさらに身の毛がよだつではないか、殺したやつと殺されたやつが並んでロンドンじゅうを運転して回る図なんて！

「われわれの目撃で、運転手の死体脇に人影が見当たらなかった事実をどう説明する？」サー・ジョンがただした。

「霧のせいじゃないですかね」タルボットが水を向けた。やがて、くすんだ無表情にひび割れにも似た独特の鈍重な笑みを浮かべる。「どうでしょうか。自分としては——いや、わかりません。今は事実を申し上げているまでで……」

「ならばその男は、死体の前に乗り出すようにハンドルを握っていた？」これはバンコランだ。

「そのようです。しかも、ガソリンをほぼ使い切っており、かなりの距離をドライブしたらしい」

「運転手殺害からわれわれが車を発見するまで数時間はたっていそうだな」バンコランがつぶやいた。「ぐるぐる回りに回り、通りを行ったり来たりでドライブを満喫とは。狂気の沙汰《さた》だ、警部！」

タルボットがうなずく。「おっしゃるように狂気の沙汰ではありますが、事実は事実です。だからこそ――いや何でも。後部座席ですが」と座り直して先を続けた。「指紋は皆無でした。乱れた形跡もない。ステッキの金の握りにも指紋はありません。エル・ムルク氏はこの白手袋をはめてステッキを扱っていたらしくて――」

バンコランが手袋を持つと、警部はいったん黙った。バンコランはその手袋に灯を当てて、しばらく念入りに見ている。目を丸くしたかと思うと一気に細め、にわかな入れこみようで右手袋の掌《てのひら》に見入った。極上のキッドにセーム革で裏打ちしてあり、黒い埃汚れが指先すべてと親指、それに太い筋となって掌の中央にもついている。

バンコランが顔を上げた。なにか遠いものに驚いて凝視のおももちで、口を半開きにしている。「してやられた！　まさかとは思うが――！」

「なんでしょうか？」

「あれだろうと決めつける理由はないが」ぶつぶつ独り言を言う。「そうはいっても、こんな跡がつくのはあれだけだ。そうとも、すべて符合する！　あの影に至るまで！」くるっと私に向いた。「考えるんだ、ジェフ！　エル・ムルクは昨夜クラブを出がけに、この手袋をはめていたか？」

「ああ。そうだな、そういえば。確かにはめていたね」

「右手にしみなどがついていた覚えは？」

その場面を思い出す。そういえばエル・ムルクは妙な抗議のように手を上げて、右の掌をこっちへ向けたのだった……。

「いや、しみひとつなかったよ」

「いったいなんのお話ですか?」警部が答えを迫る。

「辛抱してくれ、警部。まだそうと決まったわけではない。エル・ムルクは手袋をはめていた! むろん、はめて当然だ。そこが幸いした。身だしなみの勝利だ。妙《たえ》なるダンディよ! 手袋着用とは!」

手袋を卓上にほうって戻し、ご満悦でうなずきつつ椅子にくつろぐ。

「だめだよ、警部。白黒はっきりと証拠立てるまでは一言も話すわけにはいかん。君はな、サー・ジョン、ロンドンでも最高の晩餐を奢《おご》るはめになるぞ……。さてと警部、事実はまだあるのか?」

タルボットは、疑いの目でバンコランを見ていた。ごつい顔をこわばらせ、折れた鼻のてかりに至るまで疑念をたたえている。

「ここにそろっています」言い方が重苦しい。「そういうやり口は、どうも……」と言いかけて思い直した。「まあ、いいでしょう。そこの花用の箱がありますーー」

「ところで」バンコランがぼそぼそと、「その箱の中身は?」

「花、という答えは迂遠《うえん》にすぎるだろうな?」サー・ジョンだ。

「それはそうですが。でも、わざわざ中を見たりする人がいますか?」

タルボットは、かなりせっかちに卓上ナイフをふるって紐を切った。しばし薄紙をがさごそいわせてから箱ごとバンコランへ押してよこし、にわかに気抜けして椅子に沈みこんだ。

「花でした」と警部は言った。

「具体的には蘭《らん》だ」バンコランが箱を傾けてみせた。「『金《ゴールデン・》 蝶《バタフライ》』で通っている南米種だよ。——これはしたり《ディアーブル》！　コサージュ仕立てじゃないか！」

物珍しげに箱の中をのぞきこむ。その間はみな黙っていた。

サー・ジョンが尋ねた。「それがなにか？　どこがいけないんだ？」

「いかにも世捨て人らしい物言いだな！　かくいう私も大した社交家ではないが、ご婦人用のコサージュを注文したら、まず確実に花屋に届けさせるよ。自分では持ち歩かない。違和感をぬぐえないな……」指を鳴らしてみせた。「ここでもやはり符合する！　花屋に行ったか、タルボット？」

「はい。店の者が覚えていました。エル・ムルク氏が昨日の昼過ぎに電話で注文してます。店の者も変に思ったそうで——届けるように言われないので——それでもエル・ムルク氏に、『うるさい、いいから言われたとおりにしろ』などと押し切られたとか。なんだか風邪でも引いたみたいなお声だったと言ってました」

「で、引き取りにあらわれた？」

「誰かが行ってます。ただ、誰かまでは。なにぶんエル・ムルク氏をじかに見たことがあるのは一人か二人ぐらいでして。おそらく使用人の誰かでしょうな。『衿を立てた背の高い男の方』で、二時から二時十五分の間にあらわれています」

「とにかくエル・ムルクではなかった。ふむ！……使用人たちにこの件を尋ねたか？」

「クラブの従業員は誰もそんなお使いを受けていません。エル・ムルク個人の使用人は別ですが」警部は答えた。「ポーターの証言もあります。グラフィンかもしれません」

「フランス人従僕は？」

「昨日の朝いちばんでパリへ発ちました」

バンコランが不思議な笑顔でうなずいた。「ああ」と、つぶやく。「そうか。グラフィンをこの場へちょっと呼んだほうがいいな……」

グラフィンは階下のどこかにいたらしく、ウェイターをやったらすぐに見つかった。今度はまずまずの素面だ。七面鳥そっくりにひょろ長い首を曲げて頭をふらつかせている。赤いまだらの浮いた顔、手は震えていた。

「おはようございます」がらがらのだみ声だ。朦朧《もうろう》とした目を合わせては下げ、合わせては下げてまともに見ようとしない。歯の根が合わないほどの震えを、椅子のへりを握りしめて止めようとしていた。

「今、この事件の問題点を検討にかかっていたところです」バンコランが言った。「それでさらにお話を伺わざるを得なくなりまして……」

グラフィンの肩がはねあがった。自分でもどうしようもないのだ。「ど、どうぞ」とへどもど返事したものの、目はうつろだ。「ちょっと気分が悪くて」（肩が上がる）

「昨日、もしやエル・ムルク氏のお使いをなさった？」

「は、はあ？」グラフィンが大声を出す。勿体をつけようとしたか、木偶《でく》人形そっくりに首が左右に振れてしまう。

「コックスパー街の花屋ですが？」

「い――いいえ。部屋におりました――終日。ずっとですよ！」

「二時から二時半の間も確かにそうでしたか？」

「た、確かです。そうだ！　証人がいる。ウェイターが昼食を運んできたのが、そ、その時間です」

哀れを催すほど心細いありさまだった。今にも悲鳴を上げかねない顔でびくびく震えながら、かすむ目をじっとバンコランに向けている。バンコランが快活に言った。

「まだエル・ムルク氏をまったく見かけておられないのですな？」

「そうです！」

「昨夜のお戻りもなく？」

相手は椅子のへりにつかまった。あたふたと、「とんでもない！　なんでそんな？　ないですよ！」

「それでも、あの方がつけ狙われていたとはお認めにならないのですな？」

言葉もない。グラフィンはうなだれた。もはや青菜に塩、煮えたぎるスープを飲み下す時のように喉をねじ曲げる。ようやく消え入りそうな声で卑屈に出た。

「恐れ入ります、皆様。恐縮ですが、ちょ……ちょっと一杯飲ませていただかないことには

「……」

ウイスキーがくると、ぐびぐび喉を鳴らして飲んだ。しばらく息を乱してはいたものの、震えはおさまった。しかしながら、しだいに小狡い曲者《くせもの》の本性をあらわし、赤いまだらの顔で居直って睨みつける。

「よろしいかな、昨夜お訊ねした質問を繰り返して、あの時の答えを再考なさるかどうか確かめさせてください。エル・ムルク氏に雇われて何年になるとおっしゃいました？」

「へええ」グラフィンが狡猾に応じた。「罠にかけようっていうのか？　いいだろう。昨夜は六年になる、カイロで知り合ったと申し上げました。あんた——どうせ軍籍簿を見る気なんだろ？　おれが十年前に除隊し、カイロには行ったこともないのはお見通しだ。ああ、パリで知り合ったんだよ。昨夜の話は嘘さ」

「妙なことを！　なら、初めからそう言えばいいでしょう？」

「大きなお世話だよ」グラフィンはグラスの中にぼそりと吐き捨てた。グラスの縁から充血した片目だけのぞかせている。

「秘書といっても忙殺されるほどのお仕事ではない？」

グラフィンは耳ざわりな声で笑った。

「ですが、エル・ムルク氏はこんなに人件費がかさんでも——その——見直す気はなかった」

バンコランが思案する。

グラフィンは一気に酔いが醒めたのかと見まがうほど妙な挙動でグラスをおろした。眼が据わり、頰骨の脇がぴくつく。

「ご満足いただけるよう、精一杯お仕えしておりますので」ちょっと間を取り、いかにもしおらしい声で言う。

「ええ、ええ、そうですね、お手間はとらせません。あと一つだけ。エル・ムルク氏が刺客《しかく》の襲撃に備えておられた事実はむろんご存じですな？」

「あ……はい」

「それなのに恐怖の原因に心当たりはない？」

「まるっきり、ひとつも！」グラフィンは懸命に身を乗り出した。「誓ってもいい――！」

「ふむ、そうですか……。ところで運転手は武装していましたか？」

「武装？　ああ、つまり――武器ですね？　ええ、存じてます。エル・ムルクが支給したのは、私のお古のピストルでして。スミス・アンド・ウェッソンのリヴォルヴァーでした。象牙の握りのついた四五口径、銃身の長いやつです。スマイルのご自慢で、ニッケルメッキを施した表面をいつもぴかぴかに手入れしてご満悦でしたよ」

私の席は、卓上ランプでバンコランの顔がよく見える位置だった。この言葉で、ひげに隠れた彼のあごが張りつめ、たるんだ目元が半眼になり、指先でテーブルクロスを軽く叩き始めた……。

「ご苦労さまでした。それと中尉どの、しばらくこのクラブの外へお出にならないように願えますか？　エル・ムルク氏の部屋に立ち入らざるを得ないかもしれず、そのさいはご協力いただきたいので」

　グラフィンはうなずいて、立ち上がった。焦点の合わない青い目を一、二度まばたきし、運転手の葬式を手配しなくてはと言うにとどめた。ひょろひょろと出ていく。

「そう思っていたところでした」タルボットが重苦しい声で言う――「やつの部屋をぜひ見ておこうと――許可さえ出ればの話ですが――」

「グラフィンか！」バンコランはつぶやいた。「あいつはなぜ、エル・ムルクがジャック・ケッチにゆえなく狙われたわけではないと言い張る？　青い封蠟つきの謎の小包の話も伏せていたのはなぜだ？　そら、青い封蠟にKの字が捺してあった――ジャック・ケッチの頭文字だね。青い封蠟の小包は前からエル・ムルクに届いていたのだろう？　しかもエル・ムルクと知り合った時期をごまかしていたのはなぜだ？　そもそも酒飲みで仕事に不向きどころか、仕事しないと公言してはばからない手合いをなぜ秘書にしておく？　いずれにせよ、エル・ムルクに秘書なんか要るのか？　わかるかね、警部？」と、タルボットに問いただす。「そこなんだよ。そのことを尋ねたら、取り乱して飛びあがりそうになった……」

　バンコランは読み取りにくい笑顔でうなずいた。「ピースがひとつ、またひとつとあるべき場所におさまっていく。ジャック・ケッチの精妙な計略の弱点はただひとつ、グラフィンだ。グラフィン本人だよ」

　タルボットが居ずまいを正した。

「そうすると……。混乱させないでくださいよ！」と、嚙みつく。「エル・ムルクの部屋に品物があらわれるのはグラフィン一人きりの時だった。どこからともなく出てきたと話していましたが、荒唐無稽《こうとうむけい》ですよ。ジャック・ケッチはクラブの住人だという目星はついてるんです。グラフィンが夜通しクラブにいたアリバイさえ崩せれば——」

「で、警部、そうなれば？　やつの行き先はどこかな？　またおなじみの謎に堂々巡りだ。肝腎かなめの問題、『ルイネーション街はどこか？』に戻るのだよ」

　タルボットはテーブルに肘をつき、両手で額を抱えこんだ。

「ロンドン広しといえど、そんな街はどこにもありません」正気を失うまいと、懸命に踏みとどまっている。「ないんですよ、そんな街！　それなのにロンドン広しといえど、あの車の行き先を解く手がかりはそれしかないんだ……」

　警部がまだ席で悶々《もんもん》とするさなかに、ポーターが知らせにきた。エル・ムルクの従僕ジョワイエがちょうどパリから戻り、一刻も早く皆様にお目通りしたがっているという。

9　『芸術としての殺人』

「ラウンジにでも通しとけ」タルボットがどなり散らす。「どっかの部屋へ入れろ。とにかく待たせとけ――」

小男なので、顔をゆがめて怒ると凶悪な小人みたいだ。やがてこんなことを言いだした。

「降りたりしませんよ。ただしお含みおき願いたいんですが、この件じゃ力不足を痛感してます。これでも叩き上げですから。K地区の平巡査を振り出しに――いちおう申し上げておきますと、ライムハウス貧民街の所轄署です。ごろつき相手なら、つい先日も大人数で暴れるやつらを余裕で処理してきました。ですが、この件は！　殺人事件どころか悪夢ですよ」お手上げのしぐさをする。「とっかかりがまるでない。ひたすら出たとこ勝負のイカれた流儀に引きずられ、へたすりゃこっちまで――

いいですか。実際家なら、このルイネーション街の話などまったくのたわごとだと言うでしょう。ですがジャック・ケッチはやると言ったらやる。やつがルイネーション街はあると言うのなら、いわゆる〝立派な人々〟の言葉と同じように、それを受け止めましょう。立派な人だってもっと突飛な話をすることがあるんですから」

反論するならしてみろという顔つきで一座を見渡す。「あの街を見つけないと。突破口はその一点にかかってます。たぶんご存じでしょうが、ロンドンはくまなく地図化されています。で、そちらに部下の一団を投入しました。現在、そういう名前の町がないことはわかっています。残るは、どこかの通りの旧称がルイネーション街という可能性です。ロンドンの町名変更の記録を洗えばぶつかる見込みは大ですね。五年前か、十五年前か、五十年前かもしれませんが――」

「ことによると百五十年前かもしれん」サー・ジョンが評した。「実在すればの話だ。タルボット、好古家が総がかりでないと追っつかんぞ。手がかりといえば電話の言葉しかないのに……」

「わかってますよ。それはもう。不本意ながらご指摘の通りです。ですが使用人たちに訊問し、記録を調べても――なんにも出ない。そろそろ他の糸口を探すべきです。町名変更が百五十年前かもしれんのは覚悟の上ですよ。このジャック・ケッチってやつは、十八世紀の町名を使いそうな手合いじゃないですか？　ジャック・ケッチという名前だって十八世紀のものでしたよね？」

「十七世紀だ」バンコランが訂正した。「当時の文学なら、かなり読みこんでいてね。タイバーン刑場の歴代絞首刑吏は、一六七八年にタイバーン荘園を拝領したリチャード・ジャケットにちなんで、俗にジャック・ケッチと呼ばれている」

「まだあります」タルボットが粘る。「電話は『ルイネーション街の絞首台で吊るされたぞ』

と言ってました。で、昔の絞首台の所在地をざっと洗ってみたら……。例えばタイバーンは、エッジウェア街道の行き止まりでしたよね？」

「大概にせんか」サー・ジョンが怒った。「マーブルアーチで絞首刑をやるとでも思うのか？」

「何も思っておりません！　ただ、前に聞いたダリングズさんの話がありますし――絞首台の影を見たんでしょう。ロンドンのあちこちで夜更かしの人間が夜中の一時に絞首台で楽しく遊んでいたなんて、正気の頭じゃとうてい思いつきませんよ。だから見たに決まってます。ラヴェルヌとかいう女を送っていったんならマウント街近辺じゃないでしょうか。同じ方面ではあるでしょう。エル・ムルクの拉致《らち》がまさにその方面へ向かう途上で起きたのも、さらなる裏づけになります」

自分の饒舌《じょうぜつ》に照れて腕組みすると、タルボットはまた席についた。もっぱらバンコランの表情を観察していた私の目は、あるかなきかの笑みをとらえた。

「お見事《ブラヴォー》、警部！」バンコランがつぶやく。「ひとつ些細な見落としがあるようだが、今この場で指摘すれば、かえって混迷を避けられないのでね」

サー・ジョンがよそよそしい目でタルボットを推し量る。ややあって細長いあごをゆるめ、いつになく深い笑いじわを目の周辺に刻んだ。

「おめでとう、タルボット君」と、おどける。「バンコランのお手本にすさまじい肉迫ぶりじゃないか。メイスン警視もお喜びだろう。〝学究肌のスコットランド・ヤード〟か。いつものバンコランの言いぐさじゃないが、ロンドン各紙にさだめし冷やかされるだろうよ」

「ほかにどうしようもないので。あと、さっきから考えていたんですが、ダニエル・ピルグリム医師がこのクラブにお住まいと聞いたことがあります。ロンドン史の第一人者だとか……。ご協力を仰いではどうでしょうか？」

「悪くないな」バンコランが言う。「ジェフの話で、ぜひ会いたいとは思っていた……。サー・ジョン、なにか情報でも？」

「ピルグリムの？」かぶりを振った。「よくは知らん。昨夜の話程度だ。海外経験は相当らしい。数年前の本でかなり評判をとった。歴史探偵、と呼ばれているな」

「歴史探偵？」

「ああ。大昔の名だたる殺人――つまり、ちゃんと解明しきれていない史実――を題材に、現代の刑事裁判にならって証拠を揃え、すっきり解いてみせたんだ。物言わぬ死人に汚名をきせたと問題視されるものもあって、どこぞの歴史学会を追放されかけたらしいよ……」

「ははあ」バンコランがつぶやく。「歴史家のご立派な信条では、真に興味をそそるものはなんであれ、重要度が低いか誤りだと一刀両断にされるからな。連中の語る中世英国の生活から判断するに、現代英国の生態についてはたかだか下院の長めの演説ひとつで事足りるとおぼしい……。さて、ではエル・ムルクの従僕に会ってみるか」

ラウンジへ行くと、ジョワイエは暖炉で手をあぶっていた。でっぷりした小男で赤ら顔に二重あご、寂しい限りの髪をダンディ風にカールさせて大きな頭に貼りつけている。いつもびっくりしたみたいな丸い碧眼《へきがん》を地図のような小じわがとりまく。だんご鼻の下にご大層な口ひげをたくわえ、ひげの両端を滑稽なほどひねっていた。まっさきに目につくのは太鼓腹と時計の鎖、ぜいぜいいう息遣いだ。

「ああ、皆様《メッシユウ》！」腹の底から大声を出した。目が飛び出さんばかりの興奮に息をはずませ、ひげをひねる。「とんだことに——ねえ？　たった今、パリからついてみれば！」

この妖怪はメヌエットの振付みたいなお辞儀にかかり、やがて大げさな手ぶりで、「英語、上手じゃない——ね。わかります？」

「フランス語でいい」と、バンコランがフランス語で言ってやった。

それでジョワイエの胸のつかえは一気にとれたらしい。渡りに船とばかりに笑いが洩れ、くしゃっと相好を崩した。

「そりゃあいい。結構ですねえ、ムッシュウ。話したいのはやまやまなのに話せないもんで、ここんとこへつかえちゃって。ね？　ですが、こりゃあ……」沈痛な顔になると、すごい剣幕で悪態をついた。「ゆうべ電報で呼び返されまして——」

「なんと言ってます？」タルボットが尋ねた。

「電報で呼び返したのは君か？」

タルボットがさも嫌そうにジョワイエを見て、うなずいた。ジョワイエの表情ゆたかな青い目にも敵意がひらめく。

「宛先の住所はグラフィンから聞きました」警部が説明する。ジョワイエは興奮で爆発寸前らしく、また口を開いた。

「うちの家内にね、言われたんですよ。『マルセル、あんたは休暇中でしょ。パイプをふかして庭でも見てきなさいよ』ぜひお目にかけたいですよ、花がみごとでね——高級墓地みたいなんだ。むろん夏場の話ですけど。ですがあっしは言ってやったんだ、『だめだ！　すぐロンドンへ行く』って」

その語気や、熱のこもる一途《いちず》な目の力にいくぶんたじろぐ。クラブの者たちが手を焼くのも無理はない。この男には、どこかナポレオンじみた態度がある。仲間扱いされれば世界一尽くしてくれる、民主フランスの従僕なのだ。だからバンコランは言った。「葉巻をやりたまえ」

サー・ジョンは目を丸くしたが、口は出さない。バンコランは自分でも一本とった。とたんにジョワイエが慣れた手つきでマッチの火を出した。目が真剣だ。

「葉巻に火をつけるコツがありましてね」じっくりとマッチを動かす。「ちょうどこんなふうに、むらなくつけなくちゃ——ほらね、ムッシュウ！」マッチを吹き消した。「それで、ムッシュウ？」

「事件については？」

「今までのあれこれや、けさの新聞でおおよその見当は。ではやはり？　あの方が恐れた通りになったんですね？」

「知っているのか？」

「そりゃもう、山ほど」

バンコランが早口でタルボットに伝える。ジョワイエに一座の目が集まった。やつは知っているのだ、グラフィンの知らないことを。バンコランが手ぶりで椅子を勧めた。質問と答えをいちいちタルボットに訳してやる――私には不要だが――おかげでそのつど尋問が中断された。間があくとジョワイエは子供が飴《あめ》をしゃぶるような顔で、さもうまそうに葉巻をふかした。大きな手で椅子のアームを叩いて、随所に合の手を入れる。

「当然ご存じでしょうが、ムッシュウ、この数ヶ月、ムッシュウ・エル・ムルク宛に二通りの脅しがきてました。郵便小包と、部屋に置くのとありまして。月イチの時もあれば、週イチ、ときには三日にあげずって時もありましてね。おわかりで?」

「部屋に置く、とは?」

「まあ太い野郎でねえ。部屋のテーブルの上に置いてくんです――ご丁寧に名刺を添えて。もちろんこっちの留守を見すましてやるんですが、どうやったか見当もつきません。入口にはいつも鍵がかかってたんですが」

「クラブの者は不審者の出入りを見ていないそうだ」

「しょせん英国人ですよ! 当てになんかなります? だめだめ!」ジョワイエは口ひげを手荒くひねりながら、小馬鹿にして鼻であしらった。

「ふむ!……ところで、グラフィン中尉は事情を知っていたのか?」

「へっ! あいつですか!――いつだって酔っぱらってて! もう四六時中、年がら年中いつもですよ――もちろんあいつが知らないわけないでしょ。ただ笑ってるだけです……。あっしはね、主人に申し上げたんだ。『あっしがそいつをつきとめて、首根っ子をおさえてやります』

とね」もうもうたる煙とともに、拳を振りたてる。

「雇い主が好きだったのか？」

「ああ！　こんな調子に――あれじゃあね」やれやれとかぶりを振る。「わがままで、癇癪《かんしゃく》持ち。手がつけられん時もありました。ですが、別にいいじゃないですか？　給料も部屋も好待遇――おまけに旦那は舌が肥えてた！　いや、もうね！――よく心得ておいででしたよ。そう、いいところはいろいろありました。人生をうまくやってく秘訣はね、ムッシュウ、割り切りなんです」

前かがみになって赤鼻のわきに指を立て、これ以上ないくらい真摯《しんし》な表情をつくって感傷に浸り、やがて屈託ない顔になって座りなおした。

「今回の脅迫だが、原因はまったく知らない？」

「存じませんです、ムッシュウ。あまり口数の多いお方じゃないもんで、普段はどうしても決まり切ったやりとりだけで」

「ご主人に現地の友人は？　つまり、ロンドンにだが？」

「ああ、簡単ですよ。一人もいません。お芝居に音楽会に各種の研究（しかも妙なのばっかり！）――三昧《ざんまい》でしたからね。たまにはマドモワゼル・ラヴェルヌんとこに通ってね。え？　ああはいはい、そりゃあ男ですからね。あとはピルグリム先生とお話ししてんのをお見かけしましたよ。このクラブにお住まいです。それから」――ジョワイエはわざとらしく声をひそめて指を立ててみせた。「あっしは主人を脅迫していたやつを知らんと申し上げましたが、あいつは知ってたはずですよ。どうも、ひょんなことでかぎつけたんじゃないですか」

「どういうことだ？」

「うーん、こうです。主人は夜も眠れないほど悩んでまして。夜、大きいほうのお部屋をのぞくと、あの飾りものだらけの部屋のまん中で、暖炉の火を見つめて震えてなさる。眠れないし読書も手につかないってご様子です。なのにグラフィンさんはいつもウイスキーをひっかけてピアノを弾き、主人の怯えようをげらげら笑って見てるんです。でね、ムッシュウ、エル・ムルク氏失踪の記事を新聞で見ましたでしょ。ですが畜生！――あっしに言わせれば、どうせ誰かが消えたり殺されたりしなきゃならんもんなら、グラフィンさんのほうがずっとありそうな話ですよ。主人があいつの喉首につかみかかりたいのをこらえて、両手を握りあわせるのをお見かけしたこともあります。かんかんでしたよ、もうね！　ですが手出しはまったくされなかった……」

ジョワイエの話が埃っぽい室内におぼろな恐怖の形をとる。だがその時点では（少なくとも私には）さほどの重みを持たなかった。それから何時間もたたずに思い出した時は、その不吉な含みが明らかになったのだが。

「ですがね、帰省前にご挨拶に行ったら、主人は小躍りせんばかりでした。『ジョワイエ、ひとこと言っとくが、おれの目論見が当たれば、このジャック・ケッチってやつを罠にかけてやるぞ。現場を押さえてやる！』で、あっしが『ですが、どういうふうになさるんで、ムッシュウ？』とお訊きしたら、『ああ、まあな。このクラブ内に助っ人が見つかったんだよ』――さて！　あっしの話は以上です」

バンコランは上の空でうなずいた。

誰に言うともなく、「そうとも、むろんそうくるだろう」それから、「心当たりは？」

「すいません！　いえ、ムッシュウ！　どうも、これというのは」

「では教えてくれ。青い封蠟の小包を見たことは？」

「はい、ひとつ残らず」

「中身は？」

「ちょっと考えさせてください、ムッシュウ。ああ、はいはい。ガラス製の決闘用ピストル一対――よくできてました！　火葬の灰を入れる骨壺《こつつぼ》。いつもそんなんばっかりで！」

バンコランが含み笑いをもらす。「恋に悩む若者でもジャック・ケッチほど贈り物に凝るやつはいないよ。凝りすぎて滑稽の域だ。ところでジョワイエ、じかに届けられて部屋に置いてあったものは――」

「見つかる場所はいつも決まってました、ムッシュウ。いつも同じ場所――大きいお部屋の中央テーブルです」

「いつも同じ場所だって？」おうむ返しに尋ねたバンコランがいきなり椅子を立つ。「いつもか？――確かなんだな、ジョワイエ？」ただならぬ口調だ。「入口や、どこかに――」

「ないです、ムッシュウ！　長い縄束がいっぺん。あとは本ですね――何冊もありました」

バンコランは重いまぶたの半眼を、これ見よがしにサー・ジョンに向けた。悪魔の本性を穏やかにあらわし、ゆっくり嬉しそうな顔になる。

「おわかりだろう?」サー・ジョンに尋ねた。「実に多くを語るじゃないか。絞首台の模型は郵送されたのに、木彫り人形は机に置いていく……」言葉を切り、喜色満面で片眉をちょいと上げてみせた。「まったく《ティアン》！　英語なら韻を踏むぞ！」

「小さな模型の絞首台　郵送されてやってきた
ところが木彫りの人形は　机の上に置き去りで――」

しばらくつっ立って、この戯《ざ》れ歌を仕上げにかかるみたいに繰り返し反芻していた。「まったく！　そんな怒った顔をしないでくれ。それはそうと、〝机の上〟と韻を踏む文句が思いつかないよ。君は詩人になる秘訣を知ってるかね？　いつも着想に始まるが、韻を整えるうちにまるで別ものになっていく――当初の趣《おもむき》よりはるかにいいものに仕上がるのがつねだ。それを天啓と呼ぶ――来てくれ、ジョワイエ。案内してもらえれば、これからエル・ムルク氏の部屋を見に行こう」

四人でロビーを抜け、エレベーターに乗りこむ。サー・ジョンは冷ややかに黙り、タルボットは不機嫌、バンコランは考えごとをしている。四階でエレベーターのドアがガシャンと開くと、エレベーター脇へ折れて下り階段へ出ていくピルグリム医師に出会った。型の崩れたツイード服の上下にパイプをくわえている。パイプを外し、賢さとユーモアのある猫みたいな緑の目で、値踏みするようにこっちを見た。

「おはようございます、サー・ジョン。おはようございます、マールさん。今お部屋に伺ったらお留守で。けさがた様子を見に行ったら、あの患者さんはすっかり元気になっておられました。それをお伝えしようと思いましてね。あの件はまだ推理続行中でしょう？」

タルボットは紹介もそこそこに本題に入った。

「先生、しばらく外出を延ばしていただけませんか？　今はちょっと先約がありますが、その後にお話を伺いたく――昨夜の一件その他で」

ピルグリムはそれとなくバンコランを気にしていた。「いいですよ、警部さん。さほど急な用事でもありませんし。三十分以内においでくださるのでしたら、ラウンジでお待ちしましょう」

説明がほしそうだったが、口には出さずにエレベーターに乗った。私が探偵でないと気づいているのか？　あばた面は穏やかだが底の知れない感じがする。もっぱらパイプの火皿に気をとられていたふうだが……。

エレベーターを見送ると、バンコランは長い廊下を見渡した。灯の気はなく、陰気なアーチ入口付近は闇だ。建物の表側へ行く。四方の壁は金塗りがはげ、張出し窓のどっしりしたカーテンを引くと、氷雨にけぶる彼方のセント・ジェイムジズ宮殿の細い煙突をしばらく眺めていた。静寂を破って屋根を叩く雨音、それに吹きすさぶ風の無数の声……。

バンコランがだしぬけにぱっと向き直り、私たちまでどきっとした。

タルボット警部が思わず口走る。「ややっ！　なんだ？」

まだ、みんな震えている。あの叫びのこだま――廊下の先であがった、すさまじい子供の悲鳴のせいだ。くぐもっているが、エル・ムルクの部屋に続くアーチ入口の奥なのは確かだ。また絶叫し、金物を落とす音がした。声のするほうを皆で見守るうちに、アーチのカーテンを駆け出してきた者がある。

また悲鳴を上げて階段へ駆け出す。そこで蹴つまずき、階段を転げ落ちる寸前で手すりにつかまり、しばらくしがみついていた。異様なほど小柄だ――青白い顔の子供みたいな男が息を乱していたが、われわれに気づいて薄暗がりで目をみはり、意味不明なことを口走りながら、いきなりサー・ジョンへ駆け寄った。

一瞬のショックから立ち直ってみると、飛び出した当初は小鬼か悪魔に見えたが、妖怪変化ではない。テディだった。目を丸くした阿呆面が、小さな拳を振りたててキンキンわめいている。「出たあ！　やだよう、出た出たあ！」アーチを指さし、すくみあがって満足に口もきけない……。テディは戦時中の栄養不良による異形のお仲間だった。体は子供、精神年齢は赤ん坊のくせに魯鈍《ろどん》な顔はしわだらけ、人参色の髪をいつもポマードでこてこてに固めている。クラブ内ではしょっちゅう見かける顔で、クラブでは雑用の使い走りをさせるかわりに寝床と小遣い銭を与えていて、その金で彼は葉巻を買う。廊下で重そうな石炭バケツを運びながら、みんながからかい半分に教えた猥歌《わいか》を口ずさんでいるのを見かける。おそらくサー・ジョンは、優しくしてやる少数派の一人なのだろう……。

「どうした、テディ？　そら、話してみろ！」サー・ジョンが声をはげましてテディの小さい肩を揺するといつもの愚鈍な笑顔になったが、キンキン声は割れている。

「テディ、なんもしないよ！」涙声で足踏みしながら、まだあの笑顔で一同を盗み見る。「なんもしないよ！――いつものね、火を入れに行っただけ」

「そこで何か見たというのか？」

「うん」しばらくすると怖がって撤回する。「知らねえ。よくわかんねえ！」

「使用人は誰もあっちへ行っちゃいかんと言われていたはずだ」タルボットが口をはさんだ。

テディが飛びはねる。「そう！　そう！　おれ以外はだめ。ムルクさんも、おれならいい、テディはかまわないってさ。一シリングくれたこともあるんだぜ。そうだよーだ」

「あのな」サー・ジョンは質問を続けた。「何があった？　誰かに脅されそうになったか？……厨房《ちゅうぼう》の連中はこいつを死ぬほど怖がらせてばかりだ」と、われわれ相手に憤慨してみせる。「幽霊や黒人やインディアンの話なんぞで」

　テディはまた怖がって、サー・ジョンの上着にしがみついた。それでも頑として、何も見なかったと言い張る。だんだんヒステリックになってきて、なだめようがすかそうが、脅してみようが、何も聞き出せなかった。金のペンナイフに名前を入れてくれてやろうとサー・ジョンに言われ、凄まじいほどの物欲に目を光らせ、ぽちゃぽちゃの手で顔じゅうポマードだらけにするほど髪をかきむしったのに、怖さのほうが勝ったらしい。幽霊につかまっちゃう。すっげえおっかない幽霊がいるんだよ、コックさんに聞いた。うん、だから。おれ、テディは幽霊きらい。でも、名入りのペンナイフもほしい。とうとう解放されると、テディは跳ねるような妙な足どりで階段をおりていった。私などが聞いたこともないような猥歌を歌いながら。

バンコランはひとことも言わず、ただジョワイエに尋ねた。

「では、部屋にずっと鍵をかけているわけではない？」

「ムッシュウがご在宅の時は常時かけてますよ。むろん、あの薄ら馬鹿のことは気にもなさいませんでしたが、今の留守番役がグラフィンさんじゃあね……。こちらへどうぞ、皆様《メッシユウ》」

先導してアーチのカーテンを上げた。奥は十五フィートばかりの殺風景な通路で、鋲《びょう》打ちのどっしりした扉は半開きになっている。扉の向こうは気味の悪い大きな部屋で、丸天井の高さは二十フィートもあった。天井の鉄鉤《てつかぎ》から真鍮細工のランタンが鎖で四つ吊ってあったが、中央テーブルの緑笠のガス灯しかついていない……。つかのま、みなで戸口から奇天烈な室内装飾に見入った。

向かって左の壁に黒大理石の古めかしい暖炉があり、火床で石炭が燃えていた。炉棚には戦士の頭をかたどった蓋つき内臓壺《カノピー》という古代エジプトの青釉陶壺《せいゆうとうこ》が四つも並んでいた。エジプト陶器に詳しくない私でも、第二テーベ王朝ぐらいの目星はつく。炉棚には大きな木彫り壁画（新王国時代特有のカボ＝リリエボ陰刻）、魂の審判図だ。彩色の保存状態が驚くほどよかった。薄色を背景に、黒い鷹頭をいただく黄色い体のホルス神が、巨大な秤《はかり》で心臓の重さを量っている。真理の女神マアトは白衣をまとって玉座から見守り、トキの頭をした神々の書記トトがそばで裁判記録をとっていた……。暖炉の両側、左右の端のドアまでの壁面を埋めつくす本棚には、暗緑のダマスクカーテンがかかっている……。向かいの壁にも暗緑色のカーテンのかかった高窓が三つ、窓と窓の間には金塗りの戸棚をすえている。ほやランプの薄暗いガス灯だけでは、おおまかな輪郭しか見分けられない。だが、右の壁にはさらにカーテンをかけた天井までの棚が広がっていた。手前に大きなグランド・ピアノがあり、部屋の隅に立てかけた石棺のくすんだ色を光がとらえた。

この大きな部屋には、白黒の市松格子張りの大理石の床に、とびきりふかふかの暗緑色の絨毯が敷いてあった。彫刻を施した黒い木製の椅子が数脚、金塗りがかなり色あせている。枯れた花の臭いで部屋全体が息詰まるようだ——赤い斑岩《はんがん》の花瓶にしおれた茎が見えた——あとは埃、羊皮紙、香料、アビドスの墳墓に漂うような曰く言い難いミイラ臭がこもっている。

死の部屋だった。タルボットが不意に中央の石炭入れにつまずいた。その音が、朽ちかけた死臭のこもる静寂を破ってやかましく鳴りひびく。頭上の薄暗がりで四つの真鍮製のランタンがちりんと音を立てて鳴った。ここで何を発見するはずだったのか私にはわからない。われわれは足音を消すふかふかの絨毯を踏んで、無言でランプのついたテーブルへ向かった。長いテーブルに本や書類が積み上げられているせいで、奥の様子はすぐにはわからなかった……。

タルボットが金塗りの椅子にかけて手帳を膝に載せた。サー・ジョンは立ったままテーブルに指先だけついて身を乗り出し、眉の陰からじっとバンコランを見つめていた。バンコランは室内をうろうろ歩き回りだした。暖炉左手の隅にもうけたドアの手前でちょっと立ち止まる。

「ジョワイエ、このドアの先は?」バンコランは尋ねた。

「廊下づたいに主人の寝室へ出ます。廊下に三つドアがあり、一つは主人の寝室、一つは食堂、もう一つはグラフィンさんとあっしにあてがわれた部屋です……。この続き部屋《スイート》がですね、このクラブの裏側をそっくり占めているわけで」

「で、このもうひとつのドアは？」バンコランは、暖炉右手の隅のドアを指さした。

「外階段へ出ます――むろん締め切ってますが。各階の踊り場を経由して、このクラブの裏口に出ます。真下は裏の路地ですよ」

「では、裏の正面通用口か？」

「いえいえ、通用口はもっと北側の厨房の脇です。こっちはまあ専用階段みたいなもんで。いつも鍵をかけっぱなしでムッシュウ・エル・ムルクは一度も使ってません。照明もないんですよ」

「では、もしも――招かれざる客がジャック・ケッチの土産を置きに出入りしたければ、クラブの者に見とがめられずにやれる可能性はある？」

ジョワイエは口をへの字にして、凝ったしぐさで肩をすぼめた。「ああっとムッシュウ、それは――無理です。そこはムッシュウ・エル・ムルクも気づいてました。いつも鍵と閂《かんぬき》で二重に戸締りしてましたし、路地への出入口にも鍵がかかってます。特注の錠前をつけ、一つしかない鍵は主人自身が持ってました」

「そのご主人が今どこにいるにせよ」バンコランは長大息した。「寝室を見ておきたい。案内してくれ……。警部、来たまえ」

タルボット警部は急いで後を追った。サー・ジョンはテーブル脇を動かず、うつむいている。なにがなし不安で息もままならない。ただドアを閉めただけの反響で、このうつろな廟所《びょうしょ》に小刻みな震えが走る。緑のカーテンが揺れ、花瓶がかすかに震え、天井の真鍮製のランタンまで、ちりちり音を立てて応じたようだった。この部屋には風音も氷雨の音も届かず、おなじみの時計のチクタクも聞こえない。テディはこの部屋で何かを見たと思ったのだ。この部屋にどたどた入ってきて——おそらく口笛を吹きながら、いつものように首をかしげて石炭バケツを振っていたのだろう。火を熾《おこ》しながら、相変わらず口笛を吹いていただろう。

目に浮かぶようだ。炉端にうずくまったテディがぎくっとして、うらなりのしわんだ小さな顔を向ける。とたんに目を丸くして、人参色の眉が跳ね上がる。ギリシャの仮面そっくりに口を四角く開ける。持参の石炭バケツに蹴つまずき、悲鳴を上げて逃げ出す——何から？

右手になんとなく目をやれば、壁面いっぱいの棚にカーテンがかかっている。ピアノの鍵盤が白くぼうっと浮かんでいる。その奥の片隅にぼやけた金・赤茶・黒・黄土色で彩色したミイラの石棺がぼんやりと浮かんでいる。見ているうちに、石棺の顔がどんどんエル・ムルクの面影に重なる。まんざら気のせいだけでなく、本当に生き写しだった。黒い輪郭に囲われた顔。丸い茶色の目は茫然と凝視している。悪夢に出てきて、薄暗い廊下の先から睨んでくるような恐ろしい顔だ……。いろんな古代の遺物がその頭上にかかっていた。古代エジプトのファラオが、戦車の上から弓や手綱を扱うさいに使用した革籠手《こて》。革キルトの胸あて。恐ろしげな戦斧《せんぷ》、槍、短剣、投石器。

石棺に近づいて彩色した顔に見入りながら、なぜこんなに胸騒ぎがするのかと内心で不思議だった。折しも、手近な窓のダマスクカーテンが動いたように見えたので、すかさず開けた。閂を渡した大窓があるだけだ。ガラスをのぞくと、はるか下でぬかるむ路地が見える。左手のセント・ジェイムジズ街から延びて、ここで行き止まり《キュル・ド・サック》だ。ここ同様に路地を背にした向かいの荒れた壁や鎧戸《よろいど》の窓を一瞥し、カーテンを引いた。

「ここで煙草を吸っているのは誰だ？」サー・ジョンの声だ。

ずいぶん遠くからのように聞こえたので振り向くと、中央テーブルを見すえた姿が目に入った。反対側からなので、本の山にさえぎられずに卓上がよく見える。

「誰も吸わないでしょう」私は言った……。

サー・ジョンの骨ばった指が大判の卓上吸取紙を示した。いつもてきぱきと動じないサー・ジョン・ランダーヴォーンがこんな不安そうな目をするとは。青白い顔に高い頬骨と黒い眉のせいでよけい目立つ、険悪な灰緑の目がまばたきもせずにランプの向こうから見てくる。骨ばった肩をいっそう前かがみにして、まるで首がないみたいだ。指はまだ、吸取紙をさしている。

ごみはきれいに片づいていた。開いた本が一冊のせてあり、まるで読む途中で邪魔が入ったみたいに、椅子が引かれている。本の脇にブロンズの浅い灰皿があり、受け口のくぼみで火のついた煙草がまっすぐな煙を立てていた。やはり、誰かが読書の途中で中座したような……。

おもむろに机に近づいて、机上を見た。足音もなし、霊廟《れいびょう》じみた室内には何の動きもない。緑のガス灯の火も揺るがない。アブドゥッラー印の煙草で、半分ぐらいの吸いさしだ。開いた本はド・クィンシーの『芸術としての殺人』だった。
サー・ジョンが指さすのをやめ、テーブルに背を向けた。

10　鉢巻状冠《ディアデム》の主

暗示的なその本をずっと眺めるうちに、しまいに活字がぼやけて意味をなさなくなり、釣り合いを崩した煙草の灰がぼろりとブロンズの灰皿に落ちた。やがて、右手の外階段へ出るドアにおのずと目が向く。

「そろいもそろって迂闊《うかつ》だったよ」私は言った。「あのドアを調べなかったなんて……」

サー・ジョンはこう言うにとどめた。「ほう？　どうだか」

ドアへ急ぐと、予想通りだった。閂は外され、ドアは閉じていたが錠はかかっておらず、鍵は外側にさしっぱなしだ。ドアの向こうは埃っぽく息づまる暗い踊り場から、どうしたのかというほど曲がりくねった手すりの階段があり、壁紙は汚れた黄色だ。ここが最上階で階段は終わり、天井の上げ戸の梯子《はしご》が左手にあるだけだ。右手は窓だった。

振り向けば、寝室へのドアからバンコランが出てきた。ドアノブに手をかけて止まった肩ごしにタルボットがのぞく。

「ジェフ、そこならとうに気づいていたよ」バンコランが言った。「さしあたって、そんなことで頭を悩ますまでもない。何かあるとは思えないね」

「だけど、テーブルの上はまだ見てないだろう。つい今しがたまで誰かがこの部屋にいたはずなんだ……。あっちの部屋はどうだった？」

タルボットが答えた。「何もなしです。風変わりではあるが、きちんと片づいている。こいつの中身はベッドの脇にありましたよ」と、石棺を指さす。

バンコランは両手をポケットにつっこんで卓上吸取紙を見おろした。かがんで革装本を取り上げ、ひとしきり穴が開くほど見た挙句にまたテーブルへ放った。

「なんだ！　芝居の小道具か」と、愛想を尽かす。「ページも切ってない」表紙を叩いた。「ジョン・ウィリアムズ（『芸術としての殺人』で取り上げられた、一八一一年、ラトクリフ街道殺人事件の犯人と目される）のへぼな犯罪にこんなご大層な題をつけて、もったいぶるとは！——こんな本からジャック・ケッチが拾えるヒントはないだろうよ。おっ！」

机の抽斗《ひきだし》のひとつがわずかに開いており、中の光り物を見とがめたのだ。胸ポケットからハンカチを出して指先をくるみ、その抽斗を開けた。

大判の赤い絹のバンダナを広げた上に、象牙の握りのついた長銃身の拳銃と大きなガラスボタン数個、金の房一対と安物の時計が載っていた。

「殺しの犯人だ」バンコランが言った。「戦利品を返したんだな」

タルボットが割りこんできて抽斗をのぞきこんだ。「あっ——それは運転手のじゃ——」とつぶやくと、自暴自棄の男といった態度で手帳をポケットにしまった。

バンコランは赤いバンダナの四隅を慎重につまんだ。外側が埃で黒く汚れている。下から大判の写真が出てきた。殺されたスマイルがボクシングのグローブをつけ、試合用トランクスをはいて、闘志まんまんながらもそこはかとない含羞《がんしゅう》をたたえている。グローブを構えた態勢の筋肉が黒光りしていた。写真の端にへたな字で、「一九二七年八月、ニューヨークにて、ディック・(殺し屋《キラー》)・スマイル」とあった。

「ボクサー崩れの用心棒か――」バンコランがぼそっと言った。

そこで言葉を切って不意にこわばり、痙攣《けいれん》するほど指先に力をこめた。これまで数えきれないほど見てきたすさまじい天啓の光が目に宿る。光はすぐ消え、無造作に肩をすくめて苦笑しながら背を向けた。だが、この緑ランプのテーブルの脇で、バンコランが事件を解決してしまったのがわかった。

「これはこちらで頂きます」タルボットが抽斗の品をバンダナでていねいにくるんで取り出す。小柄な警部はどこか荒っぽい口調で続けた。「ひとつだけ判明しましたよ。犯人はエル・ムルクを捕えて鍵一式を手に入れたんだから、路地側のドアから好きな時に入れるんだ。だが、なぜだ、なぜなんだ? こっちがもう少し早く来ていれば――」

バンコランが考えこむようにかぶりを振った。「早く来たところで間に合ったかどうか、警部。ともあれ……」

机上をさっと見ると、石棺へ目を向けた。棺に近づいて古代の木蓋をひとしきりなで、衝動に駆られたように、いきなり重い蓋を押しあげた。

「中は空《から》だ」と、また蓋をすると皮肉に笑って振り向いた。「何もないのは先刻承知だが、諸君を安心させようと思ってね。そうだよ。小説に毒された想像力の持ち主は、石棺があれば新品の死体がなかに鎮座していると反射的に考える。とにかく怪しいものがあるはずだと思ってしまう。ミイラ以外なら何でもいいのだろうな」

室内を見渡して考えこんでいた。その目がやがて、十五フィートほど上に吊られた真鍮製ランタン四つのうち、手近なひとつに向かう。

「ジョワイエ」彼は首を伸ばしながら言った。「脚立《きゃたつ》はないか?」

「なんですと?」ジョワイエがびっくりして訊き返した。

バンコランはランタンを指さし、「あのランタンは」と、骨董の目利き風の口上を述べた。「稀少な眩暈《げんうん》後期《バルドン》ワグーリアン・キンウィッツ真鍮器の典型だね。よく見せてもらいたい。脚立を持ってきてくれ」

「おい、冗談が過ぎるぞ!」サー・ジョンがどなった。「君のおふざけに一日じゅう付き合ってきたんだ。もう、そんな意味不明の戯言《ざれごと》はいいかげん卒業して――」

「おふざけではないよ」バンコランが穏やかに応じた。「それに君はワグーリアン・キンウィッツ真鍮器に無関心かもしれないが、私は興味があるのでね」

ジョワイエは寝室方面へ向かい、やがて、がたつく巨大な脚立をかついでよたよた現われた。ランタンの真下に据え、自分で押さえておいてバンコランを上がらせる。上は暗がりで見分けにくいが、ランタンを叩くバンコランの背中が見え、何かに驚いてさかんに独りごとを言う声がした。

「世にも稀《まれ》な」と宣言するや、凝った戯言の長談義を続けたが、脚立を降りてきた顔つきはただごとではなかった。ジョワイエに脚立を片づけさせるひまにあらためて机に戻り、さっきの抽斗を次々と物色して雑多な品に目を通した。ガラス板二枚に挟んで密封したパピルス文書が数葉。粘土の封印片には青インクのしみがある。拡大鏡、象牙製の小さなラクダの頭、ペンとインクと消しゴム。黄金に七宝《しっぽう》を施してラピスラズリをはめたネックレスがぞんざいに放られて芝居のプログラムの山にまぎれていた。最下段の抽斗から革製の紙ばさみが見つかり、きれいな字の手書き草稿数枚が入っていた。

「エル・ムルクはあのパピルスを訳していたらしいね。やはり英語だ……」

ほかの者はあまり気に留めないようだったが、二枚目の最後に目を通すバンコランの肩ごしに、私はちょっとのぞいてみた。同じ筆跡で整然と書かれている。

この物語はニザーム・カー・エム・ウアストとウバー・アネルの記録およびウセル・マアト・ラー大王の甥ニザーム・カー・エム・ウアストに対する（かけられた?）絞殺の呪詛《そし》に関する全記録である。この巻物の所有者アネナがタイビの月に記す。この巻物を誇る者にはタフティの神罰が下るであろう。

「これは預かっておこうか」バンコランがぽつりと言う。「待て！　紙ばさみに本が入っている」

出した本は濃紺革で装丁した薄い本に『失われた地の物語』と金の題字があった。著者J・L・キーン。バンコランは私を見てうなずいた。コレット・ラヴェルヌの言葉が蘇る。「前に本を出したときのペンネームだって……」発行日は一九一三年だが自費出版なので、本から著者をたどるのは難しい。『失われた地の物語』は大英博物館所蔵パピルス翻訳集だった。ハリス・アナスタシ・パピルスやテル・エル・アマルナ碑文の抜粋、ほかに未分類文書が数点ほど収録されている。

「これもジャック・ケッチの置き土産だろう」と、バンコラン。「さてと――あとひとつ」

タルボットに紙ばさみを持たせておいて自分は階段口の脇の戸棚をあさり、ブロンズの燭台を見つけた。蠟燭をつけて高くかかげ、裏階段の踊り場へ出る。私が戸口に近寄るころには、最初の階段を途中まで降りかけていた。後ろ向きで、うんとゆっくり降りていく。向かって左の手すりを蠟燭の光でなぞっている。細めた容赦ない目が強い光をはじいた。ほかはすべて闇の中で、悪意あるバンコランの顔が黄色い光に照らされる。右手の窓が風でわずかに揺れた。光に照らされた顔が音もなく階段を降り、静かに角を曲がって見えなくなった。井戸底めいた下でちらつく灯が見えるだけだ。ただしバンコランの放った笑い声が一度だけ聞こえた。

……タルボット警部は机に椅子を寄せ、紙ばさみの中身を調べていた。サー・ジョンは寝室に通じるドア脇の椅子にかけていたが、こちらからだと輪郭もよく見えない。霊廟めいた広大な寝室にはなんの気配もなかった。骨董をおさめたキャビネットの一つによりかかると、死と静寂の波にさらわれて黄泉《よみ》の王国へ連れていかれる。

「ウセル・マアト・ラー大王の甥ニザーム・カー・エム・ウアスト!」——つまりラムセス大王の甥か。そういえばヌビアの金鉱への途上、ぎらつく青空の下で似たような石碑を見たことがある。「年ごとに富み、連戦連勝、あまたの鉢巻状冠の主。太陽神ラーの真の力、上下エジプトの王、アモン神に愛されたるラムセス」そういえば、灼熱のカルナック神殿跡ではレモン色の夕焼け空に蝙蝠《こうもり》が輪をかいて飛び、ナイルの岸辺をたいまつがずらりとふちどっていた……。

このニザーム・エル・ムルクはせっかく現代人に生まれながら、パピルス中の初代ニザームにわが身をなぞらえていたのか?　本、骨董、石棺までが初代ニザームの末裔《まつえい》にかかった「絞殺の呪い」をひそひそと告げている。だとすれば、このエル・ムルクという男の脳内にはどんな妄想がひそんでいたのか?　さんさんと陽光を浴びた彩色円柱、テーベ河畔の花とフルート——そんな幻を描いて、絞首刑吏から逃れようと悲鳴をあげながらロンドンの霧の中を走り回っていたのか?

輪廻《りんね》など本気に取るやつはいないとよく言われるが、実情は違う。古代の王たちと共に埋葬された風変わりな強い魔術が、現代学究の頭脳を巨大な車輪で生々流転《るてん》させるのだ。それに目がくらんで酔いしれた男は、書斎のランプの周囲にざわつく古代のささやきを聞くようになる。目に浮かぶようだ、緑のほやつきガスランプの下、エル・ムルクがタルボットのかけている席でパピルスを前にして、テーベ河畔の笛を聞きながら物思いにふける長夜のさまが。「あまたの鉢巻状冠の主。太陽神ラーの真の力、上下エジプトの王、アモン神に愛されたるラムセス!」

高らかに鳴らすトランペットのせわしい音に応じるシンバルにも似て、あの言い回しが、いくたび反復して響くことか!「その戦車の轟音はとどろく雷雨。疾《はや》きことは砂漠の黒い嵐のよう。王は銀の戦車に直立して青銅の鎧《よろい》をまとい、額に王家のしるしの蛇飾り、右手《めて》に槍、左手《ゆんで》にはキタに天誅《てんちゅう》を加えた剣、かくて向かうところ敵なし」

同行者たちの黒っぽい影は相変わらず動かない。やはり埒もない白昼夢にふけっていたのか。私が漫然とはるか昔の進軍ラッパを聞いていたら——カルナックの極彩色の広間に鳴りひびく触れラッパ、さらにはテーベの市井をつんざく笛の音となった。スフィンクス通りの戦勝碑で見かけた、太陽神の愛し子がアラブ産の愛馬二頭〝テーベの勝利〟と〝充足したヌラ〟を駆る姿を思い浮かべ、石棺の上にかかった武器コレクションに視線を向けた。

骨董陳列用キャビネットにもたれてその武器をよく見る。前にも言ったが、ほぼ完全に武具一式が揃っていた。いや待て!——並べ方に微妙な違和感がある。壁面の位置取りがちょっと妙だ。短剣と棍棒の間に大きなすきまがあき、何かをかけて埋めてくれと声高に主張している。石棺にまた近づいて上の壁をよく調べようとしたが、照明不足だ。そこで彫刻入りの椅子を棺に寄せて上に乗り、ライターを点火して壁面の空白部分にあててみた。漆喰《しっくい》壁は薄緑の水性塗料仕上げだが埃まみれだ。そんな中に、埃のない部分の輪郭がはっきり見てとれる。ここに何かがかかっていたのだ。輪郭は長い柄つきの広刃の短剣に見える。すぐ上に、その短剣を吊るしていたとおぼしい釘があった。私の推理が当たっていれば、これは名高い書記メレマプトのいう「喉切り刀」なる禍々しい両刃の剣だ。喉を切り裂かれたあの運転手の姿が脳裏をよぎった……。

「こらっ、どういうつもりだ?」怒号が響いた。

驚いて振り返れば、グラフィン中尉が戸口で仁王立ちしていた。血走った目を怒らせて、タルボットから私へ向く。サー・ジョンには気づいていない。ドアの枠にもたれ、喧嘩上等でチョッキのポケットに指をひっかけて凄んでいる。睨まれたお返しにこっちもじろじろ見てやってから、知らん顔でまた元のように壁を調べにかかった。

タルボットが手厳しくやりこめた。「あなたがほとんど役に立ってくださらなかったのでね。家宅捜索をしておりませんので、これからやる所存です。ご協力があろうとなかろうとやりますが、ご忠告しますと、静かになさったほうがいい——身の為ですよ」

グラフィンの声が高くなった。

「脅しか?」と、キンキンわめく。「貴様——」大声がにわかにひび割れて喉に詰まった。ピアノがけたたましい不協和音を出す。見れば、よろめいたグラフィンが鍵盤に手をついたのだ。すぐ体勢を立て直し、なりふり構わず必死で階段口へ行こうとする。酔いどれの大声で、「戻れよ、ばかだな! 帰れ——!」

その戸口から、蠟燭の灯で自分の顔を照らしながらバンコランがあらわれた。グラフィンは目を疑うようにみはり、おののく手をかざした。「ああ! そうか……」

見るからにぶち切れた小柄な警部が、日焼けしたいかついあごを突き出して、ずかずか寄って行った。「そうとも、ムッシュウ・バンコランだよ」と、嚙みつく。「ところで——誰だと思ってたんだ？　いったいどういうことか、筋の通る説明をきっちり聞かせてもらおうじゃないか！」

グラフィンは鼻にしわを寄せ、尊大に警部を見おろした。

「あのねえ……神経なんだ。本当にあいにくなんだがね、神経のせいだよ」と、わなわな震えてピアノ用の腰かけにへたりこんだ。

タルボットの目が必死にバンコランへ訴えかけて、「嘘ですよ――でも、どうしたらいいんです？」とすがっている。かくいう私も、昔ながらの拷問にも見るべき点はあるかもしれないなどと思いながら傍観していると、バンコランはドアの手前で燭台を吹き消し、さりげなく階段の親柱の根元に置いた。ようやくグラフィンも暗がりにいたサー・ジョン の姿をぼんやり認めて、何か言おうと唇をなめている。そこへ寝室側のドアが開いてジョワイエが出てきた。中尉の頭はますます混乱してきたようだ。

「よう！　なんだジョワイエ、帰ってたのか。まさかのまさかだな。パリだとばかり思ってたよ……」

ジョワイエはたどたどしい英語で、「帰った」と反抗的に応じた。「意外か？」

「教えてください、グラフィンさん」バンコランが机上の紙ばさみを取り上げた。「この外階段をいつも利用していた人にお心当たりは？」

グラフィンが歯をむきだして、派手なしゃっくりで全身を震わせた。「ジャック・ケッチの置土産からの連想ですか？」と訊き返しながらも、梟のような目がジョワイエを小狡そうにうかがった。「私は存じませんが、そいつなら知ってるかもですね。夜な夜な私を部屋に監禁するという妙な癖があるので」

「ひーとでーなしゅ！」ジョワイエが煮えたぎる熔岩の顔色になってどなった。「ひーとでーなしゅ！　こいつを部屋にとじこめるのは、酔っぱらって手を焼かせるし、前後不覚につぶれるからですよ。酔っぱらうと始末に負え――」

「あ、そう？　まあいいけど」グラフィンがわざとらしく、のほほんとうそぶく。「たかが従僕と押し問答したってしょうがないし――」

「ひーとでーなしゅ！」ジョワイエがまたどなった。「その面《つら》に一発お見舞いしてやるか？」

「落ち着け！」バンコランがジョワイエの腕をつかんだ。そして早口のフランス語でなにやら話しかけると、仁王立ちで睨んでいた従僕は詫びのしるしにバンコランのコートの両袖についた埃を払いにかかった。カールしたひげの陰で、恐ろしい言葉をくすぶらせながら。

「お下――品！」グラフィンがしゃっくりした。あてのない目が、暖炉端の片隅に釘付けになる。「まあとにかく、夜ふけにこの部屋で複数の人の声を聞いたことはありました……」

「声ですか？」

「声です」グラフィンがうなずく。「ところで、もうこれにて用はすみましたな」

威張って背を向け、あとは耳も貸さずにピアノで、『アイーダ』の抜粋を弾きだした。すばやい指を的確に操り、見事な音を出す。止めにかかるタルボットに、ここにおわすは飛行隊長さまだぞ、エジプト軍の反乱は許さんなどと口走るのだった。やがてわれわれが引き上げるころには、大行進曲の勇壮な響きが外廊下にまで洩れてきた。

「しょうもない」タルボットがぼそりとこぼす。「まるで精神病院だよ」

戸口からあの禍々しい緑のランプを確かめ、さらに、「何か物証があったとは思えません。やつをひっくくって拷問でもしないことには、口を割らせる手立てはなさそうです。それしかないかな……。それはそうと、階段で何をなさってたんです？　何か見つかりましたか？」

バンコランがちょっと言いよどんだ。「ああ」と、一拍置いて答える――「そう、あるものを見つけた。特に探していたわけでもないが、ふと目についてね。それでいろいろと説明がつく。警部、ものは相談だが、マドモワゼル・ラヴェルヌにちょっと聞き込みしてはどうだろう」

ポケットに手を入れ、あるものを出してタルボットに見せながら、おもむろに目を合わせた。また無言になったところへ、背後の部屋で大仰な行進曲が山場を迎えた。

タルボット警部が険悪な顔で、「わかりましたよ」

乏しい明かりでも、バンコランの掌に輝くトルコ石と銀の輪は見えた。女性の腕輪だ。タルボットは抽斗から持ちだした赤いバンダナの包みに、その腕輪も入れた。あとはみんな、そら恐ろしいほど黙りこくってエレベーターへ向かった。

11　階段のともしび

あとは昼下がりまで、とりたてて話すようなことは起きなかった。当時の手控えを見直しても、その後の捜査に役立つ収穫は皆無だ。殺された運転手の検視審問は一時半に始まったが、検視審問なんてどの国でもさして代わりばえするでなし、リチャード・スマイルが一人ないし複数の不特定人物に殺害されたという事実が確定したに過ぎない。特筆すべきはひとつだけ、タルボットへのロンドン各紙の全面協力態勢だった。アメリカのタブロイド紙のような煽《あお》り記事はひとつもない。ニザーム・エル・ムルクという人物の運転手が殺され、本人は行方不明という要旨のみのそっけない記事はもう出ていたのに、他の詳細は記事にされなかった。タルボットの意向で各紙とも一面記事にはしなかった。今振り返ってみても、米紙の主筆なら誰もが世をはかなみそうな展開だが、スコットランド・ヤードの力とはそういうものだった。

検視審問の後、タルボットはメイスン警視の捜査会議に招集され、バンコランも出席した。タルボットは所轄地区の警部として本庁の特別協力を辞退し、さしあたってはバンコランの非公式な協力による独自捜査を願い出たらしい。パリが誇るこの名探偵は、パリ警視庁お膝元のオルフェーブル河岸ばかりかウェストミンスター橋のたもとの陰鬱な建物、ロンドン警視庁でも有名人ゆえ、さして異議はなかろうとタルボットは踏んでいた。

幻の街という自説をどこまでも追いかけて陸地測量部に問い合わせたほか、内務省不動産管理局、大英博物館、国会図書館まで調査依頼の手を広げる。しらみつぶしにロンドン全市を調べあげた。ピルグリム医師にも相談をもちかけ、お役に立てるかどうかと釘を刺されながらも全面協力をとりつけた。タルボットとバンコランは三時に警視庁へ出かけ、サー・ジョンもすぐ後を追うように外出した。ピルグリムと私はクラブのバーへ入り、赤いローテーブルをはさんで話しこんだ。外の濃霧をカーテンが閉め出し、大きな鉢形《はちなり》電灯の照らす室内に、赤ビロードの低い椅子をあしらって内装を感じよくまとめている。ブリムストーン・クラブは時間にやかましくないので、二人ともバス・エールをもらってパイプをふかした。タルボットから事情はかなり伝わっており、私も腹蔵なく話した。ピルグリムは話を聞きながら大きなあばた面にしわを刻み、片目をパイプの軸に落として考えこむ。やがてかぶりを振った。

「むろん、私は探偵じゃありませんよ。ですが歴史家というものは、過去の史実を再現する上で、かなり磨き抜かれた探偵眼を持たなくてはと考えています。ほんのささいな手がかりを求めて何十もの図書館をはしごし、乏しい事実を探し回る。そんな事実のきれっぱしをつぎはぎして証言の重みをはかり、忘れられた謎を解き、五百年前に死んでしまった殺人犯を突きとめるわけです。これは断言しますが、切り裂きジャック事件だって、ボルジア家の毒殺の謎を解く才覚の半分もあれば余裕でいけますよ」富士額にしわをよせていったん口をつぐみ、またかぶりを振った。「私見ですが、どうもタルボット警部のお考えには同調しかねます……。ルイネーション街の件ですよ。ふむ！　ルイネーション街ねえ。手持ちの地図に載っているとは思えませんな……」

医師は顔を上げた。

「ですが、ささやかな糸口なら、あるいは。マールさん、目下は特にご用事でも？」

「いえ！　後でお茶の約束はありますが、さしあたっては……」

「では、ちょっとオフィスへおいでになりませんか？　むさくるしいところですが、静かな研究には落ち着きますのでね。セント・ジェイムジズ街の角を曲がってすぐですよ」

「結構ですとも。地図もそちらですか？」

医師は黙って煙草入れを開け、太い眉の下からつくづくと私を見た。「ええ、地図もそちらです。ですが、考えているのはそれじゃないんです。探偵の皆さんお好みの表現では――現場検証でしたか、とにかくそんな感じのことです。奥の部屋の裏窓から、裏道をへだててこのクラブの裏手が見えます。正面に当たるのが、このエル・ムルクという男の部屋の窓です……」

私ははっとした。

「いや、だからどうだというんじゃないんですが」ピルグリムは片手を上げた。「あの部屋がそうとは今の今まで知らなくて。ですが、いろいろ伺っているうちに思い当たることもありましてね……。参りましょうか？」

ふたりとも玄関で帽子とコートを受け取り、ペルメル街へ向かった。縁の垂れた帽子に風変わりなボックスケープつきコートの大柄なピルグリムは、私と並んですごい大股でのしのし歩く。電流が流れそうに気力横溢《おういつ》して、くわえパイプで歩きながら左右に鋭く目配りする。いやな天気だった。街灯は霧にくるまれて気味悪くゆがみ、歩道は凍ってすべり、車がてんで勝手に騒ぎたてる音が合わさってすさまじい咆哮《ほうこう》を作る。光のすじを放つセント・ジェイムジズ街の灯が、いくつも影絵を作っている。あごを突き出し、くわえパイプに帽子の垂れまで同じ角度のピルグリムの影絵は、獲物の臭いを嗅ぎつけた自信たっぷりの猟犬そっくりだった。一緒に足を止めると、大股な彼のほうがずっと前へ出ていた。その場所はいっそクラブにしたほうがしっくりしそうな落ち着いた建物だった。二人で階段を登る。照明不足気味な踊り場をいくつか経由して四階へ出た。

「こちらがオフィスです」皮肉っぽく言うとピルグリムはすりガラスのドアを指さした。まっ暗な部屋を一緒にすり足で二つばかり抜け、ようやくピルグリムが灯をつけてドアを閉めた。

飾りのない茶色の部屋だった。雑多なものが棚に並んでいる。古ぼけた瓶、化学実験器具、雑然と積み重ねた本や地図の山。建築家の設計台みたいな机に、傾いた笠つきの卓上スタンドが載っている。その窓辺には、ペン、三角定規、物差し、色インクなどが散乱していた。

「ふう！」ピルグリムはパイプの灰をインク壺に叩いた。「ここが仕事部屋です……。一杯やりますか？」

飲んだあとで窓のカーテンを開けた。「さて、マールさん、灯を消しますよ。ひどい霧でなければ、今日も見えます。いいですか？」

部屋が暗くなる。おもての霧が尾を引いて渦巻き流れたが、向かいの建物の窓ははっきり見えた——正面でいわくありげに格子をはめたエル・ムルクの書斎の三つの窓は、特によく見える。高さはこちらと同じで、二十フィートと離れていない。窓の二つは閉ざしたカーテンに緑の光の筋が細く洩れる程度だが、三つめ——左端の窓——はカーテンを開けてあった。緑の光に照らされて、あの金ぴかの石棺の輪郭や、壁面の武器一式が見えた。

「よく、ここで夜通し仕事をしますので」医師は続けた。「いつもはカーテンを閉めておきますが。この間の晩——正確に言うと五日前——帰り支度をして灯を消してから、窓を開けて換気でもするかと、ふと思いつきまして。

下の人影が見分けられないほど霧の濃い晩でしたが、たまに霧の裂け目に当たれば視界がひらけます。夜といっても正確には午前一時ですね、ビッグベンの時鐘《じしょう》が聞こえましたから。向こうの部屋は灯がまったくありませんでした。私が窓から身を乗り出しますと、そこへ下の路地を歩く足音がしたんです」

あくなき喫煙家のピルグリムはまた火をつけた。マッチの火が、くわえパイプの角ばった顔のあばたやしわを照らし出す。わずかにまぶたを上げてよく光る緑の目でじっとこちらを見てきたが、すぐに薄い膜がかかり、マッチの火も消えた。

「霧が深くて見分けはつきませんでしたが、足音は向こうの奥の裏口へ向かいました。そのうちに鍵穴に鍵をさす音とともにドアが開閉しまして。書斎の窓のやや斜め上に窓が見えますね。あれが外階段の最上段についた踊り場の窓です。で、まあ、踊り場の窓を一段ずつ上がる蠟燭が見えまして。持ち主が踊り場で曲がるたびに火が隠れ、次の階の踊り場にまた現われる。不思議ですが、折よく霧の切れ目だったんでしょうね、かなりはっきり見えました。その蠟燭が足を止めたほんの刹那、ひょろりとした恐ろしい影法師を見た気がしまして……。

　まさにその時、別の明かりに気づきました。いつのまにか向かいの部屋に緑のランプがついてたんです。ずっとついていたのにカーテンが閉じていたのか、ちょうどその時につけたのかはわかりませんが、いずれにせよカーテンの一枚が開いて、窓から外をのぞいているらしい人の輪郭が見えたんです。緑の光を背にして――ほんの一瞬だけでした。カーテンがまた閉じてしまったので。ですが蠟燭はまだ階段を登っていきます。音もない人影、揺れながら登る火の色――いやもうマールさん、あまりの不気味さに魅入られましてね、夢中で見守りましたよ。薄気味悪い人形芝居みたいでね。どうもねえ」――いかつい横顔が窓の薄明かりに一瞬浮かびあがったかと思うと、身を寄せて軽く私の腕を叩く――「どうもねえ、私はあのパンチとジュディという人形芝居になんとも言えない怖さを感じるんです。パンチが棍棒でみんなを殴り殺すのを、子供らはげらげら笑って見てますでしょ――人形使いのキーキー声や、棍棒が木偶《でく》人形の頭に当たる効果音――しまいにパンチがジャック・ケッチにしょっぴかれるまでね。我ながらばかげてますが、昔からあのパンチとジュディの人形芝居の箱の中には、陰惨な恐怖の世界がひそんでいるような気がしてね」

　そっと笑った。

「あの人殺し人形ども、顔からして凄いでしょう……。ま、それはおいといて、あの晩の私は人形芝居を見ている気分でした。これからどんな不気味な一幕が始まるんだろう、とね。ですが、われながら空想癖にばからしくなって笑ってしまい、自分を叱ってカーテンを引きました。それから昨日の午後までずっと閉め切ったままです」

いざ口を開いて声を出すまで、自分がここまで落ち着きをなくしているとは思わなかった。

「昨日の午後——殺人事件の前ですか？」

「はい、昨日です。ここへ戻ってきたのは五時ごろだったかと。〝人形どもは昼間には出ないだろう。ちょっと見てみるか〟と自分に言い聞かせましてね。

ご記憶かどうか、昨日は霧がかなりありましたが、この距離ですからね。ほら！　あれが見えたんですよ！——同じあの窓、その時もやはり灯がついていました。石棺と武器も見えました。霧でかすんではいましたが、いちおうは。で、背を向けようとした矢先に、〝手〟が出たんです」

「手が？」

「はい。小さな手で——女の手かと思いましたが、霧もあったし断言はできません。しばしわが目を疑いました。その手が石棺の真上に浮かんでいまして。室内のほかのものと同様に緑の光に染まり、不気味でした。まるで手だけが身体から離れているようで。思えば、手の主はカーテンの端に隠れて隅の椅子に乗っていたんでしょうな。手はあの武器コレクションの前で指を伸ばし、ちょっとためらうようにじっとしていました。やがて手にしたのは——」

「曲がった柄のずんぐりした短剣でしょう」

さほど不意打ちでもなかったようで、パイプの火皿の火は動かなかった。顔はよくは見えないが、じっと見られているのはわかる。しばらくして、静かに尋ねられた。

「なぜご存じなんです？」

「壁の埃に跡が残っていました。実はさほど不思議でもありません」

「なるほどね、度胆を抜かれましたよ」ピルグリムは苦笑まじりに白状した。「まるで推理小説みたいで――そういう小説は読まないんですが。マールさん、ご明察です。短剣――それとも長めの小刀と呼ぶべきでしょうか。まあとにかくこの距離ですので、曲がった柄までは見えません。手にしたところで手の主はカーテンが開いているのに気づいたらしく、すぐまた閉じてしまいました……。人形芝居の幕引きです！ あの一座にまた踊ってほしいと言う度胸はありませんね――どう思われます？」

「いいですか、先生。いまの話は絶対タルボットにじかになさるべきです。事件の決め手になるかもしれません」

パイプの火皿が間を置いて淡々と明滅する。「ええ、もちろん。ただ、ついさっき、あなたに事件の全容をうかがうまではことの重大さに思い至りませんで――あの部屋の主がエル・ムルクというのも初耳でした」医師は肩をすくめた。「ただの思いすごしじゃないかとね。たまにありますし。で、つい言いそびれてしまいまして。ですがね……」と、再びパチンと電灯をつけた。あらわれた殺風景な埃っぽい部屋になんだかほっとする。ピルグリムは、机の前のきしむ椅子にどさりと腰をおろし、もう一脚の横桟《よこさん》に足をかけて引き寄せると私に勧めた。コートの衿を立ててだらしなく足を投げ出し、丈夫な歯でパイプを軽く嚙みながら、雑多な机の上を眺めていた。

「……あのね、マールさん。わたしは死人がつかんでいたカフス・ボタンなどを詮索するような、いわゆる探偵じゃありません。ですがさっきお話ししたように、数百年前の手がかりをもとに、かなり巧妙な捜査をしている自負があります。たとえばニューフォレストで謎めいた殺され方をした赤ら顔のウィリアム二世（一一〇〇年、狩猟中に死亡）など、昨今のスリラー小説の要素をひとおり完備しています。何百人もの敵を持つ男に、酒浸りな狩猟の一団、夜中に青いひとだまが出没する森、果てに嫌われ者だった赤ひげの大男が夜明けの草地で、胸に矢を射込まれて絶命。犯人は誰だ？――そうなんですよ、現代スリラー要素完備です。舞台が二十世紀でないだけで。でね、マールさん、その犯人ならおそらく名指しできます。あとはですね、かのヘンリー・ダーンリー卿が喉を切られた夜、カーク・オ・フィールド旧司祭館を爆破した真犯人は誰か？　憂愁の鉄仮面と呼ばれた人物の本名は？（ちなみに、実際の仮面は鉄じゃなかったんですけどね）私が実際に手がけた事件はそういうものです。冥界のスコットランド・ヤードを率いて草葉の陰の犯人を追いつめ、黄泉路《よみじ》へ旅立った下手人どもを引き戻すのが趣向なんですよ」

医師はゲジゲジ眉をひょうきんに上げてみせ、大きな醜い顔で快活に笑った。あごを胸に落として話を続ける。

「しょせんは荒唐無稽なものでしょうが、この事件に対する私の推理の、いわば退屈な前置きです。それにしても……」

顔をしかめて憂鬱そうに机の端を蹴った。「もしもエル・ムルクが死んでなかったら？」

「今、なんと」

「エル・ムルクが死んでなかったら、と申し上げました」にわかに活気づいて座り直すと、同じ言葉を繰り返した。「早い話、この事件がエル・ムルク自身のお膳立てによる念入りな茶番だとしたら?」

「それはまた――斬新ですね」

「そう、斬新です。でも、いいですか」ピルグリムは力説した。「この事件全体にすこぶる突飛な面がままあります。現場検証ではエル・ムルクは車に防弾ガラスをはめ、窓に格子をはめ、ドアには二重鍵をつけ、部屋に誰も入れなかったわけでしょう。で、ここまで守りを固めても何かの役に立ちましたか? あきらかにジャック・ケッチは気が向いたらいつでも部屋に出入りして置き土産を残し、錠前にも阻まれず、従僕に姿を見られたりもせずに立ち去れた。まるで郵便屋みたいに、しごく当然のように。それにエル・ムルクはエル・ムルクで、そういう脅迫の小包が届くたびに、念入りにお膳立てして恐怖に震えるさまを目撃させている……。ここまでの筋は通るでしょう?」

「ええ」

「ではお次へ! 誰も使ったことがないというふれこみの、入口に鍵をかけた外階段は、実情から言うと表の往来と変わりません。少なくとも、夜中の一時にあの階段を使う訪問者がいたのは確かですよ――路地口の鍵まで持ってね。訪問者が階段を登る最中に、住人の誰かが起きているのをこの目で見ましたし、おまけにそいつを中へ入れたらしい……」

「ちょっと待った！　そうとは限りませんよ」

「うーん、言っときますとね、私はそいつが入っていってかれこれ一時間は見張っていたんですが、誰も出てこなかった。そいつがドアの外でキャンプでもしたのでない限り、共犯がいるというのは大いに考えられます。やつはあそこの住人で、あの部屋の誰かがやつを待ちうけていたように見えました。エル・ムルクが夜遅く帰ってきたとしたら？　さっき、あなたにうかがったお話ですが、グラフィンが部屋に入ってきて、バンコランさんが蠟燭をかざして裏のドアから入ってくるのを誰かと勘違いして、『戻れよ、ばかだな！　帰れ――！』とか何とかどなったそうじゃありませんか。内部共犯者の匂いがしませんか？　もしもエル・ムルクが自分自身の狂言殺人を仕組んだとすれば、万事説明がつくじゃありませんか？」

この男の記憶力は大したものだ。なんの気なしの片言隻語をちゃんと覚えていて、すこぶる巧みな論理でぴたりと辻褄《つじつま》を合わせてしまうらしい。私は言った。

「筋は通りますね。ただし、なぜそんな恐ろしい芝居を大々的に企てて人を驚かそうとするかが残っていますが……。お説では、脅迫もエル・ムルクのでっちあげという話になりますが、だとすると正体不明の敵も、ジャック・ケッチも、ルイネーション街も存在しない。運転手を殺したのもエル・ムルク自身だし、自室から持ちだした凶器を犯行に使い、只今は隠れているということになる。つまり、この事件の一から十まで嘘っぱちと化します。やれやれ！　ちょっとひと息つかせてください」

ピルグリムはつとめて冷静かつ公正な態度を保とうとしながら、その目は興奮で輝いていた。

手酌《てじゃく》でブランデーをちびちびやりながら、頭の中で問題をおさらいしていた。「隠れているんです」さかんにうなずいて同意した。「自室のすぐ近くに。いや、自室かもしれない――」

「その線はなしです。全部調べましたので」

「そうですか。わかった！　あのクラブの裏手にある他のスイートは？　スイートはあの下の各階ごとに設けられていてつごう三つ、しかも全部あの専用階段でつながっている。少なくとも一つは空きがあるはずだ。五ポンド賭けてもいい……」

「実際に空いているのは二つです。一階はサー・ジョンですが、エル・ムルクの真下は空いていて――」

「ははあ、それで専用階段の使い道が判明したじゃありませんか？　自室の真下に隠れ家を設け、誰にも見とがめられずに抜け出す手だてもあった。殺された男のこまごました装身具がこっそり机の抽斗に戻ってきたのも、これで筋が通ります。エル・ムルクが隠れ家からうっかり現われたと思ったグラフィンが仰天した理由も、あの若造が幽霊を見たと怯えた理由もね。エル・ムルクはパピルスに血道を上げすぎて絞首台や復讐などという狂気に憑かれたあげく、こんなことになったんですよ」

私は窓の前の色落ちした茶のカーテンを見つめた。ピルグリムがグラスの縁ごしにじっと見ている。かゆいところへ手の届くその推理は申し分ないし、いかにも斬新かつ完璧で、思わず信じこみそうになる。だが、それでも！　なんだかしつこい違和感がぬぐえない……。

「お見事です。まったく、してやられましたよ。ですが、いちおうすべての筋は通るものの、全体像はばかげているという気がします。只今のご説明では、実在のエル・ムルクのほうが架空のジャック・ケッチより千倍も狂気じみている。お話にもならない信じがたい行動に、徹頭徹尾まっとうな説明をつけておられますが……。ですが、なぜそんな世迷言をエル・ムルクが実行に移さなきゃならないんです？　エル・ムルクを殺す布石としてジャック・ケッチが運転手を始末したのなら納得がいきます。ですが、たかが茶番のためにエル・ムルクが運転手まで殺してしまうとは信じられません」

ピルグリムは笑った。

「ちょっとちょっと、マールさん！　すべてを解き明かすと大見得切った覚えはありませんよ。ただ、こういう考え方もあると申し上げただけです。ですが、これだけは断言しますが、エル・ムルクの行動の裏にはちゃんと理性がありますね。気違いじみた行動のようでいて、かなり冷静なふしがある。でも、今日の午後に事情を聞いたばかりでエル・ムルクの署名入り自供書をすぐ取ってあげられないからといって、私が責められる筋合いはないでしょう……。いや、本気で一考に値するでしょう？」

私は立った。「大ありでした、先生。こちらに電話があれば、すぐ警視庁にかけてタルボットを呼び出し、あの空室を調べてもらうところですが……」

ピルグリムは診察室のドアを開けて電灯をつけ、電話の場所を教えてくれた。殺風景な室内は、蓋つきデスクの上に緑の笠の吊り電灯があり、薬品臭が強い。デスクにつけた電話の前に腰をおろす。タルボットはおそらくまだ警視のところだろう。私の通話は鄭重にすばやく、ジェラード四二二三番、セントラル五〇九一番、ロイヤル八五五〇番、ホルボーン三三六番とたらい回しにされたが、おいそれと通じないパリの電話に馴《な》れているので、へっちゃらだ。シティ一〇四一番の男が出てきて、ウィルキンスン牛肉料理店の予約申し込みではないと誤解を解きにかかっているさなか、医師が仕事部屋との仕切りドアを閉めたのに気づいた。ドアのすりガラスごしにせかせかした足音が聞こえ、姿が透けて見える……。やがて警視庁に電話が通じ、メイスン警視が出てきて、バンコランとタルボットは今帰ったと教えてくれた。

ここが思案のしどころだ。二人はラヴェルヌに会いに行くといっていたから、おそらく、そっちへ電話すればつかまるだろう。とっさの思いつきでマウント街の番号を申しこんだ。今度は、すぐに女の明るい声が出た。

「ラヴェルヌさんをお願いします」

「今、お留守です。わたくしは小間使いでございますが、お言《こと》づてでしたら」

「うーん、いや。行き先を知らない?」

しばらく間があった。私の名を尋ねた上で、やっと答えてくれた。「ええ、そうなんです。今日のお昼過ぎに、警視庁から迎えの方がいらして、お出かけになりました」

私は電話を切った。これっぽっちも動きませんでしたという顔で、元通りの姿勢でだらっと回転椅子にのびた医師のもとへ戻り、事情を説明した。

「一体どこに行ったのやら。ですが夕食時にクラブにいらっしゃれば、きっと会えますよ。また何かお気づきの点でも出ましたら――」

「いいですよ、喜んでなんでもお手伝いします」

オフィスの出口まで見送ってくれた。あとは一歩ずつ慎重に薄暗い階段をおりて、セント・ジェイムジズ街に出た。シャロンと会う前にブリムストーン・クラブに寄って、バンコランたちが戻った場合のために伝言を残したほうがいいと思ったのだ。それに、コレット・ラヴェルヌが警視庁の尋問にどう答えたかもかなり興味がある。反対尋問のつぼをちゃんと心得た人間にどんな反応をしたかが聞きどころだ。

だが、そうするまでもなかった。ロビーで出くわしたのだ。二人とも外出するところで、コートを着て帽子をかぶっていた。

「おや！」バンコランが言った。「ミス・グレイに会いに行ったんじゃなかったのか」

「行くよ。だけど聞いて！　知らせたいことが――重要な手がかりだよ――」

「では一緒に出よう。歩きながら聞こうか。これからコレット・ラヴェルヌ宅へ話をしに行くのだよ」

私は驚いた。

「コレット・ラヴェルヌ？　警視庁で会ったんじゃなかったの？」

タルボット警部が目をむいた。コートの衿を立てようとしたバンコランの手が止まった。

「ジェフ、なんのことだ？」語気鋭くただす。

「え、今日の午後、警視庁から迎えを出したんじゃないの？　小間使いにそう言われたけど

――」

「やられた！」タルボット警部が抑えた声で言った。ロビーのまばゆい照明の下でくすんだ顔が蒼白になり、私もにわかにすさまじい不安に襲われた。いきなり、警部が狂ったようにじだんだを踏んだ。

「迎えなど出してない！　どのみちあの女を警視庁に呼ぶ予定なんかなかった。呼ぶにしたってヴァイン署だ。早く言ってください！　いつごろですか？」

「さあ。小間使いに電話で聞いただけだから。昼過ぎとか言ってたな――」

タルボットは、バンコランに両手を広げてみせた。「やつの手に落ちましたよ」と言う。「ジャック・ケッチだ。今朝から部下をやってあの家を張り込ませてあるのに！　一体なにやってんだ、あいつ？　え、なんだ？」

バンコランが答える前に、ヴィクターがラウンジに通じる廊下からあらわれた。

「タルボット警部さんにお電話ですが……」

ヴィクターのすまし顔が視界でぼやける。あの言葉の不吉な可能性が、禍々しい巨大な形をとってあらわれた――絞首台と首吊り縄。タルボットはしばし茫然としたあと、走るようにして電話へ急ぎ、私とバンコランはうそ寒い明るさのロビーに取り残されてただ立ちつくした。

タルボットはものの数分で戻ってきた。足どりも、目の上げ方も重い。

「『コレット・ラヴェルヌがルイネーション街の絞首台で吊るされたぞ』」ついで、怒りに声を震わせた。「タクシーを――早く！　急いで！　マウント街へ向かいますよ！」

12　殺人者の愉悦

タクシーでセント・ジェイムジズ街に走り出るや、タルボットが再び口を開いた。

「ヴァイン署宛のその通報から五分とたってません」警部は説明した。「通話者の発信場所を調べるように即刻手配したそうですが、バーリントン・アーケードの公衆電話からだとしか。署からすぐ二人ほどやりましたが、行ったところで見込み薄です。とくにご質問は、ないですね――？」

バンコランがかぶりを振った。

「ジャック・ケッチのしわざだよ、警部。それにしても、あんな疑り深い女をどうやっておびき出したのか？　まあいい！　今あれこれ推量しても始まらないし……」ピルグリムから聞きこんだ話をしたいのはやまやまだが、この新しい悪魔の所業が急展開で緊迫するなかでは、その意味がわかるまで口をつぐんでいることにした。ルイネーション街の霧にまたひとり飲みこまれてしまったのだ。

「知りたいのはですね」タルボットが言いだした。「ブロンソンに何があったか、です。私とはいちばん長い付き合いに入る、生え抜きの部下です。あの家の監視に今朝送り出しまして、入ろうとする者は片っぱしから止めて職質《しょくしつ》しろと命じておきました。それだけやれば、あの女の身柄は安全だろうと思ったんですが……」

マウント街のその家の前で降りるまで、警部は何も言わなかった。玄関のそばに立つ街灯のおぼろな光を霧ごしに浴び、屋敷は防腐処理をほどこされたミイラのごとく浮世離れした威厳をまとっていた。ぴかぴかのドアノブ、地下勝手口、カーテンの奥から洩れる光。落ち着いていて、それに——

「ブロンソンを探したほうがいい」タルボットが仏頂面でつぶやく。全員同じことを考えて、あたりを見回していた。バンコランは地下勝手口へ近づき、石段の下をのぞいた。地階に灯は見当たらない。バンコランがそのまますり足で降りていくのを耳にしながら、冷たい霧ばかりか恐ろしい予感に胸をしめつけられた……。

「来たまえ」階段の下から声をかけられた。「今、誰かの脚にけつまずいたぞ」

慎重に石段を降りるにつれ、湿った冷気が身にしみた。そのとき、私は誰かの脚を踏んでしまった——硬直した脚、その靴が私の靴にひっかかったらしい。霧の暗がりに小さな光がともる。バンコランの葉巻用ライターだ。階段下の石床全体をなぞるように照らしている。と、にぶい光が人間の形をとらえた。

その男は仰向けに倒れ、壁の支えで頭だけを直角に立てている。首が折れたみたいなおぞましい角度で、あごを胸元にめりこませていた。まだ若い男で、赤毛がたっぷりの湿気を吸っている。衣服もだ。起き上がろうとするみたいに片膝を立てていたが、両腕ともぐにゃりとうしろへ放り出されていた。以上はすべて、バンコランのライターを頼りに少しずつ見た断片を継ぎ合わせたものだ。コートは明るい薄茶で、心臓を撃ち抜いた焼け焦げの黒い穴がぱっと目立つ。帽子は影も形も見えない。バンコランが硬直した頭を持ち上げてやると、驚いたような死に顔が見えた。

「撃たれたな。死後数時間だ」バンコランがつぶやいた。

車が音をたててマウント街を走り過ぎた。こんな地下室の湿っぽい入口に、この男はひとりぼっちで倒れていたのだ。犯人は黙ってこの男の胸に凶器をつきつけ、いきなり引金を引いた。だからこそ声も立てずに倒れ、こんな驚いたような穏やかな死に顔なのだ。あらためて髪を見直せば若者によくあるあまり濃くない赤で、ぞっとするほど痛ましい。

「これがブロンソンだろう?」バンコランが尋ねた。

タルボットは倒れた死体に見入り、まだ膝をついている。ぎこちなく立ち上がると、うなずいて目をしばたたいた。

「不憫《ふびん》なことを!」それだけ言うと、きびすを返してゆっくりと石段を上がっていく。ほぼ間をおかずに、玄関の呼鈴をけたたましく鳴らす音がした。

ドアが開いて、黒髪の小柄で華奢な娘が、メイド用のキャップにエプロン姿であらわれた。濃い青の瞳にまつ毛は長く、なんでしょう、と言いたげに唇をほころばせている。警部はずばり用件を切り出した。

「ヴァイン署のタルボット警部だが、お宅の地下勝手口に男の死体がある。見覚えがある顔か確かめてもらいたい」

一瞬、小間使いはまじまじと警部を見た……。

「来てもらおう」タルボットが一喝する。

死体を見て、女は悲鳴を上げた。絶叫して石段を駆け上がろうとする。だが、警部が腕をしっかりつかんで離さない。

「放して！」暗がりで泣きだす。「あたし――無理です――」

「この男を知ってるか？　これまでに見たことは？」

「ありません！」

みなで家に入る。敷居を越えたとたん、中はフランスだった。ホールの隅々までフランス女の住まいだ。淡い光のガラスのシャンデリアといい、鏡といい、白い羽目板といい、ワックスがけした床や、コーヒーの残り香や、カーテンを閉ざしてこもった空気の混ざった独特の臭いまでもがフランスそのものだ。小間使いはあとずさりながら、両手で目をおさえてがたがた震えていた。

「電話は？」タルボットが尋ねた。

「お――お廊下の奥です。ご案内を――」

「いい、自分で探す。この方たちを、どこかへお通ししなさい。尋ねたいことがある」

案内された先は薄暗い客間だった。壁にはありがちな胡散臭い油絵、色のさめた赤の帝政《アンピール》様式の家具でまとめている。その娘は確かになかなかの美人だった。黒い断髪、無垢《むく》と色気の同居した瞳、すっきりと華奢な体。彼女に対するタルボットの態度は実にけしからん。「そら、ここへおかけ！」と私が声をかけてやったのに、娘はまるで違うことをもちかけられたみたいにさも心外そうにして、なんだか怖気《おじけ》づいた笑顔でこれだけ言った。「滅相もない！……あの、お帽子を」

「固苦しい挨拶は抜きにしてくれ」バンコランだ。「名前は？」

「セルデンでございます」

「セルデン、今日のできごとをすべて話してもらおう」

「さあ――わかりかねますが、何のことでしょうか？」

「マドモワゼル・ラヴェルヌの行動すべてを」

もうすっかり落ち着いて、蠟人形めいたおざなりな笑みを浮かべている。視線をマントルピースへそらしたが、その目に不吉な予感が兆している。それがだんだんに強まったところで、はっとしてこちらをうかがった。

「はい、かしこまりました。あたし――ゆうべはお休みで、今朝の戻りが少し遅れてしまいました。ラヴェルヌさまは動転しておられまして――」

「何時に帰った？」

「九時ちょっと過ぎでした。ラヴェルヌさまは昨夜はお隣のグレイさまのお宅へお泊まりで、朝早く戻られたそうです。いつになく早い時間にお召し替えでした。朝食をお持ちして――とても動転なさってて」セルデンはわずかに眉をひそめ、申し訳なさそうな笑顔を作った。

「動転した理由は知っているかな?」

「いいえ!……十時半ごろにピルグリム先生とおっしゃる方が見えて、しばらく二階でお話を——」

戸口のカーテンをくぐってきたタルボットを見て、娘はそれきり口をつぐんだ。小柄な警部はブロンソンに死なれたのがよほどの痛手らしく、隠そうともしていない。

「続けてくれ」不機嫌に言う。への字にした口の周囲にしわが深い。今にもとびかかりそうな構えで、ドアの手前に突っ立っていた。

「朝刊を全部買ってきてとおっしゃり、二階でお読みになり——頭痛がひどいと、あたしにちょっと当たられました。部屋の中を歩き回って泣いておられるのが聞こえました。コックがお昼をご用意しましたが、いらないとおっしゃって……。あ、あの、もしものことはないでしょうね?」セルデンは急に泣きだしたが、気を取り直して話し続けた。「ああ、そうそう! 危うく忘れるところでした。お昼過ぎにお電話がありまして——」

「誰から?」

あらぬ方へ目をそらしたが、もじもじしてちょっと赤くなった。

「あのう」目をすえ、ぽってりした下唇を突き出し気味に——「名のられなかったんですけど、わかります。ニザーム・エル・ムルクさまでした」

嵐の前の声高な静けさが、部屋にみなぎる……。

タルボット警部がゆっくりポケットから手を出し、ぎらぎらした目で食いつきそうに見た。

テーブル脇に立つバンコランは卓上を悠然と指でなぞりつつ、娘を横目でうかがった。

「確かかね？」驚きもせずに尋ねた。

「はい。お声でしたら前も聞いたことが——ええ、確かです」

どうやらこの家の風紀紊乱《びんらん》を気にしているらしい。警視庁と聞いて一足飛びに短絡したわけだ——ご主人の男出入りを石頭の警視庁に睨まれ、小間使いの自分も一蓮托生《いちれんたくしょう》でしょっぴかれるかもしれないと。よほどのうぶか、度が過ぎたカマトトか、二つに一つだ。

「セルデン」バンコランが考えこむ。「もしや今日の新聞を読んだか？」

「いいえ」

「では、ラヴェルヌさん以外の誰かと話さなかったか？」

「コックとだけです」恐怖は募る一方だ。

「よろしい！　ラヴェルヌさんはエル・ムルク氏と電話で話した。なんと言っていた？」

「そんな！——もちろん二言、三言は小耳にはさみましたけど。ずいぶんはしゃいで、お声が高かったもので——」

「そうだろう。どういう話を聞いた？」

「ほんとです、警察の方にご興味ありそうな話はなんにも！——ただ、『ええ、行くわ！　その人とご一緒にね』とだけ。それしか覚えていません、ほんとなんです！　電話のあとはすごくはしゃいでらして、お顔色もずっと良くて、歌ってらっしゃいました。とても嬉しそうでした。電話の前とは大違いで——」

「続けなさい」

「少しして」――セルデンが他意のない青い目で真剣に思い返している――「男の方が見えて、お会いしたいとおっしゃって――ジョージ・ダリングズさまとかいう方でした。ですけど主人は会おうともせず、わめきちらして――一階に向かって、ひどく失礼なことをいろいろと」憤慨で顔を赤くした。

「そうか。で、ダリングズ氏は？」

「そ、それが――玄関ホールに突っ立ったままで。しばらく正面を睨んで妙な顔をなさってました。それから、『あっ！　そう！』で、回れ右なさって帽子をかぶって出ていかれました。でも、そこでちょっとだけ足を止めて、相変わらず妙なお顔で、『ねえ、いつからここに住んでるの？　ラヴェルヌさんだけど？』それで数ヶ月になりますと申し上げたら、狐につままれたようになってお引き取りでした」

「で、それから？」

「主人のお召し替えを手伝いました。その時に、『セルデン、お客さまが見えるけど、警視庁の方なの。ご一緒に警視庁へ行くのよ』と――大笑いなさってました。ご自分が一階でお待ちするから、呼鈴が鳴っても出るんじゃないとおっしゃって。ご自分で応対なさるからって。でも、そこへ呼鈴が鳴ったので、あたしが出ましたら……」

タルボット警部が拳を握りしめ、思わず身を乗り出す。緊張のその一瞬、緊張していないのはセルデンだけだったが、みなの血相に尻ごみした。

「で？」警部がかすれ声でうながした。

「いえまあ、その時はお隣のグレイさまでした。主人が降りてきて、二人してこの部屋でお話しになり、あたしは下がりました。存じているのはそこまでです！」


「あとはご主人を見ていない？」

「はい！　二階から主人のコート類をお持ちして、あとは——あとは地下でコックと一緒におりました。じかには見ておりませんが玄関の閉まる音が聞こえましたので、ああ、お出かけになったんだなと」

「二度目の玄関の呼鈴は聞こえたのか？」

「はい、それは。でも、出るなというお言いつけでしたので」

　バンコランは相変わらず落ち着きはらって、卓上に指で小さな模様を描いていた。「呼鈴が聞こえたのは何時だった？」

「わかりません。本当です！　三時か——三時半か——どうなんでしょう。コックに訊けばわかるかも」

　タルボットが口をはさんだ。「玄関が閉まる音を聞いたんだね。では、銃声みたいな音は聞こえなかったか？」

「銃声、ですか？」セルデンはだんだん浮き足立ってきた。ちょっとためらうと、ふと思い当たったように、手で通りを示した。「それじゃ——それじゃ、あの死んだ人が？　そんな！　違います！　あたし——たち、音なら聞きました——一度、コックが『パンクだわ』って」

「わかった」警部が言う。「すぐそのコックを呼んでくれ。ここへあがってこさせろ」

通りで、警察の車の鋭いサイレンが近づいてきた。歩道にどたどた足音がして、呼鈴を長々と押す。

「グレイさんを呼んできてくれ」バンコランが私に言った。「ここへすぐに」

玄関先の石段を降りると、霧の中で、陰気な一団がランタンの白い光を地下室のほうへ向けていた。石段に足音が響き、小声の悪態が聞こえた。「誰か中へ入って、内側からこの地下室のドアを開けてくれ」と誰かが指示した。

隣の家では、呼鈴に手を出さないうちにシャロンが出てきた。青い服がよく似合い、琥珀の目に恐怖が浮かんでいる。事件に気づいているのは一目瞭然だった。

「ジェフ、何かあったのね?」

私が手短に説明してやると、頬の赤みがみるみる引き、拳を握って悔しがった。「なにかがとつぶやく、「いつもなにかが起こるのよ!」さっきまで炉辺にいた時の夢見るような表情が消えうせ、香水も、美しくウエーヴした髪も、私たちの水入らずの約束同様にむなしくなった。細長い霧の触手が薄暗い屋敷についと入りこみ、ふかふかのソファと心安らぐ中国の古い藍染《あいぞめ》磁器をあしらった室内の精彩を奪ってしまった。絹本《けんぽん》絵画の繊細な色が、冷たい湿気で見る影もなくなるように。隣家のドアを開閉する音が騒がしい。誰かが、「おまえら、そうっと運んでやれよ……」とどなっていた。

「何か知ってる?」私は尋ねた。

「だって、その男を見たのよ！──一緒に出かけた男を！」

「そいつの見分けはつく？」

「どうしたら見分けられるの？　だいたい、顔は見ていないのよ。行きましょう。さっさと終わらせてしまいましょうよ。いつもながら、静かで素敵な逢瀬《おうせ》ですこと！」

二人して隣へ急ぐ。客間に入りがけ、コックとおぼしい赤ら顔の太っちょ女が怒って足音荒く出てくるのにぶつかった。バンコランはと見れば椅子にかけて、灰色の手袋をはめた両手でステッキをくるくる回しながら握りに見入っている。タルボットは炉辺に立って手帳に何か書きとめていた。戸口でセルデンがもじもじしている……。

シャロンの悠然とした氷の気品が、赤ずくめの室内を圧倒する。まったくの無表情で冷たい瞳に黒いまつ毛が翳《かげ》を落とす。清らかな風と光の化身になった、としか表現しようがない。スツールに載せてあった銀の煙草入れから一本出して、しずしずと火をつけると蓋をきっちり閉めた。セルデンをそれとなくうかがって状況を見極め、ちらりと打算をのぞかせて背を向けた。

笑い声を上げ、バンコランに、「ムッシュウとお目にかかると、もれなく殺人事件がついてきますのね」シャロン、あっぱれ！　ここで嗤《わら》ってみせるとは、氷のシャロンだ。

「覚えておりますよ」バンコランが片眉だけを意味深に上げてみせた。「このマドモワゼルは女主人役として申し分ない器量をお持ちでね、たとえ死体を前にしても。正面の紳士がタルボット警部です。今日の午後にここへおいでになった時の様子を話してやっていただけませんか」

シャロンは腰かけた。

「実を申しますと、大してございませんの。三時半ごろ――もう少し前だったかしら。ちょうどコレットが二階から降りてくるところでした。この部屋でしばらくおしゃべりしましたら、そのうちに誰かが訪ねてきて一緒に出かけましたわ。それだけ……。そうそう！　入りがけに玄関の階段で、ヴァイン署の刑事さんとかいう若い人に止められましたわ。何の用かとおっしゃって」

「もう少し詳しく話していただけますか」バンコランが口を出した。「彼女は機嫌がよかった？」

「機嫌がよかった？　ええ、かなり！　あんなにはしゃぐのは初めて見ました――その」斜《はす》に構えて煙草を横手にかざし、「コレットにしては。聞いたばかりとかいう情報を、たえず謎めかして匂わせるんですもの」

「どんな内容かは言わなかった？」

「まあ、まさか！　おそらく、後生大事なエジプト人が五体満足で無事だったという程度じゃないかしら」肩をすくめ、むっと口をつぐんだ。「コレットとおしゃべり中に玄関の呼鈴が鳴って……。何か言い落としたわ。その前に大きな音がしたわね、銃声のような。わたくしが飛び上がって『銃声みたいね』するとあの人ったら、『ばあっかじゃないの、あんた、臆病ねえ』ですって……。もちろん、自分がびくびくしている時は、もっと思いやりーを持ってよう、あんた、とくるんですけど。時刻も覚えてますわ。四時二十五分前でした」

大げさにあくびをこらえる。

「あの人が玄関に出ていき、外の誰かと話す声が聞こえました。戸口のカーテンが閉まっていて、姿は見えませんでしたけど、まあ、どうせ玄関ホールは暗かったので。彼女が笑い声をあげ、カーテンのすきまから顔を出すと、もう出かけなくちゃって……。

わたくしが玄関先の階段を途中まで降りるころ、あちらはもう歩道に出ていました。ドアを閉めてね、と、わたくしに声をかけていきました。街灯の下で、男が霧にくるまれて立っていました……」

シャロンの物憂いそぶりが消え、じっと目をすえていた。

「衿を立てた背の高い男でした。はっきりとは見えなかったわ。その男がタクシーを拾い、歩き出したわたくしにコレットが手を振りました。大笑いしていました。しかも同行の男もいきなり一緒に笑いだし、それでも——コレットの腕を放しませんでした。

タクシーが止まり、コレットがふと足もとを見ると、歩道のまん中に男物の帽子が転がっていました……」

そういえば、地下入口の前にいた死体は帽子をかぶっていなかった。明るい赤毛が鈍く光り、胸には硝煙の黒焦げ。持ち主はそこ、帽子は歩道に落ちているのをよそに、コレット・ラヴェルヌと陽気な笑い上戸のお連れさんは流しのタクシーを待っていた……。シャロンが片手をこめかみに当てて座るこの静かな部屋をとりまいて、邪悪な愉悦のこだまがとぐろを巻いている……。

「それを」と、シャロンは続けた。「コレットが見て、だいたいこんな感じでしたか。『あーら、見て！　誰かが古帽子をこんなところへ！』そしたら男が声をひそめてフランス語で、『もう不要になったんじゃないかな、マドモワゼル』コレットがただ笑ってけとばすと、帽子は転がっていって溝に落ちました。二人はタクシーに乗りこんで行ってしまいましたわ」

13　トルコ石の腕輪

不気味な喜悦尽くしのこの事件でも、そのちょっとした悪ふざけが恐怖の頂点への画竜点睛《がりようてんせい》となった。それはわれわれの追う正体不明の男の凶悪な本性と、その餌食《えじき》となった女の本性を遺憾なくさらけだしていた。だからシャロンの話がとっくにすんで、引き揚げてしまった後々までも、ずっと私の頭に残っていた。

ほかにも話や質問が出てだいぶ長びいたのだが、目新しい材料は何もなかった。

「ここらでちょっと作戦会議にしよう」バンコランが言った。「ジェフ、君はミス・グレイと夕食なりなんなり外出の手はずを整えてくるがいい。その後は、一時間ばかり彼女のことは忘れてくれたまえ」

シャロンを家まで送ってはいったが、思わぬ展開にすっかり肝を潰したおかげで、シャロンさえ現実離れして見えた。客間に戻ったらタルボットとバンコランしかいなかった。バンコランは廊下への折戸を閉め、めいめいに椅子を示した。

「腰を落ち着けたほうがいいぞ」勧める声が暗い。「これからこの事件の焦点をいくつかはっきりさせておく。やむをえまい、犯人がそう仕向けるのだから――」

いやおうなく思い出したピルグリムの推理が、ここで前後の脈略なく脳内にあふれかえった。医師の見解を添えて、聞いたままをそっくり伝える。さっきまでは信憑性《しんぴょうせい》が薄いと思っていた。だが、ミス・ラヴェルヌ宛にエル・ムルクから——さもなければ、小間使いが確かにエル・ムルクだと思いこむほど似せた声で——電話があったと聞いてしまうと、あの仮説一式の醜悪な可能性が、切実な真実味の色づけを帯びて浮上する。

バンコランはゆったりと座り、小手をかざして目をかばいながら黙って聞いていた。ただし壁にかかっていた凶器——正体不明の手に持ち出された短剣の話になると色めき立って、ぱっと手をおろした。

「あの武器か！」と声を上げる。「もちろんだ……そうだろうと思った。よくやった、ジェフ！　上出来だ！　そちらの吟味を失念していたよ。とはいえ、もちろんそれで事件の流れに違いが出るわけではないが。台所庖丁でもよかったのだし……」

「で、ピルグリムの推理は？」

「ああ、そのことか——立派だよ、君、大したものだ。それでいて終始ひとかけらも当たっていないとくる」

タルボットがまじまじと見る。私が話している間は不安そうに伏し目がちだった。明らかに、ピルグリムの推理が当たっていると半ば以上信じかけていたのだ。

「ですが、あの」さも不審そうに、「こうしてエル・ムルクが生きているらしいとなると——！」

細いしわが、バンコランの口ひげから山羊ひげにかけてきゅっと刻まれた。くの字眉の下で細めた目がぎらついている。もどかしそうに椅子のアームを叩いた。

「生きているに決まっているだろう！　いつ違うと言った？　今日一日、まさにそこを君らに教えこもうとしてきただろう？　ジャック・ケッチ好みの展開はそれなのだよ。おぞましい方法で血祭りにあげ、絶妙のバランスで回りくどい因果応報を仕掛ける！　あの電話の声はエル・ムルクだよ。心臓にジャック・ケッチの拳銃をつきつけられ、あの女をルイネーション街におびき出したのだ。二人とも今ごろは同じ罠に落ち、縛られてルイネーション街で血祭りにあげるばかりになっている。昔の死刑執行人は、ただ吊るすばかりが芸でなかったのをお忘れなく。止《とど》めを刺すまでに臓腑摘出といった細かい仕事もした……」

タルボットはせいぜい倒れこまないように気をつけて、ゆっくり椅子にへたりこんだ。額に汗が浮いている。

「神頼みでもしたくなりますよ！」静かに祈るような口調だった。「このロンドンのどこかにいるのに、さっぱり行方がつかめないと思うと――」

「なにをばかな！」と、バンコラン。「いどころなら知れている」

「あの――あなた――知ってるって――？」

「知っているとも」

「それなのに、くそばかの間抜けみたいにこうして座ってるのか――！」タルボットははたと自制し、くすんだ額に癇筋《かんすじ》を立てて口をつぐんだ。「し――失言でした」ぼそぼそと謝罪ついでに、喉につかえた悪態を飲みくだす。「それにしても……」

バンコランはまったくの馬耳東風で、椅子のアームに片肘ついてこめかみに指を添え、謎をたたえて光る切れ長の目の端だけを相手に向けていた。マントルピースの大理石の置き時計が、泉水のしずくのような刻み音をたてる……。

「警部」しばらくして、バンコランがなにやら考えながら言いだした。「このブロンソンという男に目をかけていたのだね？」

「署の――署のみんなが。わりと人好きのするやつで」

「では、ロンドン中央刑事裁判所《オールド・ベイリー》の殺人犯公判で証言するあかつきには、確実に絞首台送りにしてやりたいだろうな？」

「はい」

「そうこなくては！」バンコランはわずかに腕の位置を変えると肩をすくめた。「だからといって、私の方針にみじんも変更はないが。そうしたければ、すぐ特捜班を出動させてもいいよ」ぱちんと指を鳴らした。「すぐにもルイネーション街に案内してあげよう……。しかしな、警部、そんなことをすればジャック・ケッチは絶対に捕まるまい。それどころか、たとえやつの正体が判明しても殺人犯として起訴できなくなる。不利な証言が可能な相手にはまだ傷もつけていないのだ。殺したのはブロンソンと黒人運転手だけだ。あいにくパリ警視庁の鑑識が手近にいないのでね、この殺人二件をやつのしわざと断定する決め手が見つかるとは言い切れない」

言葉を切る。

「エル・ムルクとあの女の命なら、あと数時間は君の保護下にあるのと同じく保障されているはずだ。ジャック・ケッチがさきに述べたように、あの銃撃から十年目に当たるのは今夜だからね。先走らずにきっかり分単位まで時間をそろえて執行する気だ。そう信じた上で、あえて三人の命を賭けてほしい」

「三人、ですか?」

バンコランがふふっと笑う。「まだのみこめていないようだな、タルボット?」ひとりごとのように、「そう、三人だ。血祭り候補はもう一人いる」

タルボットはしばらく黙ったあとで、やおら座り直して手帳を出した。

「少し前におっしゃいましたね、これからこの事件の焦点をいくつかはっきりさせておくと。では――承《うけたまわ》りましょうか」

「よかろう」バンコランがうなずいた。眉をひそめて暖炉を見る。「問題の主軸に沿って、事実のはしばしまでこれほど符合する事件は前代未聞ではないかな。辻褄に頭を悩ますような、はぐれた枝葉は皆無だ。だがあっさりと提示される事実に各自の意見というおまけがつき、事実自体はちゃんと符合しているのに、みなが寄ってたかって自己の見解まで全体図にねじこもうとする。結果は悪夢というわけだよ。

まずはピルグリムのご立派な推理から行ってみようか、まさに事件全体の糸口だからな。われわれ全員の知る事実と彼の証言をつき合わせるだけで論破できるよ」

葉巻を出したが、火はつけない。

「われわれの知っているのはまず、エル・ムルクとあのラヴェルヌという女が結託して、ジャック・ケッチの正体をあばこうとした件だね。この目的のために、二人はダリングズを籠絡《ろうらく》して、彼が持っていると思いこんだ何らかの証拠をせしめようとした。これは初めにダリングズに聞いた話からも明白だ――エル・ムルクの見え見えで野暮な水の向け方や、ナイトクラブの出会いから、ラヴェルヌとエル・ムルクの共謀ははっきりしている――そうなるとおのずから、その女に何か『尋ねられ』ませんでしたかとダリングズに訊きたくもなるわけだよ。

この次の月曜の晩――五日前か――酔ったダリングズは女を家に送ると言ってきかなかった。女にうまく逃げられたあとは霧の中で迷い、さんざんな目に遭ったあげくにようやくライダー街に出たという。そこまでの時間はどれくらいだったかと私が尋ねたのを、思い出してもらいたい。驚くべき返事だった。『せいぜいで二十分かな』言いかえれば霧の夜に、そろそろと暗中模索で方角もつかめずに堂々巡りしていた可能性も含めて――そんな有様でこの家からライダー街まで数マイルを二十分で行けるなんて信じられるか？　仮にそうだとしても、ロンドンの目抜き通りの明るい一画を横断したことになるのだぞ？　人混みにぶつからないほうがおかしい……。つまりだな、警部、ダリングズが女を送った先はこの家ではない」

葉巻に火をつけ、しばし一服した。

「当のダリングズも今日初めて女の自宅はマウント街だと知って、おかしいぞと気づいた。午後訪ねてきて妙な顔をしたのも、小間使いに、ずっとここに住んでいたのかなどとおかしな質問をしたのもそのせいだ。真相はこうだろうな。ダリングズが、問答無用でタクシーを降りるよう仕向けられたのは、ようやく自分のいる場所がわかったライダー街のすぐ近くだった。その女を降ろしたのは五日前の午前一時。同じころ、ピルグリム医師が仕事部屋の窓から、ブリムストーン・クラブの裏口を鍵で開けた人物を目撃した……」

タルボットがいきなり拳を掌に打ちつけた。

「言わずもがなだが、コレット・ラヴェルヌだよ」バンコランが言う。「私が外階段でトルコ石の腕輪を拾ったのを覚えているだろう。ダリングズに落としますよと注意されたそうだが、案の定だね。そのまま上へあがって首尾を報告する手はずになっていて、エル・ムルクにドアを開けてもらった。そうはいってもダリングズに行き先を教えるわけにはいかない、それでは策がぶちこわしだ。これでもう察しはついただろうが、ダリングズはセント・ジェイムジズ街の角からライダー街を歩いた——たかだか数百ヤードだ。いまの話にまだ不明な点があれば、あの小間使いを呼んで、コレットが月曜の晩に帰宅したかどうかを確認してみたまえ」

結果は見えている。セルデンを呼んで裏が取れた。タルボットがにっと笑う。

「実に鮮やかなお手並みです。ひきかえ私などはとことん抜け作の……」

「鮮やかでもなんでもない」バンコランがへそを曲げた。「周知の事実をまっとうに並べたまでだ。警部、二足す二が四なのは知っているだろう？　ごくありふれた意見だ。アメリカのクーリッジ氏が独特のとぼけたユーモアで笑いをさそおうとしても、うまくいくかどうかは疑わしい。だが、まさにそこが落とし穴だ。足せば四になると承知していながら、素直に結びつけることができなくなる。片方の二をシャンデリアにぶらさげ、もう片方をソファの下に投げてしまうのだ。足すことは難しくないが、二者を結びつけるという風変わりな謎めかした恐ろしい行為が難しいのだよ」

「だけどさ！」と、私。「だったらあの女はなんで昨夜、ダリングズに送らせなかったと言った時にその話をしなかったんだろう？」

バンコランがおやおやと眉を上げた。

「よく考えなくてはな、ジェフ」と切り返された。「あの婦人のおつむは即物的で単細胞なのだ。大事な話かもしれないなんて、思いつきもしなかったろう——まあ結果的に、大事な話ではなかったのだが。エル・ムルクとここで寝ようが、あの部屋へ泊まろうが、自分はどうでもいいのに、なんでわざわざ君に話す？　ありえないよ。解決前にいずれわかるが、大事というのはあくまでこちらの事情であってね、あの女の重要事ではまったくない」

「ですが、ピルグリムが目撃した『剣をとった手』は？」タルボットが食い下がる。

「あれはまったく別の問題だ。当然ながら君は一足飛びに、エル・ムルクの裏口から入った者と、剣をとった手を結びつけようとしたのだね。だが、その推定の根拠は？　エル・ムルクが大がかりな恐ろしい茶番を打ったというピルグリムの現実離れした推理だろう。違う、違う、違う！　深夜にコレット・ラヴェルヌが訪ねたのは、エル・ムルクの自衛手段の一環だったが、壁から剣をとった手は、エル・ムルクを罠にはめる巧妙な布石のひとつだよ……」

席を立ったバンコランが室内を歩き回りだす。タルボットをじっと見つめていたかと思うと、いきなり一喝した。

「どうだ？　これが何を意味するか、まだわからないか？　ピルグリムの推理など放っておけ。だが、ダリングズが女を送っていった先が実はブリムストーン・クラブの裏路地で、さらにセント・ジェイムジズ街からライダー街まで歩いたとすれば、その先はどうなる？　肝腎かなめの点は、セント・ジェイムジズ街からライダー街まで歩くわずかな距離の間に絞首台の影を見た、という点だよ！——しかも、君自身が指摘した通り、夜中の一時に夜更かしの人間がロンドンのあちこちで絞首台で楽しく遊んでいた、なんて考えはあまりにも突飛すぎる——」

「つまり」タルボットがゆっくりと、「ルイネーション街の捜査範囲は、たかだか二、三百ヤード四方に限定されるんですね」

バンコランはさっと最敬礼してみせた。

「ブラヴォー、警部！　まさしくその通りだ。そうなると当然、導き出されるのは……。いや、いや。自分で考えたまえ」

タルボットは手帳でうなじを掻いた。腹を決めて、苦笑まじりにうーんと考えこむ。

「くそう！　はっきりしてるじゃないか。ずっと気づいておられたんですよね？」

「当然だ」

「だったらどうして教えてくださらなかったんです？　こっちは阿呆面《あほづら》さげて行方不明の街を探してロンドンじゅう駆けずり回ってたのに、知らんぷりなんて？」

「それはね」バンコランが答えた。「犯人を用心させたくなかったからだよ。自分のねぐら以外はしらみつぶしにロンドンを尋ねまわり、行方不明の街探しに憂き身をやつしていると思わせておきたかったのでね」

「ですが、犯人をご存じなら――！」

バンコランの鼻から、葉巻の煙が細い二筋に分かれて出てきた。窓ごしにマウント街をのぞいていた目を戻す。

「犯人を名指しする唯一の証拠はこれだけなのでね」と、自分の額を指さす。「ベイル博士がここにいたら！　鑑識課のサノイやディスラールが助手を率いてここにいてくれたら！『諸君、真相はこうだ！　証拠を探してくれ』と、ひとこと言えばすむ。やがて顕微鏡に光が当たり、ピカピカの試験管が泡を立て、ほどなくわれらが勤勉な小人たちがにこやかに洞窟から出てきて、さあどうぞ《ヴォワラ》！――誰かの首に赤後家《ギロチン》の刃が落ちる。覚えているだろう、ジェフ、サリニー事件であの一団がどれほど証拠固めに貢献してくれたか？　だが、ここにはいない。だったら別の手でしっぽをつかむしかない。三人目を血祭りにあげようというところへ、罠を仕掛けておくしか――」

「それ、さっきもおっしゃいましたね。三人目というと？」

「言うまでもない、グラフィン中尉だよ！……当然だろう？」

タルボットが声にならない声を洩らした。両手を広げてみせる。

「そこまで自明の理とお考えでしたら」と、苦りきる。「私にも見当ぐらいつきそうなものですが。ですが――すみません！――考えが足りませんで。グラフィンか！　なんで、よりによってあいつなんです？」

「グラフィンが、ジャック・ケッチの正体を知っているからだよ。おまけに……これも話しておいたほうがいいのだろうな」

「ぜひお聞かせください」タルボット警部が下手に出て、額の汗をあらためてぬぐった。

「午前中に君にいろんな質問をしたのはな、警部、あれで正しい道筋をつかんでくれればと思ったのだよ。このグラフィンという男、ぜひとも痛いところをついて、ただしておくべき胡乱《うろん》なふしがいくつもある。地位もなければ社会的責任もないエル・ムルクのような世捨人がなぜ秘書を雇う？　しかも、グラフィンのような男をなぜ雇う？　呑んだくれで秘書には不向きどころか、怠けぶりを自他ともに認めてはばからぬようなやつを。始終酔っぱらってはごろごろし——エル・ムルクを嗤い、嘲り、怒らせ、しまいに激怒させても、エジプト人のほうでグラフィンの首を絞め上げようとする手を四苦八苦して抑えている。そうするかわりに悪口雑言のかずかずを甘受して、文字通りちやほやとグラフィンを甘やかしているのだぞ！　われらがエジプト人は無類に涙もろい優しい人物に見えてこないかね？　どういたしまして、警部。答えはひとつ——ゆすりだ」

バンコランは拳で椅子の背を叩いた。

「ゆすりだとすると、なにを種にゆすられている？　エル・ムルクは意地っ張りで容赦なく暴力をふるうやつだ、いつもなら悪態をつかれれば殺しもいとわないのに、ぐうの音《ね》も出ない。最低でも犯罪がらみだな。エル・ムルクにはけちなスキャンダルで失う地位もなし、台無しにされるような声望もない。有罪の証拠をグラフィンに握られているのだよ。法的に有効なはっきりした証拠で、出どころが軍隊を首になった呑んだくれの退役将校であろうと関係ないのは明白だし、ふだんから泥酔しているやつがそんなものを持ち歩かないのもこれまた明白だ。『自分の身にもしものことがあれば開封すること』と注意書きつきの封書で誰かに預けてあるのだろう。そうでもしなければ、グラフィンがあの愉快なエジプト人と安心して二人きりになれるとは考えにくい。

　で、あらためて訊くが、グラフィンはエル・ムルクと知り合ったいきさつをなぜごまかしたと思う？　足がつきそうだと気づいて認めたが、エル・ムルクと知り合ったのはちょうど十年前のパリだった――だが、なぜ初めに、その時とその場所について嘘をついたのだ？　その時期にこのエジプト人に起きた胡乱なできごとを思い返せば、グラフィンが酔いどれならではの小狡さを発揮して隠そうとしたものが見えてくるだろう」

　タルボットがうなずいて、大きく深呼吸した。

「なるほど」と応じる。「キーン事件の真相を知ってるんですね？」

「その通り！『エル・ムルク氏はこんなに人件費がかさんでも――その――見直す気はなかった』と私に言われて青ざめたのを覚えているだろう。まさに図星だったのだよ。がさつな呑んだくれ中尉のさらに邪悪な本性が、こうして露顕《ろけん》するわけだ。で、とくと考えてみたまえ、この推理から当然導き出されるものを……」

　バンコランはさっとコートの前をさばいて椅子のアームに腰かけた。葉巻の先端で、小柄な警部をさして続ける。

「ジャック・ケッチのエル・ムルク脅迫が始まったのは、九ヶ月と少し前にこのエジプト人がロンドンに到着した直後だった。それまでの歳月は何ごともなく過ぎたのに、まさにそのころ、ジャック・ケッチはキーン事件の真相を知った。それまで自分の知己は戦死したと信じきっていたし、この〝キーン〟なる聞き覚えのない英国人の正体が、戦死したはずの男とまさしく同一人物とは夢にも思わなかった――九ヶ月前に真相を教えられるまでは。事実を知るのはグラフィンしかいない。

その時にグラフィンが教えた。わざと教えたのだ。おそらく中尉殿は欲に負けたか、さもなければエル・ムルクへの憎悪からだろう。それまでもエル・ムルクを食い物にしてきたのだから、他の筋へも秘密を売って二重取りかたがた、双方いがみ合わせて漁夫の利を狙ったというわけだ。そうしながらも何食わぬ顔でエル・ムルクの苦悩を嘲笑い、金を絞り続けていられた。実に感じのいいやつだな、われらがグラフィン君は！

まあとにかく、グラフィンはジャック・ケッチに教えてしまった。仇《あだ》を討つ者を探し当てたからには、キーンの正体も知っていたわけだ。さらなる手がかりをご所望なら、思い返してみたまえ！」

虚空を睨んで、私は水っぽく充血したグラフィンの酔眼、筋ばった赤い首、へべれけの酔態などを思い浮かべた。そのうちに断片が一体化して、くすくす笑う疫病神《やくびょうがみ》の形をとる。バンコランがさらに、

「昨夜、ブリムストーン・クラブのビリヤード室で運転手の死体検分をしてから、ロビーを抜けた時のことを覚えているか？……グラフィンは四階に終日こもっていたのがわかっている。それなのに、異変があったとどうして察知できる？　しかも部屋着をひるがえして降りてくると、『警察はどこなんだ、教えてもらえませんかあ？』ときた。あれは痛い失策だったね。ロビーに変化はなし、騒ぎらしい騒ぎもなかった。警官が一人いただけだ。ところがやつは四階の陰気くさいあの部屋で、惨事の知らせを日がな一日待っていた。で、不安と好奇心に耐えかねてとうとう降りてきたんだ。ロビー奥の警官を見て、予想通りになったかと――うっかり馬脚をあらわしてしまった」

しんとする。タルボットがげんこつで自分の額をごつんとやった。

「そうか！　そうですよね、これでのみこめました。では、グラフィンはジャック・ケッチの正体を知っていると……」

バンコランが笑った。カードに蝶を虫ピンで止めるように、犯人をぴたりと押さえた時の、ほとんど声なき声に近い、奥底からの痙攣じみた喜悦に全身を揺らしている。

「むろんだ、警部。さきの事実関係に即して、グラフィンの行動を洗ってみようか。あのエジプト人が例の小包を受け取った時は嘲った。それなのにわれわれには、エル・ムルクは脅されていないと必死で打ち消し、脅迫されるような心当たりは皆無だと躍起になった。あんな嘘のつき方では、稚拙すぎて子供だましにもならないよ。これまでの言動をちょっと思い返してみたまえ、私の言う通りだろう。外階段から蠟燭をかざして入ってきた私に、『戻れよ、ばかだな！　帰れ――！』――あの件にしても、ピルグリム医師は巧みな見当違いの説明をつけていたが――思ってもみたまえ。エル・ムルクと見誤ったはずは断じてない。私より十インチは低いのだから。殺人犯と見間違えたのだよ……。最後の仕上げに、マドモワゼル・ラヴェルヌの話では、ジャック・ケッチの正体を知る者はいるが、口を割らせるのは無理だそうだ。当然、グラフィンが知っていると知っていたわけだよ。ただし聞き出そうとしても無駄なことも」

タルボット警部がうつむいて内心忸怩《じくじ》とするうちに、時計が六時半を打った。

「そりゃそうだ。エル・ムルクをゆすっていたのはやつで、今は他にもゆする相手ができたのだから……」

「ジャック・ケッチをゆすろうなどと危ないまねを」バンコランが言った。「さらに、やつの流儀では次に血祭りになるのはグラフィンだろう？　陽気な三人組の一丁上がりだ。罪を犯したエル・ムルク、罪をそそのかしたコレット・ラヴェルヌ、罪を隠したグラフィン……」

タルボットがなにやら決意した態度で腰を上げ、話を中断した。

「ちょっとグラフィン氏と話したほうがよさそうです」小声だが、背筋が寒くなるような口ぶりだ。

「かけたまえ、警部！」バンコランが叱りつけた。「かけるんだ！　聞く耳があれば、そんなまねはしないだろう。グラフィンはジャック・ケッチを捕えるため囮《おとり》として泳がせている。今夜これから実行する計画の大筋を説明してあげよう。夕食をつき合うなら、その席で話そうじゃないか。ジェフはミス・グレイと一緒でいいが、くれぐれも何があろうと夜中にはブリムストーン・クラブに戻るように。仕事がある。請け合うが、ジャック・ケッチは今夜こそ殺しに出てきてうろつきまわるだろうよ」

バンコランはコートのボタンをかけながら、椅子のアームから腰を上げた。そろそろ腹が減ってきて、明るい照明や、カクテルと礼服つきの晩餐を思い浮かべる頃合だ。にわかに元気がわいて、往来の車の騒音にもゆとりを見出せる時間だ。天井の高いレストランではオーケストラが弦楽器の音合わせにかかる。劇場前では天井桟敷《さじき》の客たちが早くも行列を作って押すな押すなで軽口を叩き、持参のものを飲み食いし、待つ間の退屈しのぎをつとめる大道芸人に投げ銭をしたりしているだろう。だが、われわれを待ち受けるのは陰惨な人形劇パンチとジュディのささやかな開幕だった。今にも聞こえてきそうだ。醜い人形が箱狭しと暴れ回り、じめつく暗い舞台でげらげら笑いながら追いつ追われつ殺しあう……。

「われわれでやつを捕えるのだ、警部」バンコランが言った。「あと数時間もすれば――」と、にこやかにステッキで絨毯の模様をなぞる。「それまではグラフィン君にどうでも恐怖を味わっていただこうか。よりによってへたを打ったものだ、ジャック・ケッチに秘密を売るとは。おそらく今ごろは壁に頭を打ちつけて悔やんでいるだろうよ。かのフランケンシュタイン博士の逸話をちっとも学ばなかったのだから。この怪物を作ったのはあの男だし、ジャック・ケッチに生命を吹きこんだのもほかならぬ自分だが、その怪物に刃向かわれ、今は恐れおののいていたずらに右往左往している……。君は平気でいられるかね、警部、走って逃げていても、振り向けばすぐ背後にその顔が見えたとしたら？」

頭巾をかぶったジャック・ケッチが前かがみになって、声を限りにわめきつつ沼地を越え、林を回りこんでみるみる追いすがる……。ささやかな人形劇！　グラフィンの赤いまだらの顔が目に浮かび、赤いカーテンの客間にまたもやバンコランの哄笑がひびく。寸分のすきもない身なりでテーブル脇に立ち、逃げまどう蟻の群れを脅《おびや》かすみたいに絨毯のそこここをステッキで突く。ご機嫌うるわしく、警部に片眉など上げてみせた……。

タルボット警部のほうは折戸に行って、さっと開けた。警察楽隊だ！　玄関ホールのさきでどやどやと足音がした。冷えこむ夕暮れにブロンソンの死体を運び出し、待たせていた車に積みこむのだ。その足音にチェロ、ホルン、ヴァイオリンの序奏がはじまる。小柄な警部の顔に、なんともいえぬ微妙な表情があらわれ、折れた自分の鼻先を睨んで唐突に咳払いした。

「言わせていただけば、ジャック・ケッチに追われるのはごめんです……。ですが、もしも自分が罪を犯したとすれば、アンリ・バンコランよりはあの悪魔野郎に追われるほうがましです」

言うや、折戸をいっぱいに開け放った。

14 死者の手袋に招かれて

――話しかける相手はいない
ひとりぼっちのあたし
ともに歩く人はいない
極楽とんぼの店晒《たなざら》し
遊ばれるのはまっぴらさ！――

かすかに悪夢めいた灯の下で、悪夢に出てきそうな歌声が、ダンスフロアにのさばる多数の靴音に挑んでいた。ひときわ酔いしれた絶唱が、しなだれかかるコルネットの愛の叫びにかき消される。熱い極彩色の大むかでが仄暗《ほのぐら》いダンスフロアに身をくねらせ、その脚の二本は私だ。混んで身動きもままならず、ドラムやシャンパンの音がうなじから脳へ熱気の波をぶちこむ。それでも踊りながら見おろせば、間近にシャロンのまつ毛がある。人波に押され、密着した時の、あの日。私は（いろんな理由で）このまま曲が途切れるなと願っていた……。

晩餐の後、夜更けまでサパークラブと呼ばれる高級ナイトクラブを二人ではしごした。具体的にはお夜食《サパー》と称する一インチ角のサンドイッチ三切れを頼めば、ウェイターが実力行使で待ったをかけるまでシャンパンが飲み放題になる。むろんシャロンたっての希望だった。なにしろ、まだ荒らされていないロンドンの穴場へ行きましょうと言ってきかなかったのだから。

さて、常識あるまともな人がパリでなんらかの教訓を得るとすれば、「手つかずの穴場レストランに案内したがる手合いには気をつけろ」。そんな店に限って実はあまねく知られ、小さければ小さいほど、迷路じみた路地奥の目立たない外観であればあるほどごった返し、熱心な穴場目当てのコロンブスたちで息が詰まるほどになる。だから旅行者にパリ穴場案内を所望されると、私はまずリッツを提案している。よい晩餐に欠かせぬ要諦《ようてい》は三つ、すなわち料理、ワイン、人目にさらされないプライバシーの確保だ。極言すれば晩餐の食卓とは、語らいと哲学の場だが、哲学を共有する者にならば洩れ聞こえてもさほど気にならない。ひきかえ穴場の店では、壁際に詰め込まれたパリっ子の相客たちとしじゅう肘をぶつけ、自他ともに聞きたくもない（もっと悪い！）話が筒抜けである！ 店内の通り抜けに四苦八苦する給仕を大声で呼びつける声、がさつな騒ぎよう！ 食事をゆっくり楽しめるレストランなど、今のパリには三軒しかない。いずれも格式高く、敷居が高いおかげでかえって無難なのだ。

とは申せ、シャロンのロマンチックな性向に押し切られて、さる穴場へ一緒に出かけた。意外にもイヴニングドレスと白い蝶ネクタイ正装組の混雑度はそこそこどまり、しかも酒中の貴族たるビールの専門店とあって彼女には心から脱帽した。シャロンほど洗練された美人がビールを口にするのは、こんな手つかずの穴場ぐらいだ……。その夜の彼女はしろめのジョッキでピルスナー・ビールをもらってごきげん、華麗なドレスが暗色オークの羽目板に映えてまばゆいほどだった。君の瞳はその比類なきビールの色だ、ピルスナーならではの芯の強い優しさをたたえ、琴線に触れるあえかな調べを奏でていると伝えたのは本心だったのに、どうしたことか、大した詩情は感じてもらえなかったようだ。

あとは踊りたくなった彼女と、お定まりのコースを一巡した。一曲めは「遊ばれるのはまっぴら」、あとはいろんな店でそれぞれの趣向に合わせて踊り、やがて私がふと「アラジンの家」を思い出して行ってみる気を起こした。まさにダリングズに聞いた通りの店だった。

青い月がモスク尖塔の白い玉飾りをきらめかせ、銀の実をつけた木陰のテーブル席は、まっさらな白いシャツ衿や柔肌の宝石が暗がりにちらつくものの、笑いまじりの控えめな人声がなければ存在にも気づきにくい。どこか見えない場所の蓄音機から高らかなジャズが響くや、いきなり青いスポットライト。赤いトルコ帽にラメのだぶだぶズボンの男が輝くフロアに登場して、バグダッドのおふくろの歌を悲しい声で歌い上げた。

シャロンと私は極彩色の絨毯を何枚もかけ巡らした隅の席で、ふんだんなスパイスの香りにくるまれて暗がりにくつろいだ。目に痛いほど白いテーブルクロスが、グラスの縁や彼女の濃い金髪に淡い光をはじく。水入らずの語らいのうちに、いつしかシャンパンクーラーの氷が溶けて瓶が曇り、男に夢を見せる昔ながらのワルツがかかった。黄昏《たそがれ》の空に忍び出たワルツたちは、初めは低く、やがて胸痛むほど高らかに切なく、マントをまとう白塗りの道化となって、ちらつく鬼火を心臓のそばにともして回る……。シャロンの白い顔が見え、彼女の呼吸が速まり、探るような目の光と、すねた唇にほんのり点じたあえかな笑みに気づいた。そのすべてに、遠い瀑布《ばくふ》のとどろきに似た音楽がついてくる。夢がさらに現実離れしたのは、それまでになく単純明快な言葉で——互いの気持ちを確かめ合った時だった。胸の鬼火が彼女の顔に移って照り映え、たぶん二人とも、それまでの枷《かせ》が解けた猛烈な狂喜に胸をばくばくさせて恍惚《こうこつ》としていた。

恍惚、と二度繰り返してしまうが、歌も燃えさかる炎もなかった。この二人——滑稽で矮小《わいしょう》なこの人間たち——は、これまで痩せ我慢がすぎ、愚かすぎ、疑りすぎて素直になれなかった。そしていざ素直になってみれば、きつく抑えこんできた恋の触手が野放図に解き放たれてひしと絡み合う。明日ともにロンドンを発ち、二度と離れまい。今はどちらも言葉がなく、激情の波に全身を洗われるに任せてひたと唇を合わせるばかりだ。惑乱から歓喜への一足飛び、混沌《こんとん》を突き抜けてまっしぐらに飛んでゆく。ワルツが暗い余韻を引いて途絶えた。私たちのこもっていた物陰に誰かの目が向いても、闇にうっちゃられた煙草二本が床に落ちてくすぶり消えるのが見えただけだったはずだ。

とはいえ、ここらで殺人事件の話に戻るとしよう……。

そろそろ日付が変わろうかというころにブリムストーン・クラブの石段を登りながら、私は寒さに震えていた。霧は去り、月なき闇夜の細雪《ささめゆき》がちらほらと街灯に慕い寄る。窓下の手すりにもたれる男がふと目についた……。

ロビーには人気がなかった。いくら閑古鳥でも普段は何かしらの音があるのに——ラウンジの人声、ビリヤードの音、バーからのグラスの音などが。ところが今はしんとして、人の気配すらない。エレベーターは一階にあるのに、操作する係がいない。大理石の床を鳴らす私の靴音に、薄暗い壁灯の笠が揺れる。丸天井を仰げば、はるか頭上に帯状の銘が彫ってあった。

「鬼婆と飢えた小人からの――」

真っ暗なラウンジの暖炉に、残り火がかろうじて朱を点じている。電灯はついていないし、ここも無人だ。入口のカーテンを閉じようとしたとき、窓辺にぼんやりと男の横顔を見たように思った。身動きしない。窓ごしの青白い街灯に、おぼろな笑みを浮かべているらしい。笑う影絵もどきがなにか油断ならない雰囲気で、とっさに電灯のスイッチを入れそうになったが、この風変わりなクラブの酔狂な顔ぶれを思えばとりたてて妙というほどでもない。好きこのんで暗がりにいたところで当人の勝手だ。とはいえ玄関前の人影の後だし、霊界へでも迷いこんだ気がする。

カーテンを閉めてロビーへ引き返す。フロントも無人だ――まったく！　バンコランが伝言を残しているかもしれないのに。エレベーター係を呼んでも、返ってくるのはこだまだけ。一階のほかも当たってみたが、やはり誰もいない。いちばん最後に、運転手の死体を昨夜安置したビリヤード室をのぞいた。窓のすぐ外を通る青白い光が、ビリヤード台の輪郭をうっすら照らしはしたが、かび臭い室内は底冷えするばかりだ。ドアを閉める間際にちょっと逡巡し、中をもう一度確かめた。窓辺にひそむ者がこの部屋にもいるんじゃないか？

闇に目をこらしていると、一瞬、窓辺から男の顔が笑いながら近づいてくる気が確かにした。

ばかな！　おそらく目の迷いだ、外の光が動いたから……。私はドアを閉めた。バンコランは自室で待っているだろう。またロビーを横切り、階段で三階へ行く。暗い廊下を手さぐりして彼の部屋を見つけた。盛大にノックしたのに返事はなく、音のこだまが返るばかりだ。

このクラブも灯ぐらいつけとけよ！　廊下は息詰まるほどかび臭かった。つのる不安を押し殺して、まごつきながら階段を登る。とにかく自室に帰って暖炉に当たり、バンコランからなんとか言ってくるまでトマスを相手にしていればいい。だが、今夜に限ってトマスに暇をやり、トゥーティングにいる親戚とやらに会いに行かせたのを四階の手前で思い出した。四階の廊下に灯があるのも、いっそいぶかしい。

ガス灯にもれなく火が入り、けばけばしく安っぽい装飾を際立たせている。明るくなければ判別不能に汚れたタペストリーが、一八八〇年代の頰ひげ紳士たちにけしからんと言われそうな図案をくっきり浮かび上がらせていた。そういえばかつてエル・ムルクの部屋には、キティ・ダーキンスとの情痴のもつれで自殺したライル卿が住んでいたなと思い当たる。古い戸棚を開けたみたいに往年の伊達《だて》男たちの面影が紙吹雪のようにひらひらと舞い、声高にもっと景気のいい音楽、もっと強い酒を所望する……。

自室のドアを開けたら真っ暗だった。もしかすると、この部屋の窓辺にも青白い笑顔が待ち受けていないか？　だが、マッチの火で見たら異状なしだった。暖炉脇の卓上にあるガス灯をつける。炎と同時に、高い天井と薄汚れたクリームに金塗りをあしらった壁が浮き上がった。白大理石の暖炉、霧のせいで曇った金メッキ枠の鏡、大きな天蓋《てんがい》ベッドのねじり彫りの支柱、白ビロードの長いカーテンの窓を見渡す。居間へのドアに鍵をかけた。不安感なんか、どれもばかげている。どこもおかしくないじゃないか——窓の下にすえたトランク、大きな天蓋ベッド、クローゼットにかかった衣類——こんなふうにきょろきょろしていると、われながら『クリスマス・キャロル』の老スクルージのようだ。「壁にかかったガウンは、誰も着ていないのにおかしな動きをしていました」そのガウンを着て、脱いだジャケットと濡れたオーバーを椅子に放る。だれも火を熾《おこ》していないものだから、凍えそうに寒い。困り果て、むしょうに腹が立ってきた。乱暴にながながと呼鈴を押し、火の気のない暖炉の前の肘掛椅子に腰をおろす。

あれは、誰かの鼻歌じゃないか？　暖炉を見つめて物思いにふけるところをいきなり現実に引き戻され、はっとしてよく聞き直せば、板に釘を打ちつけるような音がかすかにする。断続的だ。初めはドンドンとたぶん二度、それから職人が仕上がりをつらつら眺めるような思い入れの長い間があり、空耳かなと思いかけたころにようやくトトトトンと続けざまにすばやく鳴らす。それにしてもあんまり遠いので、やっぱり空耳だと思った。吹き抜けに面した窓へ行って外を見ようとしたが、窓ガラスにはびっしり霜がついている。

そこへドアをノックする音がした。白状するが、「どうぞ」と言いながら心臓がどうかなりそうだった。するとかん高い声がして、しわだらけのテディの顔がドアノブ付近にのぞいた。

「よっ！」にやつきながら、「呼鈴を鳴らしたよね？」

怒っても始まらない。石炭を持ってきて火を熾さないかときつく言ってやると、テディは何度かうなずいて目をぱちくりさせ、ポマードの匂いを残して姿を消した。やがて、石炭バケツの音が近づく。テディはしゃがれ声の鼻歌まじりにせっせと火を熾し、暖炉の風戸《かざと》を開けるや、炉床の火がごうっと景気よく燃えついた。そこへまたあのハンマーの音が聞こえる。まるでなにかを建てているみたいだ――たとえば絞首台とか――

こっちは室内をうろうろするうちに、夕焼け空みたいなおぞましい色のネクタイにふと目がとまった。女がクリスマスにプレゼントしたがるような代物だ。そのネクタイを高くかざし、わざと口をあけて感じ入ってみせた。テディがじっと見入り、もの欲しそうに目を光らせる。

「テディ、あれから幽霊を見たか?」

テディは石炭シャベルを取り落として後ずさりした。「見てない」恐れおののいて小さな両手をかたく握り合わせ、声を裏返らせる。「ほんとだよ、幽霊なんて見てないよう!」と、半べそをかきだした。

「いやいや、別にいいんだ。おまえをつかまえに来たりしないさ、テディ。このネクタイ欲しいか、なんなら別に一、二シリングやってもいいんだが」

「んー」と声を洩らして、さも欲しそうな目をする。「だけど、言わね!」と、むきになる。「おれ、いつもちゃんと言われた通りにやってるだろ? そんなおれ、つかまえる幽霊いねえよな? お使いだって、おれ、いつもまっすぐ帰る。いつもだぞ! しかも金もらえばいつだって、ちゃあんと――」

「そうだな、テディ。今日は奥でなんにも見なかったんだものな」

「ううう、おれ、見なきゃよかったのに!」ころっと気を変えて大声を出す。「見てたよう、おれのこと。まっすぐ見上げて――」私の肩ごしに狂気の別世界に見入り、やがて石炭バケツを持ちあげた。

「『見上げた』のか？　おまえを見上げたんだね？」私がさらりと繰り返す。「じゃあ裏階段へ行ったのか、テディ？」

やつはくるりと背を向け、追いかけてネクタイを差し出す間も与えず、足を止めずに出ていった。ああもう、いいや！　私は暖炉に寄っていって、足で風戸を閉めた。勢いさかんな火は実にありがたい。暖炉前にかけ、手を広げてあぶった。煙突の中でおどけ者の風が戯れている……。

ドアを閉じて鍵をかける音がした。バンコランがドアを背にしている。長身瘦軀《そうく》が際立つ黒い部屋着だ。上目遣いのうつむき気味で、離れていてもわかるほど目を光らせていた。すたすたと暖炉の前にくると、部屋着のポケットから出した自動拳銃と警察用の呼子笛をマントルピースに並べた。

（さいころを振る音）私が声をかける。「それで？」

ほかにもあった――革表紙の薄い本と草稿数枚。バンコランはそれらをクリスマスプレゼントのように整然と並べてから振り向いた。いたって冷静なようでいて、鼻孔はふくらみ、抑えた恐ろしい喜びを内にくすぶらせている。

「さて、ジェフ！」笑顔とともに力を抜き、暖炉前の椅子にくつろぐ。マントルピースに載せたブランデーの瓶とグラスを取った。

「どうしたんだ?」

「例の子牛《カフ》（愚か者の意もある）に」と応じる。「選り抜きの餌をあてがい、さらに魅力たっぷりの囮《おとり》になってもらっているよ……。具体的に言うとグラフィン中尉は、いちばん混んだところばかり選んでパブやナイトクラブをはしごし、酒の勢いを借りて帰宅するだけの度胸を出そうとしている。タルボット選りすぐりの部下たちがこっそり尾行しているのも、ついでに言っておこうか。早まった攻撃をされたくないからな」

「で、今夜の計画って、厳密にはどういう?」

「それはもう、ジャック・ケッチにわざとグラフィンを狙わせるのだよ。罠はちゃんとしかけてある」

「ジャック・ケッチが今夜グラフィンを狙うって危なっかしい仮説をちょっと真に受けすぎてやしないか?」私が尋ねた。「囮に食いついてこなかったら?」

「グラフィンに食いつこうが食いつくまいが、大筋に変わりはないだろう。捕えるには変わりないのだし。単にあらゆる事態を想定しているまでね……。ほどなくわかるよ。問答無用で命令通りにしてくれると、あてにしていいか?」

「当然だよ」

「たとえ、遭ったこともないほど恐ろしい危険にさらされてもか?」

「上等じゃないか——だけど、せめてどういう事情かぐらいは教えてくれよ。ずっと謎めかしてばかりじゃないか……。ところで、タルボット警部は?」

「やはり命令通りにしているさなかだよ」バンコランの顔が曇った。「ジェフ、万が一にも私の読みが狂い、少しでも計算違いをしていれば、われわれ一同ただではすまなくなる。あくまで仮定にすぎないんだ――！」痙攣するように両手をせわしなく開いたり握ったりしながらじっと見ていた。「この賭けに人命をいくつも投じた、神よ守りたまえ！　タルボットの使いようをひとつ間違えば、苦しむのはあの男だ。それでも黙って万事を任せてくれた」

　最後の部分はろくに聞いていなかった。かすかにだがゆっくりと執拗にあの不気味なハンマーがまた鳴り始めたからだ。今度こそ靴音だとはっきり聞き分けられたように思った。

「あれだ！」私は叫んだ。「ほら！　聞こえないか？」

「なにをだね？」バンコランはグラスを上げたまま尋ねた。

「ほら！」

　今度は空耳などではない。コンコン、間を置いて、コンコンコンと、あのひそやかな音がまたしたのだ。正気の人間ならまず誰だって聞こえる！　なのにバンコランときたら、笑いもせずに、さも同情するように片目を下げて、「なあジェフ、神経が参りかけているぞ。ことによると、この任務を受けられる状態では――」

「こいつもあなたの小癪な策の一環でしょ」さも憎々しげに言ってやった。「ぼく同様に聞こえてるはずだよ、耳が遠いわけじゃないんだから。まあ、犯人の神経を乱そうというのなら別にかまわないさ！　だったらそう言ってくれよ。突っ立ってないでさ――」

「好きに考えたまえ」溜息まじりに言った後、バンコランの声がとがった。「だがな、落ち着け。落ち着くんだ。協力してくれるか、違うのか？」

「わかった。やるよ。先へ進んで」

私は煙草をつけた。バンコランは胸中の仮説を確かめるようにうなずくと、肘掛椅子を暖炉に寄せた。

「多少の時間はある。グラフィンの帰りはまだだし、他で動きがあれば連絡が入るはずだ。それまで、じっと辛抱が肝腎だ。ただし君のお守りかたがた、要点を少しだけかいつまんで話してあげよう」ブランデーの瓶を手に提げてしばし黙っていたが、やがて横目にうかがうと、さりげなく尋ねた。「ジェフ、あの晩、エル・ムルクは車でここを出て、どこへ向かったと思う？」

「ねえ、正直言ってぼくにその質問は的外れじゃないかな？　スコットランド・ヤードが喜んで繰り返してくれるよ。ルイネーション街か、もしかすると地獄かな。それとも――」

「頭を使いたまえ」静かに言われた。「こちらで判明していることは？」

「それなら、マドモワゼル・ラヴェルヌの家へ出かけたことだね。途中で襲われて……」

バンコランはまた上の空でうなずくと、手でこちらを制した。

「そこに触れてくれてよかった。手持ちの証拠はその二つであり、その二つの証拠を入手するように、われわれは仕向けられた。そして、どちらも事実ではない」

私はさじを投げて肩をすくめた。

バンコランは続けて、「彼のステッキと手袋が車の中にあったので、目的地には着かなかったと思われた。ステッキや手袋の横に蘭の箱があったので、目的地はマドモワゼル・ラヴェルヌの家とわれわれは推理した」

「そうだね、本人が行くと彼女に電話してたし」

「というよりも、七時ちょっと過ぎにエル・ムルクが訪ねるという電話をマドモワゼル・ラヴェルヌが受けた、と言うべきだな。その電話で一緒に外食しようと言われた。電話の主は声が違うのを風邪のせいにしていたが……。ジェフ、君はエル・ムルクと話しただろう。風邪だったか?」

「いや――」

「そうだろうと思った。さて、電話があったのは六時ごろだった。それなのに約束もまだの昼下がり――実際に彼女がつかまるかどうかも不明なのに――どうやら花屋にコサージュを頼んだらしい。で、店に電話した男もやはり、この妙な〝風邪〟を持ち出した。ところでジェフ、外食に誘うさい、ご婦人に贈るコサージュを自分で抱えて行こうなどと考えるか? 花屋に届けさせるだろう? それ以外のやりかたは滑稽というものだし、数時間前に注文するなど、とりわけ変だよ。花屋へ引き取りに行ったのは、かなり背の高い男だったとわかっている。エル・ムルク本人でないのは確かだ。では使用人の誰かか? ジョワイエでは体格が全然違うし、ロンドンにいなかったので問題外だ。グラフィンは? 体格は符合するが、クラブを終日出なかったのは証明ずみだし、かといってクラブ従業員のしわざでもない。おかしくなる一方だ……。結局、花屋で買ったあとでこの謎のコサージュはどこでどうしていた? 車は出発前にガレージで整備中だぞ。その時には花などなかった。君は階段を降りて車に乗りこむまでのエル・ムルクを目撃しているが、その時に箱を持っていたか？」

「いや、持っていなかった。確かですよ」

バンコランは手ぶりで不服を伝えた。「まあ、そこにずっとこだわっても仕方がない。ただ、二件の電話をかけたのが〝謎の風邪声の男〟なのは明らかだ。エル・ムルクではなかった。エル・ムルクは夜の約束のことも蘭のことも知らなかった。つまり簡単に言うと、エル・ムルクがマドモワゼル・ラヴェルヌの家へ向かうつもりだったという証拠を何者かが巧妙に偽装しようとした。われわれが夜の約束を見落とした場合にそなえて、この風邪声の男はエル・ムルクが女に会いに行った証拠を念入りに残そうとした。だからあの蘭だ。あの花は出発前から車に積んであったわけでも、エル・ムルク自身が持って乗ったわけでもない。明らかに、エル・ムルクが降りた後で置いたものだし、それは花屋に行った背の高い男のしわざだ。つまりあの花は、ジャック・ケッチが犠牲者を捕えた上で、偽の証拠として残したのだよ」

説明されれば、あっけないほど簡単至極なのだが……。私は吸殻を暖炉に放り込み、新しいのをつけた。バンコランがふっと笑う。

「これで、ジャック・ケッチがエル・ムルクの行き先をごまかそうとしていると察しがついた。ステッキと手袋を残しておき、車外へおびき出されて襲われた（なんらかの策で、といったところか）と、われわれに信じこませるつもりだった……。実際はどうか。あの手袋を調べた時のことを思い出してみたまえ。右手におかしな埃汚れがついていたのを覚えているだろう？」

私はうなずいた。それぞれの指先と親指から掌の中央にかけてのべったり幅広い汚れが、頭の中の不吉な白い手袋にまざまざと見える……。

「車に乗る前の手袋は汚れていなかったそうだな」バンコランは話を続けた。「車内は清掃済みだから、どんな服装で乗りこもうが、あんな黒い汚れがつくとは考えられない。当然ながら、あの汚れはどこかで車を降りてからついたことになる。汚れが掌についていたので、これまた当然ながら、手袋をはめている間についたのだ。

それなのに」バンコランは声を大にした。「エル・ムルクが途中で車から誘い出され、襲われた後で手袋を脱がされたと信じてくれというのだぞ。理不尽にもほどがあるぞ、ジェフ！ エル・ムルクが手袋のまま車を降り、襲われて倒され——その後、誘拐者に捕えられていながら、ご丁寧に手袋を脱いで、きちんと重ねた上で後部座席に置くとは！ そんな話があるものか、どんなにおめでたいやつでも真に受けないよ。

エル・ムルクが、自発的に車を降りたのははっきりしている。手袋をはめ、ステッキを持って——ステッキの先に泥がかなりついていたのを覚えているか？ 運転手はなにも疑わず、警戒せず、落ち着いて運転席に座っていた。エル・ムルクも、車窓を防弾ガラスにするような男なのに、なにも疑っていなかった……。目的地についたからだ」

暖炉では黒い石炭を包みこんで赤と黄の炎がよじれる。炉格子に奇怪な幻が形を取り始めた。低く催眠術のようなバンコランの声が、遠くから漂ってくる。

「思い出すのだ、ジェフ。あの手袋の汚れは泥でなく、埃だった。あの夜は湿気が酷かった。

戸外の泥ならもっとごわごわしていたはずだ。あれは屋内の汚れだよ。エル・ムルクが自分から入った家、平気で出入りした建物……。想像してみたまえ。シルクハットの洒落者が霧の中で車を降り、通りを渡ってある家に入る。家の暗がりで、手袋があんな特徴ある形の汚れをつけたとすると、なにに手を載せたのか……」

指先と親指でなにかにつかまり、掌にべったりと太い筋がつく。暖炉の炎に見入ると、ごうごうと火を噴く鏡の中に、手袋をはめた手がぬっと出てきた――

「階段の手すりだ」私は静かに言った。

長い沈黙の後で、グラスにとくとくとブランデーを注ぐ音がして、不意にバンコランが笑いだした。

「蠟燭で外階段の手すりを見たとき、まさにその跡を探していたのだよ。ご念の入ったこの茶番劇はな、エル・ムルクが車で裏手へ回って路地で止め、裏階段をあがっていって自室へ戻っただけさ！」

15　吊るされた者らの街

　まるで棍棒で脳天を一撃されたように、脳内で誤解しようのない自明の理が炸裂する時もある。カーテンをすっかり上げて照明をつければ、今の今まであんなに恐ろしかったものの正体はシーツとほうきと蠟燭の灯を入れたくりぬきかぼちゃだけで、腹が立つったらない。腹立ちまぎれにかぼちゃをひと蹴りして、こっぱみじんにしてくれようと……。さて、バンコランは立ち上がっておなじみのポーズで暖炉にもたれ、おかしそうに私を見ている。

「むろん手すりには手袋の跡があったよ」バンコランは続けた。「こちらを見た時に、当然ながら君も私の目当てに気づくだろうと思っていたよ。それに、今日の午後にはルイネーション街のありかをあんなにはっきり教えてやっただろう。ここまで自明の理なら、結論まで出ていそうなものではないか」

「では、ルイネーション街は――」

「このクラブの裏路地さ。そんなことは最初からはっきりしている。風変わりなその名の由来なら今すぐ話してあげよう」笑顔でグラスの底を見つめて中の酒を揺らした。

「だけどなんでまた、わざわざ運転手を呼んで、自分の家の裏手までドライブしなきゃならないんだ?」

「そこだよ、ジェフ。なぜそんなことをしなくてはならない? 君が推理を間違えたのは、まさにその点ゆえだ。家を出た人間が一周して裏口から入るとは思いもよるまい。エル・ムルクもそこを狙ったのだね」

「エル・ムルクが狙ったというと?」

「そうとも……。ジョワイエから聞いた、ちょっとしたやりとりを忘れたのか? パリに帰省する直前に、エル・ムルクから言われただろう、なんと言ったか覚えていないか? 『おれの目論見が当たれば、このジャック・ケッチってやつを罠にかけてやるぞ。現場を押さえてやる! このクラブ内に助っ人が見つかったんだよ』とね。

ジェフ、エル・ムルクはあの晩、ジャック・ケッチに罠をかけるつもりだった。それなのに実はジャック・ケッチの罠にはまっていたのは自分のほうだった。それまでの経緯は簡単至極だったに違いない。犯人はエル・ムルクに疑われずに近づいた。このエジプト人に、エル・ムルクの部屋で妙なことが起こっていることに気づいたとでも話したのだろう。もしかするとジャック・ケッチが何かをしている現場を目撃したぐらいのことは言ったのかな。その上で罠にかけようと持ちかけて、エル・ムルクをそそのかしたのだろう。夕方どこかへ長時間の外出をすると見せかけて車を出し、すぐこっそりと裏階段から舞い戻ってはどうかと。だまされたジャック・ケッチはエル・ムルクの部屋に現われる。エル・ムルクは身をひそめて、そいつの正体を見極める……」

バンコランは身振りで愛想を尽かした。

「さほどの妙案ではないね？　ところが怯えきったエル・ムルクはこの案にとびついた。あの晩は初めからジャック・ケッチを待ち伏せするつもりだったので、マドモワゼル・ラヴェルヌに会いに行く気はなかった」

　私は立ち上がり、室内を歩き回りだした。少しずつ全体像がつかめてきたぞ……。

「この犯人の恐ろしい狡猾さがこれでわかるだろう？　誰の目にもエル・ムルクが出かけたという印象を植えつけておけば、警察もまず絶対にこのクラブを捜索するまい。狙う獲物をおびき出し、また元の場所へ呼び入れた。あとは警察にロンドンじゅうくまなく探させておけというわけだよ。いみじくも灯台もと暗しという通り、ここ以外のロンドン全市を。ジェフ、おそらくこれは数ある犯罪の記録でも、まず水際立った手口だろう」

　目をらんらんと光らせ、感にたえたように声を振り絞る。

「ジェフ、その場面を想像できるかね？　エル・ムルクが暗い階段をあがってくると、踊り場にうずくまった犯人が待ち伏せしている。もしかするとジャック・ケッチはその期《ご》に及んでも疑われもせずに、一緒に見張る手はずだったかもしれない。蜘蛛《くも》の巣の片隅にまっすぐ飛んでくる蠅を待つ蜘蛛さながら、手ぐすねひいて勝ち誇り……」

「だけど、エル・ムルクはどこかに隠れて見張る気だったんだろう？」私は尋ねた。「ジャック・ケッチは人目につかずにあの部屋へ出入りして物を置いていったそうじゃないか。エル・ムルクのほうもただ裏階段から入って座ってたんじゃだめだろう。そんなんじゃ、姿を隠して横行するジャック・ケッチみたいな男を罠にかけられないよ」

バンコランは、自分のグラスを指さしてみせた。

「それこそがこの策の要諦だよ。犯人がエル・ムルクを全幅の信頼の上でまんまと嵌《は》められたのも、実はそのおかげだ……。ここの建物に、昔のライル卿が大いに重宝した隠し部屋があると聞いた覚えは――？」

「だけど、そんな馬鹿な！　聞いた話じゃ――」

バンコランがかぶりを振る。「それがな、ジェフ、どうやらさほど荒唐無稽でもないらしい。君も思い及んでいたはずだが、どこもかしこも鍵がかかっていたエル・ムルクの部屋に、誰にも見られずにジャック・ケッチが出入りできたからには、何か隠れた侵入経路があるわけだろう？」

私は頭を抱えた。「しかも、出入りした先はかつてのライル卿の部屋ときた――！」

「そうとも、まさに」バンコランが答えた。「これではっきりしただろう？　犯人はエル・ムルクに、隠し部屋の存在、エル・ムルクの部屋《アパルトマン》に通じるある場所のことを知っていると伝えたにちがいない。そこでわれらが天才ケッチ氏はエル・ムルクに申し出たのだろう、ありかを教えてやるから、犯人の侵入をそこから見張ればいいと。

まったく見上げた鉄壁の詰めではないか！　蠅は嬉々としてジャック・ケッチのねぐらへ飛びこんできた。そこで脳天に一撃食らわせ、クロロフォルムに浸したスポンジで――」あとは両手を広げて肩をすくめた。

「じゃあ、エル・ムルクもあの女も——この建物に——現在只今も——」

「そうだ」

「で、その隠し部屋のありかまでちゃんと知ってるんだね？」

「むろんだよ——君は？」

バンコランを見つめながら、またいつものお芝居癖かと初めは思った。やがて、相手の苛立ったうんざり顔を見て、まんざら擬態《ポーズ》ではないのを悟った。われわれみんなの血の巡りの悪さに苛立っている——瞬時に真相を把握できない頭脳すべてに、やりきれなさと苦々しさを禁じえないのだ。まだ耳を疑うように私を見ながら、ぐっと握っていた拳の力を徐々にゆるめ、どうなんだねと片眉を上げてみせた。

「本気らしいな。だが、隠し部屋のありかならあっさりわかるだけの証拠は揃っているのに……。

まあいい！　エル・ムルクと女の身柄が隠されているのはそこのはずだ。しかも今夜は——」

「ちょっと待った！」私は反論した。「ここまで小馬鹿にしなくたって別にいいんじゃないか。エル・ムルクの部屋から隠し部屋に出入りする方法があるはずなのは、もちろんわかるよ……ぼくが言いたいのはね、エル・ムルクの部屋に行った時にどこを探せば入口があるか知らなかったし、それに——」

「エル・ムルクの部屋からじかには出られないよ」穏やかに言われた。

「でも、さっき言っただろう——！」

「いやいやジェフ、そんなことはみじんも言っていないよ」

「降参だよ」私はむくれて言うと、暖炉脇の椅子にかけた。「その先を教えて」

「さきに話したように今夜はジャック・ケッチを罠にかけて、やつがねぐらに戻った時か、グラフィンを捕えかけた矢先に捕える。だがね、やつが今度の事件になぜルイネーション街などという名を持ち出したか知りたいだろう？　これを見たまえ！」

バンコランはさっきマントルピースに載せた本を私に差し出した。「J・L・キーン著『失われた地の物語』だよ。この本はジャック・ケッチがエル・ムルクに送りつけたものだ。英訳の一部にジャック・ケッチが青鉛筆で印をつけていてね、机の中にあったエル・ムルク訳の草稿とぴったり符合する。まあよく見てごらん。出だしは月並みだ。


ウセル・マアト・ラー大王の甥ニザーム・カー・エム・ウアストは、あらゆる古文書に通じた書記であった。ニザームには戦士長ウバー・アネルという友がおり、貴顕紳士にも重んじられた見識の持ち主であった――


この話を聞き書きしたらしい書記殿は根っからの平和主義者だな。さて、これがエル・ムルクの訳で、内容はそっくり同じだね。出だしはここだ」

バンコランの指にその箇所を示され、私はランプを引き寄せた。煙突に風が歌い、ロンドンじゅうに雪降るその夜、素朴な年代記をひもといて甘美な古代に分け入る。

――グティウムの地より帰還した折はかずかずの武勲に輝き、多くの奴隷や黄金の戦利品をたずさえ、首に花輪をかけての凱旋であった。ためにニザームは南国のチーターがたけり狂うように、友へ嫉妬の炎を燃やした。テーベに住まうさる女性《にょしょう》は全身くまなく美しく、ニザームはなんとかその気を惹こうと努めた。しかしながら女の目は、常人に倍する強弓《ごうきゅう》を引くウバー・アネルに向いていた――

読みながら先を急ぐ。

――大王はじめ貴顕紳士の居並ぶ御前に引き出され、ニザームに告発された。罪状は大王ならびに軍を率いる族長すべてを裏切る大逆罪である。そこで審理されはしたものの、ウセル・マアト・ラー大王の甥にあえて逆らう証言をする者はなかった。こうしてウバー・アネルは死罪となったが、ラー神はその祈りを聞き届けたもうた。ラー神の怒りは燃え、満月の夜に神罰が下った。満月がしたたかに欠け、また満ちた時、ニザームは破滅《ルイネーション》という名の街にいた――

驚きの声を洩らしてバンコランを見ると、無言でうなずいてきた。

——反逆者の街ゆえについた名である。ここには、かつて王にたてついた者たちの霊魂《カー》の嘆きがみちみちていた。歩くニザームの背後に革の弓絃《ゆづる》が蛇のごとく、誰にも操られずに滑り寄り、一気にニザームの首に巻きついて絞め殺した。そして、その血筋は未来永劫《えいごう》呪われることになった——

私は原稿をバンコランに返し、椅子に沈みこんだ。

「な?」バンコランが言った。「警察は昔のロンドンばかり探していたが、実は大昔のテーベだったのさ。この本と原稿がなければ、たとえ事件は解決してもルイネーション街の由来はわからずじまいだったろう。さもなければルイネーション街は見つかっても、エル・ムルクの探し場所は不明だったかもしれない」

「じゃあ、今回の事件とはまったく無関係な話だったのか……」

「とんでもない! 益体《やくたい》もないこの話なくして事件はなかった可能性もある。エル・ムルクはこの話を信じていた。だからこそ恐怖を植えつけられたわけだ。たとえば君がジャック・ケッチに狙われて、あんな小包を送られたり、幽霊じみた嫌がらせをされればどうするか考えてみたまえ。すぐ警察に届けるだろう。一件を明るみに出せばすむ。狙われれば迷惑かもしれないが、エル・ムルクほどの恐怖を感じるはずはない。夜な夜な緑の笠のランプをつけて、眠れなかったことを考えてみたまえ。あのパピルス文書を初めて送られてきた時にどれほどの恐怖に塗りつぶされたか——自身の行状とおぞましいまでに符合し、生まれる四千年も前に身の破滅が記されていたと知った時の恐怖！　悲鳴を上げ、泣き叫びながらも、背後から襲う弓絃を信じざるを得ないのだよ、わからないかね？」

「実際そうなったね」私は暗い声で相槌《あいづち》を打った。

　バンコランは原稿をたたむと本にはさみ、ぽつりと洩らした。

「さて！　今夜はエジプトの神々のお力を試すことになりそうだ……」暖炉脇のテーブルに載った私の時計を手にした。「じき十二時だ。グラフィンのご帰館もそろそろだろう」

「でも、ジャック・ケッチが根城にしている隠し部屋の位置の手がかりがまだだよ」

　バンコランは腕組みして私の顔をまじまじと見た。

「まだ頭脳明晰ぶりを発揮していないぞ、ジェフ。よろしい、手がかりをやるから自分で考えてみたまえ。ジャック・ケッチが机上に品物を置くのは、いつもエル・ムルクの留守を狙っていた。事実ではないかね？」

「もちろん」

「置いたもの全てに妙な共通点があるのも事実だ。本、縄の切れはし、小さな木偶《でく》人形……」

「妙な共通点なんて心当たりがないなあ。変わってはいるけど――」

「黙って聞きたまえ。今あげた品々は机上に置いてあった。だが絞首台の模型や、ガラス製の決闘用ピストル、骨壺は小包で送ってきている」間を置いた。

「で？」

「ジェフ、それが手がかりだよ」

「まさか?」私はげんなりした。

バンコランがことさら肩をすくめる。「事件全体の鍵はそれだよ、ジェフ! 何年も前、子供のなぞなぞ遊びで君もやった覚えのありそうな問題だ。本と縄のどこが似ている? 絞首台の模型とガラスのピストルセットはどこが似ている? 答えがわかればジャック・ケッチの謎は解ける。答えよ、さらば真理の扉は開かれん」

壁の電話がけたたましく鳴りだした。バンコランの待っていた合図はこれだ。受話器をとるのを見て、こちらまでどきどきした。しばらく相手の話を聞いたバンコランが、「よろしい」と受話器を置いた。暖炉の前に戻りながら大喜びで手を叩く。

「さて、ジェフ、これから指示を出すぞ。グラフィンがたった今、ナイトクラブのはしごから帰ってきた。へべれけだが、一人で部屋にたどりつけそうだ。階下のバーはしまっているから、飲みたければ自室にひきとるだろう。いつまでも階下をうろつくとは思えないしな。どうかなりそうに怯えているのだから」

マントルピースから、ピストルと呼子笛を取って渡してよこした。

「これをポケットに入れておきたまえ。やつがこの外廊下を通りかかったら、出ていって話しかけてくれ。何かうまい口実を作って、エル・ムルクの部屋へついて行きたまえ。行ったら腰を落ち着けて、話し相手になるのだ。難しくはないはずだよ。やつは怯えきっていて、話し相手がいれば飛びつくだろうし、君のことは少しも疑っていない。酔いつぶれるまで飲ませ——前後不覚になるまでずっと飲ませてやれ。あとは大きい部屋のどこか目立ちそうな場所へ座らせる。わかったか？」

「ああ」

「できたら何か口実をつけて、部屋へ入り次第、窓のカーテンを全て開けてしまえ。怪しまれずにはできそうになければ、無理しなくていい。あちらが酔いつぶれるのを待って開ければいい。それから、やつのすぐそばに立ち、おやすみと挨拶するように手を振って表側のドアに向かう。さも自室へ帰るようなふりをしてくれ。あの部屋の照明はあまりよくないから、いったん灯の外へ出てしまえば見つかる気遣いはない。あとはできるだけ目立たないよう、ドア脇の椅子にかけて待ちたまえ。音を立ててはだめだ。何かあっても、いよいよという時まで撃つな。あらゆる場面を想定して逐一説明するのは、今ここでは無理だが、ジャック・ケッチが罠にかかったと思ったら、この笛を吹くのだ。わかったか？」

「わかった」

彼に迷いがのぞく。「注意するまでもないが、ジャック・ケッチはちと剣呑《けんのん》なやつで、私がこれまで渡り合ってきた中でも、これほどのは――」

私は腕をいっぱいに伸ばした。胸が締めつけられ、心臓はバクバクするが、指は震えもしない。バンコランがうなずいた。

「しいっ、静かに！」

外廊下で誰かがぐだぐだ言っている。階段を上がる足音からすると、相当な千鳥足だ。ぐだぐだが歌に変わったかと思うと、急に壁にへたりこんで、うなり声で途切れた……。バンコランがすかさずテーブルに寄って行ってランプの灯を絞り、広い部屋でかろうじて見える程度の明かりを残した。

千鳥足の音がどんどん廊下で大きくなる。グラフィンはまたぐだぐだ言いつつ歌いだした。私がドアノブに手をかけて振り向くと、バンコランはランプのそばに立ち、唇に指を当ててしゃべるなと伝えてきた。歌声はヒステリックになり、ひとしきり迷ってさんざん二の足を踏んだ挙句に、やけ気味に歌声をはり上げ、またもや千鳥足で進んでいった。

私はドアを開けた。

16　ドアノブは回る……

照明が行き届いた廊下なのにグラフィンはたたらを踏み、壁にすがって転倒を免れた。シルクハットをかぶり、お洒落なコートの衿元に白いマフラーをあしらっている。血の気のない肌におでこの青筋ばかりが太く、とがった赤鼻や牡蠣《かき》みたいに澱《よど》んだ目がよけいに際立つ。目をぎょろつかせてあえいだ。

「ああ！　あんたか――！　その――」

「驚かせて申し訳ない、中尉さん」と言ってやった。「お部屋へ伺う矢先でした。眠れないのに、こっちの部屋には読むものがなくてね。それでご本を拝借できたらと思いまして」

向こうはしばし目をすえ、にわかに笑顔になった。

「おう！」私の肩に手をかけて、大声を出す。「そりゃいいとも！　喜んで。いいねえ！　嬉しいよ――頼ってくれてさあ。本か、何千冊もあるぜ、どれでも持ってきな。なんなら――ちょいと飲んでかんか？」

廊下を危なっかしくたどりながら私の肩を抱くようにして、本なら何千冊もあるぜと、しちくどく言い続ける。笑って私の肩をどやしつけ、いいやつ呼ばわりする。そうして戸口までく

るところには小狡い魂胆が顔に出ていた。声をひそめ、

「ところで、ミスター――えっと、名前なんてんだっけ？　あ、そうか。悪いけどさあ、先に行って明かりつけてくんない？」さも哀れっぽく、「ちょっと具合がね。ほら、あれだ……うえっぷ！」

「いいですとも」と口では言ったが、あんな怪しい大きな部屋に明かりなしで入るのはいただけない。手探りしていて危うくランプにぶつかりそうになったものの、緑の灯はすぐついた。

グラフィンがあたふたと入って鍵をかける。ぼそりと、「ど、どうも……。他も戸締りしとくよ。賊がな、不用心だから！」と弁解した。

やつが裏の戸締りに悪戦苦闘するのをよそに、はたして鍵をかけさせたほうがいいのかと思案する。ジャック・ケッチが隙をついてグラフィンを捕える気であれば――ま、あとで開けてやってもいいか。

「カーテンを引きな」グラフィンが訳知り顔でウインクした。

「ちょっと換気したほうがよくはないですか――」

「だめだ！」と、玩具を取られそうになった子供みたいにカーテンの端をつかんで睨みつけ、声を張り上げた。「カーテンを引くんだよ」問答無用で繰り返す。

帽子とコートを脱ぐ途中で、ふと何かに思い当たったようだ。

「ジョワイエは？」と、声を上げた。

まさしく同感だ。あの従僕は？　うっかり聞き洩らしたが、あの男もやはりバンコランの計

画に協力して、この場をグラフィンひとりの舞台にしたという線が濃厚だ。「おかしい」などとグラフィンはぶつくさ言って周囲をうかがい、声を限りにがなった。「ジョワイエー！」

返事はない。下の階まで届きそうな声でまた叫んでも応答はなかった。グラフィンは充血した目で不思議そうにしている。いったんは寝室へ向かいかけ、そこで思いとどまったらしい。「かけなよ、ミスター——えーと、まあ座ってくれ。別に急ぐわけじゃないんだろ？　いやいや、まあ座んなよ、一杯やろう。本なら——」と、腕を大げさに振る。「よりどりみどりだ。さ、一緒に飲もうぜ」

偉そうに机の椅子にかけ、ランプごしに顔色をうかがいながら、机の下から封を切ってまもないウイスキーを出す。またしても小狡い顔になって、

「いやあ、おれとしたことが！　間抜けもいいとこだ！　グラス一個しかないよ。ひょっとすると——ああ——浴室にならあるかな。そのドアを入って左に折れた突き当たりだ、間違いっこないよ。構わんかい——？」

出て行く私を目で追いながら、机のふちにしがみついている。私のほうはポケットの拳銃を握りしめて恐る恐るドアをくぐった。ドアは左手の小さなアルコーヴにあり……中は闇だ。どの部屋も冷え切り、窓に霜がびっしりで、いっそう暗くぼやけている。家具の輪郭ぐらいは見当がつくとはいえ、椅子に何度も蹴つまずくうちに、心なしか薄暗い部屋部屋がどこまでも広がって回りだし、迷路に迷いこんだ気分になった。すぐ先がぼやけて歪む。タイルだ！　こうして立っている床がタイル張りだ。グラスを並べた棚の端を慎重に探り当て、次いで指がタン

ブラーの縁に触れたと思ったら流しに落ちて、心臓が飛び上がるほどの音をたてた。

さらに奥の部屋で、みしりと板のきしむ気配がする。じっと立ちすくんで耳をすましたが、それっきり聞こえてこなかった。

いやいや大丈夫、グラスは割れてない。割れたとおぼしい音がまだ耳に残っているのに。グラスを持って戻りかけて……あれはなんだ？　気のせいか、窓からの微光をはじく衣裳用の大箪笥《だんす》の鏡戸がそっと中から開いたような。鏡の薄い反射光もわずかにずれている。自分の部屋着のポケットで時計が音を刻む。いや、これもやはり気の迷いだろう。自分の影だ。ピストルを構えた手を動かせば、鏡の中も応じて動く。それでも、わけのわからぬ無人の闇ですっかり浮き足立ってしまい、人間らしいものが箪笥の中で動きでもしたら、いきなりぶっ放してしまいそうだ。（ばかな！――しっかりしろ！　ジャック・ケッチが本当に背後からあらわれ、肩に手をかけでもしたらどう動く気だ？）

大きな部屋に戻ってようやく息がつけた。ここだって天井の高い玄室みたいに薄気味悪く、気色悪い緑のカーテンの陰に得体のしれないアルコーヴがいくつも隠れているとはいえ、曲がりなりにも灯があるのはありがたい。

グラフィンが今にも飛びつきそうな目で私を見ると、げらげら笑ってごまかし、軽口を叩いた。

「ようあんた、賊は出なかったかい？」

にやけ面の、この人でなしへの嫌悪感がこみあげる。こんなにべそをかくほど度胸がないくせに、ゆすりたかりで嬉々としてエル・ムルクをいたぶり尽くし、挙句に痩せ首ひとつを惜しんで戦々恐々と居すくまっているこいつに。あの首は両手で絞めればちょうどよさそうだ。細長いから、上下に手をずらしてもつかめる。（ふうう！　われながら、なんてことを！　どこから思いついた？）私はグラスを机に載せて、冷たく応じた。

「賊はね。一度だけジャック・ケッチを見かけた気がしたけど、気のせいだろう」

やつはとっさにウイスキーの瓶へ手を出し、ゆっくりと涙っぽい目をみはった。そこで思い直したらしく、やたら哀れっぽく熱心にすがってきた。

「いやあ！……かつごうってのかい？　はっは！　まったくね！　うまいじゃないか！　ひとの足を引っ張ろうって――魂胆かい」無理に笑ってみせ、冗談めかして指を振って警告する。

「そんな冗談はいただけんなあ。よくないよ、心臓に悪い。実際、冗談だったんだろ――な？」

「ああ、そうですよ」私はげんなりした。

グラフィンはグラス二個ともほぼいっぱいにウイスキーを注ぎ、のけぞって一気にあおった。ただでさえ長い赤い首を伸ばし、喉仏をぐびぐび上下させる。そこへまた、あの叩く音が始まった……。とたんに顔を正面に戻した。「な――なんだありゃ？」

「いや、なんにも」

「あ、ああ――空耳か。そっか、よかった」と、おかわりをやる。

さらに一杯、もう一杯だけ。好きにさせたらその一杯で限界がきた。こちらがそろりと椅子で身動きしたのを、どうやら引き上げにかかる前触れと読んだらしい。

「いや待ちなって、帰っちゃだめだよ。そんな気ないよな?」と、すがる。「なあ、ピアノは好きかい? 弾いてやるよ」この思いつきに勇んで腰を上げ、よろよろとピアノの椅子へ向かいながらも、さかんに振り向いて様子をうかがう。見ているこっちもいささか胸糞悪くなってきた。「弾くよ。なにがいい? なんでもやるぜ。なにがいい?」

「なんなりと、お好きなのを。一杯やりましょう」

「おお、そうだよ! 一杯、一杯やろうぜ」よろよろ机に戻り、それからまたピアノの椅子へ急いだ。肩を落としてしばらく椅子で固まり……やがて、いきなり和音がとどろいた。

戦慄が駆け抜けた。あれほど隙のない見事な粒立ちの音をまだ弾けるのだ。すべてが危うい体のうちで、両手だけがしゃんと生きている。両手だけがすばやく確かな天啓を受けている。そのショパンにはえもいえぬ狂気が漂い、呪われた悲しみが脈打っていた。左には光を浴びたミイラの彩色石棺、頭上はるかに緑のカーテンが垂れ、はげた後頭部を間抜けに揺らして……。長い演奏ののち、やるせない怒りと優しさの調べがはたと途絶えた。当の本人はピアノなど眼中にないみたいに背を向け、鼻をぐすぐすやって床に目を落とした。

トントン……トントントン……。

上げかけた頭へ押しかぶせるようにして、声をかけてやる。「すばらしい! もっと弾いてくださいよ。今度は——」どなったも同然の声になってしまった。

トン、トントン、トン……。

立ったグラフィンがよろよろと机に近づく。前よりは落ち着いていた。どうやらどん底の底までもなく、ものも言えずに息をひそめていたのに。

「だめだ。耐えられん。限界だ——もう無理だ。やつめ、おれの絞首台を建ててやがる」

最後はほとんど聞きとれなかった。骨ばった手で頭をかかえ、つぶやくように、「おれをムショに入れるんだろ。警察だからな。いいよ、入れろよ……」がばっと起きて、机が割れんばかりに拳で叩いた。「それでも話してやる！　話してやるぞ！　聞いてんのか？　こんな目に遭うより、ムショ送りのほうがなんぼかましだ。ムショならあいつも手が出せん。洗いざらいぶちまけりゃ、やつから守ってくれるかい？

あの若造と知り合いだったんだよ。軍で一緒だった。やつは戦死扱い。おれは」——滑稽なほど大粒の涙を浮かべて——「おれは軍法会議。敵前逃亡の卑怯者呼ばわりしやがって。嘘っぱちだ。銃殺刑と決まった。そしたら戦争が終わって放逐《ほうちく》だとよ。パリに行ったら、あの若造がいやがった。エル・ムルクと一緒に……。決闘なんかなかった！　これっぽっちも！　ド・ラヴァチュールを撃ったのはエル・ムルクだよ、聞いてるか？　ド・ラヴァチュールを撃ったのはやつだ！　証拠もある！」

力の抜けた手で机を連打して私を睨み、先を急ぐあまり息を詰まらせる。「もっと寄れよ！」と手招きされて机に近づいた。「黙ってるのと引き換えに、エル・ムルクから金をせしめた。やがて知ったんだ——ここに住んでる——あの若造の……」そこでもごもごして、尻切れとんぼになった。こっちは頼りない話の筋がいつ途切れるか、さもなければ、やつの頭がまた働かなくなって黙ってしまうかと気が気でなく、ものも言えずに息をひそめていたのに。

「ジャック・ケッチはそいつだよ！　五万ポンド出させて証拠をくれてやった……。ああ、ああ！　われながらどうかしてた！　エル・ムルクと両天秤《てんびん》で二重取りをもくろんだんだ、な？」

グラフィンは酔眼がお留守になるほど懸命に、ちゃんと筋の通る話をしようとしていた。

ぜいぜい息を切らして間を置く。

「エル・ムルクは送り主を知らなかった――ここへ、いろんなものを送りつけたやつを。知らなかったんだ、ジャック・ケッチの正体を……」

「だれなんだ？」やつの肩をつかんで問い詰めた。

「放せよう！」グラフィンが鼻をすする。「なんの話だっけ？　ああ、そうだ。ジャック・ケッチは――」

しゃっくりしたかと思うと、いきなり机につっぷした。派手にごつんと頭をぶつけ、片腕を広げたはずみに酒瓶をひっくり返して顔のあたりにウイスキーの水たまりができた。聞こえるのは豚じみた寝息ばかりだ。

すぐさま手を引いた。起こすのは無理だ。ここでようやく室内の寒さに気がついた。見渡せば、だだっ広いだけの緑の壁面、冷え切った古物だらけの中に真鍮のランタンが四つ。この世のものとも思えぬ静けさの中で、寒気が骨身にしみわたる。今だ！　バンコランの指示を思い出して窓辺に行くと、カーテンを開け放った。雪はまだしんしんと降っている。緑のランプと、腕に顔を埋めたグラフィンの頭が窓ガラスに映っていた……。形ばかりに別れの挨拶をしろと言うからには、この部屋に誰かの目や、誰かの耳が向いているのか？

しごくはっきりと、「お休みなさい、中尉」と口に出し、彼の肩を叩いた手を自分の頭にやって敬礼のまねごとをしてから物陰へ行った。外廊下への通路のドアのところで止まり、そっと椅子を引いてきた。ひときわ暗いその一角で、鍵をかけたドアのひとつにもたれて座れば、あとのドア二つを見張っていられる。

不寝番開始だ。セーターか暖かいコートでも着てくればよかったが後の祭り。絹のガウンでは寒くて仕方がない。観念して、楽な姿勢で待つことにした……。

セント・ジェイムジズ街からは車の音がたまにするぐらいで、ほかの音はない。ポケットの時計が確実に時を刻んでゆく。ときどきグラフィンが寝言まじりに身動きする。緑のランプで禿げ頭が光るのがよく見えた。白黒の市松大理石の床に濃緑の絨毯、私の左には黒大理石の暖炉がある。青い壺四つと、「魂の審判」彩色図。大きな棚、金塗りのキャビネット類。三つの窓——窓枠に少しずつ雪が積もってゆく！——が室内をかすかに映し出していた。チッチッ、チッチッ——これは私の時計の音だ。チッチッ、チッチッ。窓の外は闇。ピルグリム。ピルグリムは起きているのか？　これからの人形芝居のなりゆきを知っているのか？　ピルグリム、コレット・ラヴェルヌ。切り裂かれた死体のコレットが、刹那に浮かび上がる。やめろ！　ダリングズ、マウント街、シャロン。シャロン、地中海、シャロンの腕、ゆるやかに訪れる温かい風呂のような眠り。眠れ、マクベスは殺すだろう……。殺し。エル・ムルク。

脳内で、回し車のリスそっくりに思いが堂々巡りする。殺人——エル・ムルク、エル・ムルク——殺人。そうでなければ、ゆるやかなリズムが催眠術の振子のように眠気を誘う……もう眠りはない。マクベスが殺した……チッチッ、チッチッ。

　時の歩みがのろい。時間の感覚はとうにない。何度も同じことを言っていると意味をなさなくなるように、じっと見張っているうちに室内のあらゆる釣り合いがねじれて歪んでくる。鎖で吊った真鍮のランタンが前後にゆれる。金塗りのキャビネットに載せた黒花崗岩製のハトホル女神像が傾《かし》いでくる。遊園地の「魔法の部屋」みたいに、何もかもがゆっくり回りはじめる。緑のランプの届かない闇で、深みにずぶずぶ沈んでゆく自分がいる。手品のトリックかなにかで奇術師がカードをばらまく。すべて絵札で、雨あられと渦を巻いて降り注ぐ。エル・ムルク、グラフィン、ピルグリム、シャロン、タルボット、サー・ジョン、ジョワイエ、ダリングズ。

「さあ皆さん、一枚引いてください。殺人犯のカードをお選びください……」

　いつしか眠りこんでしまい、はっと起きた。しびれた手脚に痛みが走り、室内の焦点がすっきり合った。

　誰かが外階段を歩いている。

　時計の音が、胸の動悸とないまぜになる。何時だろう？　自分は寝入ってしまっていたのか？

　誰かが外階段を歩いている。

　両手がかじかみ、全身ががたがた震える。ベストのポケットから時計を出し、かすむ目を凝らしてかすかに光る文字盤を眺めた。二時半。自分は寝入ってしまったのか？　夜中の二時半――雰囲気までが前と違う不気味さで、眠りというより死に近い静寂が漂う。

明らかに階下から、足音がそうっと忍んであがってくる。踊り場ごとに立ち止まり、気配をうかがう。ジャック・ケッチが来るぞ……。まずい！　ドアの鍵を開け忘れていた！　好きに入ってこさせよう。グラフィンに手を出させて、あの笛を鳴らす……。足音がのろくて気が狂いそうだが、おかげで時を稼げた。そっと立っていき、厚い絨毯で足音を消して階段のドアへ向かう。足は軽やかで自在に動き、凄まじい興奮に胸が騒ぐ。ドアの裾から冷たい隙間風が吹いて、足首に鳥肌が立った。静かに、静寂の音がしそうなほど静かにドアの鍵を回す。足音はますます近づく。埃っぽい階段の一段ごとに、すり足の靴音が聞こえてきそうだ。ドアのほうを向いたまま右側に寄り、カーテン付きの本棚の陰に隠れた。机上につっぷして前後不覚な獲物の姿を、拝ませてやろうじゃないか。

足音がやんだ。研ぎすまされた想像力のおかげで、ドアごしに呼吸まで聞こえそうだ。力いっぱい拳銃を握りしめていると、手首が痛くなってくる。グラフィンがむにゃむにゃう一んと寝言を言い、片腕をだらりと机の端から下げる……。

そっとだが、執拗なノックがする。

静寂。静けさと呼ばれる巨大な咆哮《ほうこう》の中で、緑の光に照らされてゆがんだ室内が回りだす。やがて、またノック。説得するような、蜘蛛の手管で優しく開けさせてしまいそうなノックだ。戸を叩く手に、とびきり優しく呼ばれている。

ドアノブが回りだした。

17「その名は──」

私は棚にもたれて笛をくわえ、ピストルを構えた。われながらいたって冷静で、くそ度胸がわいて頭が異様にはっきりしている。

間があった。(こい、畜生！　こいったら！　ちょっとでも音がすれば──銃声でも笛でも、他でも──どんとこい！　どろどろとドラムロールの音がする。ご存じ、ジャック・ケッチの登場だ)

まだ動きはなく、ドアノブの回転も止まった。掛け値なしに数分間じっと睨んでいたので、いまだに白い陶器のノブが夢に出てくる。何をぐずぐずしている？　外の踊り場で耳をすましているのか？　本棚のカーテンに私の袖がこすれたとか、時計の音が聞こえたかして用心させてしまったか？　あごが痛むほど歯を食いしばって無言の悪態をついた。興奮がだんだんしぼみ、気がくじけてしまいそうだ──すぐに相手の動きがなければ──

行ってしまったか？　いや、それならそれで階段に気配がしなければおかしい。なんにせよ先手必勝でいくぞ、ドアを開ければジャック・ケッチとご対面のはずだ。だけど、慎重に！　バンコランが罠をしかけている。だったらこれも警察が来たってことは？　いや、違う。あんなふうに徹底して人目を忍ぶやつはひとりしかいない……。私はノブをつかんで音をさせずに回すと、いきなり大きく開け放った。

踊り場には誰もいない。ドアから洩れる緑のランプのわずかな光でも、無人なのははっきりしている。ここには屋根裏への上げ戸と、くだりの階段がある。埃っぽく、さびれて寒い。自分はどうかしてしまったのか？　階段を降りたのなら、足音が聞こえそうなものではないか！そんなわけない、壁に溶け入ったのならともかく。待てよ！　そういえば、古い伝説があったじゃないか――このクラブのどこかに隠し部屋があるという。まんざら、でたらめでもなかったのか。この気違いじみた古い建物のどこかにそんな隠し部屋が実在し、そこをジャック・ケッチがけしからん悪ふざけの根城にして、ふらふら壁を抜け出ては、ニザーム・エル・ムルクの絞首台の周囲で欣喜雀躍《きんきじゃくやく》しようって算段か。二重壁？　ありえない！　そんなことを思いながら、背後の光をもろに浴びて姿をさらしていた……。

そこで、ふと立ちすくんだ。隙間風がきたのだが、さらに冷たい空気がどうやら「頭上から」流れてくるようだ。視線がおのずと行きつく先に、梯子の上の闇がある。四階の部屋は高さ二十フィート以上あり、上げ戸はその高みにある。上げ戸そのものは見えないが、空気の流れでジャック・ケッチの行き先はわかった。秘密のねぐらは頭上にあるのだ。そこまで追って行けたら！……

姿を見られてしまったか？　上げ戸を閉めていないから、そうとは思えない。その反面、待ち伏せしている恐れもあるし、こっちに明かりの持ち合わせはない。追跡は無謀か無駄のどっちかだが、相手が上にいるとわかっている限り、グラフィンの身は安全だ。激しい衝動にかられてそっと鍵を抜き、グラフィンを部屋に閉じこめて鍵をポケットにしまった。これで退路は断たれた。闇の中でジャック・ケッチと対決するのは、どうも気が乗らないが。

ひたすら暗い踊り場に、ドアの下から緑の光がごくうっすら洩れている。梯子を探り当て、笛の紐を首にかけて昇りにかかった。音をたてないと見極めがついてから初めて体重をかけるようにして、一段ずつ慎重に寒風の中を昇り続ける。謎のハンマー音がさっきよりはっきりしてきた。昇りきって上に出たほうが少しは明るそうだ。半開きの上げ戸らしき青い光の細い筋から、まともに吹きつける風に髪を乱される。銃を持て余し気味になってきた。一度などは危うく落としかけ、ヒヤッとしながら梯子にしがみつく……。

上げ戸から首だけ出して手を這わせると、指が木材に触れた。ピストルの柄で頭を一撃されるものと覚悟してきたのに、なんの気配もない。想像の痛打による火花が目から消え、そうっと手探りすると、いっぱいに開いていた上げ戸の開口部をよじのぼった。

屋根裏部屋のようなものではあるが、部屋の大きさや勝手は見当もつかない。冷たい風が吹き抜け、どこかでガサゴソと紙の音がしたらしい。暗すぎて、なにがなにやらだが。床に指を這わせて前後になでてみた。磨きこんだ上質材の床じゃないか、ずいぶんな屋根裏もあったものだ。クラブで言うような「がらくた物置」どころか、なめらかなしっかりした床で、歩いてもきしむことはあるまい。ありがたいことに、はいてきたのはゴム底の靴だった。

そこでようやく、途方もない愚行のほどを自覚した。この屋根裏部屋はだだっ広いに違いない。ジャック・ケッチの標的は階下で酔いつぶれて寝ているのに、明かりも持たずにひとりで追跡しようなんて狂気の沙汰だ。笛を鳴らしてバンコランの配置した警官たちを集め、端から端まで調べ上げさせたほうがよくはないか？　それとも――

前方に灯がともった。まだ穴の端に腰かけていたので、ちょっとでも光が当たればすぐ見つかってしまう。とっさに床に転がって後退した。これでだいぶ状況を絞りこめた。あのひそやかな足音は四階のドアをめざしていたわけではなく、夜更けのノックもご同様で、恐ろしい顔がどこにも見当たらなかったのも当然だ。しまった！　笛を落とした。部屋着のポケットを探っても煙草しかない。思わぬ壁にぶち当たった気分で、四つんばいになって探し回った。あった！　足に当たってかすかな音をたてる。その間にも厳しい寒さは増す一方だ。むろん、階下に通じる通気口がどこかにあるに決まっている。そこが開いていて、このすぐ近くなのだ……。また明かりがついた。私の判断が正しければ、真正面の奥に灯ったらしい――つまり、ピアノやミイラの棺のある大部屋の真上にあたる壁だ。

初めはひとすじの白い斜線に過ぎなかった光が、闇の中でしだいに扇型に広がっていく。光源は壁の内側だ。その光に何者かの影が浮かぶ。人間か？　いや、それにしては背が高すぎる。光が照らしているのは煉瓦、高い煉瓦の大煙突だった。煙突の側面にドアが開こうとしている。いま、扇型の光の中に斜めに伸びる男の影が見えた。やけに背の高い不気味なやつで、屋根裏部屋の低い天井に背をかがめている。笑っているように影がゆがんだが、声は聞こえない。とがった鼻、開いた口、震える肩――ことごとく誇張されている。光のいたずらか、その男がシルクハットをかぶっているように見えた。まさか——グラフィンのはずはない、さっき泥酔状態で階下へ置いてきたじゃないか？　目のいたずらだ。巨大な影は、秘密の音楽に合わせたパントマイムのように、前後に揺れている。

誰かが高らかに笑い、明かりが消えた。

首筋に雪片を感じた。開いた窓のそばに立っていたのだ。臆病風に吹かれている場合ではない、ありったけの知恵を絞るのは今この時だ。私は闇の中に踏み出した。階下の不寝番の時、退屈しのぎにたまたま部屋の大きさを目測してあったのだ。一歩を二フィートとして、十五歩程度で行けるはず。踊り場の四歩を足して、つごう何歩でその光の源にたどりつくかの見当はつく。あの煙突は、もう使われなくなったお飾りに違いない。四階の本物の暖炉は部屋の別の側だ。もしも途中に障害物があっても、音を立てる危険さえ覚悟すれば……。七歩、八歩と数えて歩く。九歩、十歩、十一、十二、十三、十四……。

いっぱいに前へ出した手が壁に当たった。十フィート以上も測りまちがった？　違う、これは別の壁だ。五歩の差は大きすぎる。だが、左へ手探りすれば、あの煉瓦の煙突にぶつかったではないか。壁からおよそ六フィートも突き出していて、それに釣りあった長さがある。となると、ここと階下では壁の位置が十フィートずれ、さらに煙突が六フィート前に出ているわけだ。これで隠し部屋のありかがわかる！　明るい時にぱっと見たってわかりっこない。上げ戸から出てきて正面の壁を見れば、階下の踊り場のことを忘れて、壁までは階下と同じ奥行きだと錯覚してしまう。暗がりで歩幅を頼りに測ったからこそ、惑わされずにすんだのだ。言い換えれば、隠し部屋はこの建物の側面を端から端まで貫く偽の壁の中におさまり、偽物の煙突の出っ張りが控えの間がわりという寸法だった。

煙突の側面をずっとなぞりながら、正面からみて右側へ回りこむ。そこに隠しドアがあるはずだった。ふと、ある物音に気づいた――無防備な足音がかすかにする。やがて片足ずつこすれる靴音がして、消えた。誰かがあの梯子を降りているのだ。

私はくるっと向いた。あの隠しドアの問題はこれではっきりした。さっきのジャック・ケッチは偵察ではなく、隠れ場所から出るところだったのだ。まっ暗なこの屋根裏のどこかで私とすれ違った。なのに逃がしてしまい、あたら好機をむだにした。グラフィンを捕えに行ったのか？　すんでのところで上げ戸に駆け寄りそうになったが、今度はその位置がはっきりしない。そこへ、四階の踊り場から下へ降りていく足音がはっきりと聞こえた。バンコランもこの建物の見張りを手配しないほど間抜けではあるまい。どこかで見張りが止めてくれるだろう。そのすきに……。

うろたえた私は、完全に我を失った。追跡をしくじり、なすすべもなく手をこまねいている間にもあの足音は刻々と遠ざかってゆく。今にも叫び出しそうになった刹那、煙突の側面にすべらせていた手がたまたま見つけた――隠しドアを。ジャック・ケッチはドアを半開きにして出ていった。また戻ってくるにちがいない。そして今、私はやつの秘密の戸口に立っていた。

額が割れそうだ。煙突脇の入口から、かびと腐臭が鼻をついた。空気は生温かく、ぼんやり赤みがかった光らしきものが見えるようだ。違う臭いもする――かんかんに灼《や》けた鉄の臭いに、クロロフォルムの変な甘ったるい臭い。煉瓦の壁の一部が厚いドア仕立てになっていた。その開いたすきまに体をねじこむ。

ピストルを持つ手がなにやら冷たいものに触れて、ぎょっとした。入口脇のテーブルらしきものに載せた燭台だった。蠟燭の先に触れるとまだ温かい。ベストのポケットにあったライターで火をともした……。

かすかな炎がついて、巨大な影がゆらめいた。むやみに天井の高い、玄関ホール風のしつらえだ。一瞬、悪夢の玄関に踏み入ったのではないとは、にわかに信じられなかった。揺らぐ灯りに、たっぷりひだをとった黒ビロードに金の唐草模様のカーテンが浮かびあがる。虫喰いやかびでぼろぼろ、浮浪者の衣服もかくやの惨状だった。おそろいの不気味な黒金文様が床にも光っている。クロロフォルム臭がさらに強まり、灼けた鉄の臭いも……。

蠟燭の炎が丈の高い鏡に反射した。その石膏フレームの金塗りは筋状にはげ落ちている。私の青い顔も映っている。頭上およそ十八フィートのシャンデリアに、ひび割れたガス灯がさがっている。左手には、偽の煙突が外へ張り出してできたくぼみに、長椅子らしきものと、その近くの床に落とし戸がぼんやりと見える。右にはカーテンで覆われたドアがあり、その奥は見当もつかない。なにぶん蠟燭の明かりでは、どれもこれもきちんと見分けられないのだ。

蠟燭をテーブルに戻し、ピストルを握りしめてカーテンをかけた右のドアへ向かった。

誰かがうめいた。

この世ならぬかすかな声にぞっとして、私は立ちすくんだ。どこから聞こえたのか。向こうの部屋からか、この部屋かもしれない。ドアにかけられた黒と金のカーテンを慎重に引いた。かび臭い長い通路が建物の端のあたりまでまっすぐ通っている。何者かが足を引きずりながら、闇の底のようなその通路をやってくる気配がした。

では、ジャック・ケッチは単独犯ではなかったのか。一味がいたのだ！　殺人者本人はこの隠し部屋をたしかに出ていったと断言してもいい。こいつは仲間の誰かだ……。引きずる足音はカーテンの下がったドアへとしだいに近づいてくる。声が近づくにつれて、むせび泣くようなおぞましい歌になった。

「どーこーだ？——どー、こー、だあ？」

寒けのするかすかな声は低い嘆き節となり、不気味な壁づたいに届く。「どーこーだ？」盲目の霊魂が、果てなき地獄の闇路を這いまわって嘆いている。灼けた鉄があげる煙の刺激臭が、間近に感じられた。壁のカーテンに張りついて隠れると、やつの手がドアのカーテンを動かした。戸口にほのかな蠟燭に照らされた人影が姿をあらわす。なにか先端が恐ろしいほど白熱した物を片手に持っていた。またしても静けさを破り、絞め殺されるようなか細い泣き声がおろおろと、「どーこーだ？　どーこー……」

私は悲鳴をあげるすきを与えずに襲いかかり、ちっぽけなそいつの衿がみをつかんで振り回すと壁にぶち当てて拳銃を腹につきつけた。やつは脚をじたばたさせ、灼熱した火かき棒を空振りして取り落とした。

「黙れ！」私はどなりつけた。「静かにしろ、テディ！」

半狂乱のうめきに、私の荒い息がかぶさる。背後からの蠟燭の火がテディのゆがんだ顔を照らし出した。顔は恐怖でしわくちゃ、歯茎をむいてよだれを垂らしている。目には魚のような白い膜がかかり、べたつくポマードが流れて私の手からやつの喉へと垂れる。壁に押しつけられて、はりつけの子供みたいな格好だ。黒と金の壁に押しつけられてもがきながら、私を睨みつけている。火かき棒の白熱した先端が触れて、絨毯が焦げる臭いがした。テディか！　私は汗だくでやつを揺すぶり、飛び出た目の瞳孔が開きかけたのを見て、あやうく絞め殺すところだったと悟った。その狂気の部屋で、ひそひそと子供部屋向きの幼児言葉で話しかけたのが、この事件の狂気じみたもろもろのなかでも、傍目《はため》には最たるものだったに違いない。

「テディ、声をたててみろ」私は声をひそめた。「そしたら――」と銃口を腹につきつける。

ゆっくりと床に足をつけさせ、喉の手をゆるめた。では、このいかれ小僧がジャック・ケッチの共犯をつとめ、今の今まで残忍な生贄《いけにえ》用の火かき棒を灼いていたのだ。引き続き、やつの喉を押さえてピストルを構えながら、後ずさりでカーテンのかかったドアをくぐった。

あまり時間はない。そうこうしている間にも煉瓦壁の半開きのドアの向こうで木材がこすれ、ばたんという低い音がした。誰かが屋根裏の上げ戸を閉めたのだ。ジャック・ケッチが隠し部屋に帰ってきた。

薄明かりの中、私はカーテンを半分引いて、捕虜と一緒にしゃがみこんだ。蠟燭の火さえ見えない。蠟燭は例の煙突裏のくぼみにあり、外からは死角なのだ。火が隙間風でちらつき、揺れる黒と金のカーテンに影を投げかけた。それでいて、あの幽鬼じみた光はジャック・ケッチが通るはずの道を照らし出していた。さあ、足音が外側のドアに近づいたぞ！　発砲するなり叫ぶなり、なんでもいいからこの気が狂いそうなもどかしさに早くけりをつけてしまいたい。落ちた火かき棒の熱で絨毯がくすぶり、焼け焦げた穴の縁を小さな赤い炎がちろちろなめている……。

やつがドアにどんどん近づく。私の胸は破裂しそうだ。やつが入ってきた……。

長身の男が顔を暗がりへ向け、一方の肩を下げて、蠟燭の光の中に入ってきた。顔こそ見えないが、すんなりした白い指を猛禽《もうきん》のように曲げた片手を胸の前で構えているのがはっきり見えた。体を前後にゆすり、少しでも危険の徴候を見極めようとしているらしい。耳鳴りするほど凄まじい緊張の糸がついに切れた。私の足元で板がきしんだのだ。やつがくるりと向き直った……。

「手を上げろ！」

口にくわえていたあの笛を、鼓膜が破れるほど吹き鳴らした。とっさに緊張が切れ、手の力がゆるんでしまった一瞬のすきに、絞め殺されそうな悲鳴とともにテディがもがき出て、あの火かき棒をずんぐりした小さな手で拾った。とっさにかわすと、白熱した先端が肩をかすめて回るのが見え、頭にぶつかる音が聞こえた。自分の頭が回転しながら遠くへ吹っ飛ばされたようだ。目から火花が出て、室内が悪夢の中みたいにぐるぐる回りだす……。

誰かがまだ笛を鳴らしている！　私は酷い痛みにおかまいなく、テディを部屋の反対側に突き飛ばしておいて銃を投げ捨て、ジャック・ケッチの喉首に飛びかかった。目の前のそいつが逃げ腰になり、両手を後ろに引いたはずみに蠟燭の光が顔に当たった——違う、そんな。ばかげている、狂気の沙汰だ、妄想だ。まさか――！

やつが悲鳴を上げた。大勢が叫んでいる。どたどた駆けつける音とともに、ドアから次々と飛び出してくる。誰かがジャック・ケッチを持ち上げて壁へ押しつけ、手錠をかけようとしてもみ合う。大きなカーテンがそっくり外れて落ちた。その大騒ぎのただなかで、私は痛みによろめいた。ほうぼうから懐中電灯に照らされて脚の力が抜け、眩暈《めまい》がして視界が暗くなっていく。

ジャック・ケッチの顔は、サー・ジョン・ランダーヴォーンの顔だった。

18　手　錠

サー・ジョン・ランダーヴォーンの顔だった……。

厳しく削げた血色の悪い顔、白銀の髪に短い口ひげとあごひげ。細い眉の下で、測りがたい灰色の目をきつく閉ざしている。その目を支える高い頬骨。通った鼻筋、引き結んだ薄い唇。

意識混濁した霧の中にその顔があったかどうかは不明だが、意識が戻ってまず目に入ったのがそれだった。まっさきに感じたのは吐き気と猛烈な頭痛、それからぼんやりと周囲の声が聞こえた。座ると寝そべるの中間という格好で壁にもたれて顔だけ上げると、いくつものガス灯に照らされた真正面にサー・ジョンの顔があった。

ある激しい思いが脳内に明滅した――ジャック・ケッチだ。こいつが――ばかな！　頭をガツンとやられて見た夢だ、狂った幻覚だ！　彼は向かいにかけていた。笑いかけたのに応じてくれない。木彫りのお面みたいな無表情で、目だけが憑かれている。まぶしそうにしながら顔面蒼白で息を乱していた。具合が悪いらしい。灰色のスーツの膝で手を組んでいる。やがて光が目に痛いかのように身体の位置を変えたはずみに、手首の手錠が見えた。

なにぶん頭痛がひどくて目をつぶりたいが、この驚天動地の謎を追究せずにはいられない。

ごく限られた視野のせいで、室内にサー・ジョンだけのように見える。やがてタルボットとおぼしき脚があらわれて、ぼやけた声が聞こえた。

「――ご留意を、以後のご発言は不利な証拠に用いられる可能性があります」

サー・ジョンには不意打ちだったとみえ、やおら深呼吸して息を整えた。悪夢の靄《もや》もついでに一掃されたらしい。いざ毒気が抜けてしまうと、いたたまれなくなって首を小刻みに揺らす。

「タルボット、ごたくはよせ」サー・ジョンは言った。

それからいつもの冷えた笑顔で、「そうとも、お定まりのごたくは願い下げだ。私を逮捕したからには事情を承知の上だろう。〝不党不偏な警官〟としての行動だな？」

「じゃあ、否認しないとおっしゃる――？」

「一体なぜそんな？」サー・ジョンがぶっきらぼうに返した。「証人も複数いるんだろう？むろん、これで私は絞首台行きだ。ただし、これだけは心得ておいてくれ」――冷たい目を上げ――「そうなったところで、みじんも意に介さん」

詳しく聞こうと、私は四苦八苦して起きあがった。室内がだんだんはっきりしてくる。ガス灯は残らずついていた。憔悴《しょうすい》しきったタルボットがすぐ近くにいる。サー・ジョンの席の後ろには私服刑事が控え、テディの――うずくまって両手を目に当て、壁にもたれていた――腕をつかんでいた。入口左のオットマン・ソファ――入ってすぐ気づいた暗がりの長椅子――に座った人物を見て、視界の靄が今度こそ吹っ飛んだ。ニザーム・エル・ムルクだ。青い顔に乱れ髪と不精ひげ、病人じみた顔のどこにも以前の空元気《からげんき》はない。震えを抑えようとオットマンの端にしがみついて、黄色い目を憎しみにぎらつかせていた。

そこへカーテンの下がったドアから入ってきた者がいる。バンコランだ。このフランス人は冷徹に、珍しい虫かなにかのようにサー・ジョンをじろじろ見て、したたかに恥じ入らせた。沈黙が続いた……。

「どうぞ――なにか供述なさりたいことは？」タルボット警部が訊ねた。おもてむきは鄭重だが、いよいよ引導を渡すという口ぶりに寒けを覚える。

サー・ジョンは立ちあがった。狭い部屋のただなかに長身痩軀を立て、前かがみの肩で私の視界をふさいで、黄にふちどられた青いガス灯の炎をさえぎる。耄碌《もうろく》と言っていいほどの憔悴ぶりなのに、やせた顔だけがさも見下げ果てたような不遜な表情で眉をひそめ、まっすぐ前を睨んでいた。

「供述書を書いてやろう」と言う。「すぐ私の部屋へ連れていってくれれば。それなら誤解の余地はないはずだ――」

そこで言葉を切り、いきなりバンコランに向きなおった。冷たいとっつきにくさは変わらないが、暗い目でぎこちなく言った。

「賭けは君の勝ちらしいぞ」

「そうらしい」バンコランが他人事《ひとごと》のように応じる。

サー・ジョンはきつい声で、「代わりに小切手を送らんといかんな。では諸君！」と、手錠を鳴らした。「諸君！　これまでだ！」バンコランが一礼する。あの魔王の貌《かお》の裏に去来する感情は知るよしもない。が、挙措《きよそ》のはしばしにのぞく慇懃《いんぎん》無礼と、嘲るように片眉あげた表情は、笑いをこらえきれずにいる感じだ。それでもサー・ジョンは動かない。自分の手錠を一瞥し、ふと狐につままれたようになった……。

「タルボット、これを外してもよくはないか？　さっきのような暴れ方は二度としない……」

警部がすぐ寄ってきて外してやった。するとサー・ジョンは、どうでも自分を痛めつけずにはいられないようにバンコランに訊ねた。

「今回の件――ずっと知ってたんだろう？」

「ああ、疑ってはいた。あの自称キーンという男は――」

「うちの息子だ」サー・ジョンは言った。

間があいた。サー・ジョンの葛藤《かっとう》はややせわしない呼吸に出ているだけだが、今にも屈してしまいそうに激しかった。拳を握りしめ、仁王立ちで不気味な室内にそびえ立つ。オットマンを一瞥するや、一瞬、その身体がゆがんだ。私はその影が憎悪に震えるのを見たような気がした。エル・ムルクが悲鳴をあげる……。

「この卑劣な豚め！」サー・ジョンがどなった。「よくも息子を！」

うつろな部屋に、恐ろしいその声が響く。

「落ち着いてください！」タルボット警部がこわばったサー・ジョンの腕を押さえた。「お気を確かに――」

サー・ジョンの動きが一瞬止まる。やがて、苦悩をたたえた顔をゆっくりそらした。声が力なく曇っている。

「タルボット、また手錠をかけてくれ」と、両手を出して命じる。「さあ、かけろ！」——突き出した両手が震えている。「ああ、そうしてくれ。手間をかけた……さて……」

いささか放心気味に、うつろな目をガス灯へ向けた。

「なあ」おずおずと——「わかるだろう。私には——目に入れても痛くない子だった。あの子だけが——生きがいで、自慢のたねで——だから——最期もきっと——紳士らしく潔く散ったのだろうと……。

そして」サー・ジョンはさらに、「実際、紳士らしく潔い最期だった——と思う。ただし予想外の末路だったが、な？　知らなかった——どこぞのさもしい卑劣漢に仕組まれて——首をくくって果てたとは——無実の罪で。そうと知って、私は、私は……」

はたと自制してあとを無理に飲みこみ、鉄の自制心であごを食いしばった。

「もうよかろう。階下へ連れていけ、タルボット」

タルボットが入口へ合図すると、別の私服刑事が出てきてサー・ジョンの腕をとった。警部がうなずくのを合図に、テディもしょっぴかれてドアへ向かう。すべてが凍りついた無言劇に終始し、かすかな手錠の音とテディの押し殺した嗚咽《おえつ》だけが聞こえる。

「その子にきつく当たるな」サー・ジョンが言う。「嫌疑なら、私の供述書で晴れるはずだ。私の言いつけ通りに——したまでだから」出がけに、もう精根尽き果てた顔で、しばし行き暮れたふうで近視の目をまたたいた。それでも手錠をみじんも恥じるふうはなく、どこか吹っ切れたようにしている。

「最後に一つだけ教えておこう」ゆるぎない声で、「この──続き部屋《スイート》の表部屋の左隅に脚つき箪笥がある。十年前の十一月十六日、ニザーム・エル・ムルクがピエール・ド・ラヴァチュールを射殺した証拠一式はその抽斗に入っているよ。金とひきかえにグラフィンから入手した。とくに写真が一枚あってね。そいつを活用して、バンコラン、やつをまっすぐギロチン送りにしてやってくれ。同じ部屋のクローゼットに、縛って猿ぐつわをかましたあのラヴェルヌという女を入れてある。今ごろは窒息しているかもしれんし、そうあれかしが偽らざる本音だ。あと、運転手を殺した凶器の短剣とブロンソンを撃ったピストルも見つかるだろう。お役に立つよ──裁判のあかつきには。それで全部のはずだ」姿勢をあらため、形ばかりに会釈する。

「では──よい一夜を、諸君。おそらく──これが──見納めだろう」

……サー・ジョンの退場後は長い沈黙が続き、タルボットは両手で髪をかき乱してぶつぶつ言いながら室内をむやみに歩き回った。あの最後の言葉が苦い余韻を残し、一寸先の闇を垣間見せたからだ。未明の麻痺したような時間、冷厳な時が刻々と過ぎ、ゆるやかに夜明けへ向かっていた。警部がげっそりした顔を向けた。

「自分が行って、あの女の縄をほどいてやったほうがよさそうですな」

「もうすませておいた」バンコランが言った。「クロロフォルムを嗅がされていたが、じきに回復するだろう……」

誰かが口汚く罵《のの》った。皆が向いてみればエル・ムルクだった。このエジプト人はサー・ジョンのいるうちは壁際にちぢこまっていたくせに、今はオットマンにうずくまって一同を睨んでいる。片手で髪をなでつけようにも、しびれた腕がなかなか言うことをきかず、手首は縄の痕で赤むけだ。首には針金を撚《よ》り合わせた細引き縄をはんだづけされているらしい。動くたびに余分の縄を巻いた束が背後の壁にぶつかり、縄の端は天井の梁に固定されている……。そのざまで、ちょっとないような悪態をいきなりまくしたてた。金切り声を前後の見境なく、いっそ甲《かん》走らせる。両手の拳を振り回してはまた這いつくばり、鎖につながれて吠える犬そっくりの狂態だ。

「黙ってくれ！」タルボットがどなった。「頼むから！——」

やつの黄色い目が警部へ向いた。「あいつ、おれがギロチン送りだと思ってやがる。だろ？」

エジプト人は胸を叩いて声を限りにわめいた。「冗談じゃない！　思い知らせてやる！　あいつの面に唾を吐いてやる。おれは——」

「頼むから、黙ってくれ！」

「これが黙ってられるか！　冗談じゃない！　思い知らせてやる！」首にこすれる鋼鉄の縄をつかみ、オットマンの上であがいた。「外してくれない気か？　犬みたいにこんなのをはめさせとく気か？　どうなんだ？　この能無しのらくら野郎……どうなんだよ！」

タルボットの顔に赤いまだらが浮き、静かに答えた。

「熔接してあるんでね、エル・ムルクさん。金切りバサミがないと外れんよ。今、取りにやってある。大人しく我慢すれば、じき自由の身にしてやるさ」

「手首が！」エル・ムルクがうめいた。「ああくそ、手首が！　脚も！　まだ立てやしない。あの犬野郎め！　ああ、あの――」

「気をつけろ、そこは落とし戸だぞ！」よろよろ立ちかけたエジプト人はバンコランにどなられ、怖《お》じけてまた座りこんだ。

長椅子の数フィート先の落とし戸をバンコランが示す。先刻、入りがけに気づいたあれだ。数フィート四方の両開きで、開かないように左右の戸につけた鎹《かすがい》風の留め具に木の棒を渡してある。お世辞にも頑丈そうとは言えない。

「上に乗ってみろ」バンコランがいった。「真下の部屋へ落ちるぞ。どうもこれは――おや、ジェフ！　気がついたらしいな！」笑顔で私に近寄り、かがみこんで肩をゆすった。「頭骨が並みはずれて厚かったとみえる。かすっただけとはいえ、私の頭にはごめんだ。さ、一杯やりたまえ。もう大丈夫だろう？」

「大丈夫だよ」差し出されたウイスキーの瓶を受け取った。「だけど、この頭が――ああもう！　ちょっと立たせてくれないか」

「白状するが、ジェフ」弱々しく立つと、バンコランが言った。「君には今夜演じてもらったような花形スターの役は割り振っていなかったぞ。グラフィンを見張ってもらうことになっていた、それなら危険な目に遭わせずにすみそうだからな。なのに、あのドアから入ってきて蠟燭をつけたのを見て、しばらくは気が気ではなかったよ……」

「見て、って？」

「そうとも。ずっとタルボットとこの屋根裏で張り込んでいた。そこへ君が飛びこんできたから、危うくめちゃくちゃになるところだった。ま、とにかく！」

「当然」私は辛辣《しんらつ》になった。「隠し部屋のありかは知ってたんだよな」

タルボットが汗だくの額をぬぐう。「しばらくは綱渡りでしたよ」と言って、「この屋根裏をうろつく足音が二人分聞こえた時には……ふうっ！　まさか、あなたがこうやって乱入してくるなんて思いもよらんし、暗がりで見極めがつくまで、どっちを捕まえていいやら見当もつけられませんしね」ここで当惑したようにあたりを見回し、「じゃあ、この真下にあの大きな部屋がくるわけですね。まだ釈然としませんが――」

「来たまえ」バンコランが落とし戸の手前に膝をついて鋲二つに指をかけ、棒をそっと抜いて戸を上げた。「さあ、下をごらん。何が見える？」

タルボット警部と私が、ふちへ寄っていく。エル・ムルクまで眠りから覚めたようにぶつくさ言いながらのぞきにきた。二十五フィートばかり下の左寄りに、緑のランプつき机がある。倒れたウイスキー瓶の脇に、正体不明につぶれたグラフィンの禿げ頭が光っていた。

「以前に言ったように」バンコランは落とし戸を閉めて棒で固定しながら続けた。「ドアに鍵がかかり、従僕たちが目を光らせているというのに自由に出入りして置き土産を残すというのは、そもそもの初めから眉唾だと睨んでいた。むろん、私だって初めは壁に隠し通路でもあるのかと思っていたよ。次いで、置き土産はすべて同じ場所に置いてあった、と聞いてね。あの中央の机の上だよ。戸口付近や寝室は一度もなく、すべてこの机の上だと。その先は自明の理だった。ジャック・ケッチはこの机以外に手が出せない。ならば置き土産は上から落としたのではないかと考えられる。そこで机上にあった品々をあらためて思い起こせば——」

落とし戸の脇にしゃがんで、私の顔を見上げた。

「君に説明した内容を覚えているか、ジェフ？　机で見つけた品々すべてに共通の特徴がある。どれもこれも割れにくいものばかりだ。本、小さな木偶人形、縄のきれはし。いっぽう、絞首台の模型、ガラスのピストル、骨壺などの割れものは小包で送りつける——このもうひとつの配達方法では割れてしまう品々ばかりだ。まったく人目に触れずに、ジャック・ケッチが天井から置き土産を落としていたのは、これで明らかだろう」

「じゃあ、今日の午後にこの真下で」タルボットだ。「珍しいなんとか様式の古い真鍮ランタンとかまくしたてて、脚立を出させて調べておられたのも、実際のお目当ては——？」

「天井に決まっているだろう。落とし戸の塗装が巧妙でね、心して探さないと見分けがつかないほどだった。ただし、理屈から言って絶対にあるはずだからな。それさえ見つけてしまえば、この隠し部屋はさしたる苦労もせずに見つかった……。むろん、あの時は目当てのものを口外できなかったよ、すでにサー・ジョンに目星をつけていたし、隠し部屋の存在に早くもあたりをつけていると知られようものなら万事休すだ。とはいえ、あの時の挙動を思い出せばわかるように、サー・ジョンは気が気ではなかった」

タルボットは両手をポケットにつっこみ、まごついてかぶりを振った。

「すでにサー・ジョンに目星をつけておられた？」と、ただした。「あの方に限ってそんな

——」

「ばかも休み休み言いたまえ、警部」バンコランがにべもなくさえぎる。「彼の犯行なのは初めからはっきりしていた。気がつかないのがいっそ不思議なほどだったよ。いいか、サー・ジョンはことごとに手痛いミスをしていた！　むろんそのミスの性質上、私もしばらくは変だと思っていた。ただし、テディに会うまでだ。いったんテディが構図におさまってしまえば、一連のできごと全体が氷解する」

「うーん、この期に及んでもなお釈然としないんですか」タルボットがぶつぶつと、「とりわけ、あの方の態度のどこが疑わしかったのか……」

バンコランはさっきまでサー・ジョンのいた椅子にかけた。いつもの事件解決後の反動がきていた。疲れて老《ふ》けこんだ顔になり、きつい照明が眼の下のたるみを際立たせている。しばし滅入った顔になり、白くなりかけたこめかみを指先でいらいらとさすっていた。

「いいだろう」だしぬけに、「では、殺人に至るまでの経緯を話して聞かせようか。まずは犯人の正体は不明という前提にしておく。そうすれば、それが起こるべくして起こったと納得しやすいだろう。

事情のあらかたはすでに承知の通りだ、要点をかいつまんで話すから、自分で補足しながら聞いてくれ。死んだ〝キーン〟とジャック・ケッチがごく親しい仲なのは明らかだった。あれだけの周到な殺人計画を、あれだけの入れこみようで実行に移すとなると、ただの〝友達〟ではありえない。今回の復讐に限っては、生ぬるい点がみじんもないいんだ。血を分けた身内なら

では の、虎さながらに激しい復讐心のなせるわざだよ。

ジャック・ケッチは、十年近くキーンの喪に服した末に真相を知らされた。キーン一筋で生きてきた男だ。なにごともキーンを中心に考えてきた。人生の愛や希望や将来の展望すべて、キーンもろとも死んでしまったのだ。その死の真相を知った衝撃たるや！　徐々に実感する――狂気じみた憎悪の炎を――無言の憤怒《ふんぬ》をこめて復讐を神に願った！　やがて、手塩にかけるように周到に計画してゆく……。どんな趣向を凝らした恐怖を敵に与えてやるか、夜ごとに考え抜いて――」

「やめろ！」ニザーム・エル・ムルクが絶叫した。「そん――な――ふうに――話すなあ！」

エジプト人は首の鋼鉄の縄をいじりながら、顔をゆがめて歯をむきだしていた。

鉄の縄がぶつかる音をたて、サー・ジョン・ランダーヴォーンの血の気をなくした顔が、それぞれの頭に浮かぶ。小鼻をひくつかせ、狂気と紙一重の冷たい目。すんなりした白い手のわななきが目に見えるようだ。

「犯人はこの隠し部屋の存在を知っていた。細部まで完璧な計画が頭の中で花開いていた。精妙複雑な完成度に夜な夜なほくそ笑んでいたことだろう。憎い相手を数ヶ月かけていたぶりつくし、キーンの命日である今日、死刑執行するはずだった。彼がエル・ムルクと近づきになっているのは明白だった。あの晩にエル・ムルクをおびき出し、クラブの裏口に引き入れたのは君らも承知の通りだ――そうだな？」

「あいつに――あいつに言われた」エル・ムルクが言う。「ジャック・ケッチをここから見張ろうって。こんな落とし戸があるなんて知らなかった。それを教えてくれて、天井裏から見張ろうって。で、いざきてみたら――」

「何時ごろだ?」

「七時は回ってた――十五分か二十分だ。友達づらして近づいてきたんだよ! 運転手には路地で待てと、おれが……いや、やつが命じたんだ! おれじゃない。おれは帰らせようとしたのに、やつがだめだって。で、ここに連れてきたとたんに、いきなり笑いかけて――スマイルはどうした? なんで助けにこなかった――?」

「ジャック・ケッチの復讐計画完遂のために、彼には死んでもらうしかなかった。犯人は、君の監禁をすませてこっそりまた下へ降りた。スマイルは霧の路地で待っていた。短剣で一、二度刺せば……」

バンコランはこちらへ向いた。

「これでわかるだろう、共犯者が必要だったのは? アリバイ抜きでは計画が成り立たない。自分以外の別人に車を移動させなくては。路地に置いたままでは、早晩、エル・ムルクの居所が知れてしまう。移動させなくてはだめだ……。まさにそこから足がついたのだよ! 共犯者に車を預け、クラブから離れたどこか人目のない路上にでも放置してこさせるはずだったのに……。

あの車を目にした当初から、共犯者がいるのはわかっていた。ジャック・ケッチは正気を失っているにせよ、彼なりの筋は通している。運転手のお仕着せから金色の房飾りや、ガラスのボタンを切り取るようなまねはしない。ニッケルメッキのよく光るピストルや安物の金時計を盗んだり、模造ダイヤの指輪目当てに死体の指を切断したりしない。彼の狂気にそういう行為は含まれていない。まして車をクラブに戻したりするものか。なにより、ジャック・ケッチは運転手の死体と並んで車を運転しても運転席側から隠れるほど小柄ではなかった」

　ここでバンコランは椅子のアームを強く叩いた。

「だがな、君たち」穏やかな口調で続ける。「これまで会った中にただひとり、光り物とみれば目の色変える人間がいるが、誰だろう？　真鍮の安時計でも盗みそうな――ただし、光沢が鈍いプラチナのシガレットケースには見向きもせず、真鍮の安時計や金色の房飾りのほうを金目の品ととらえる人間だ。大柄な運転手の陰にひそみ、あの車を運転できたのはひとりしかいないだろう？　あの午後にテディに会えば、共犯が誰かは疑いようがなかった」

タルボットがうなずく。「ははあ、明快ですなあ！」と、いまいましがる。「わかりましたよ。なら、午後にあの部屋に入ったあいつが、あんなに驚き騒いで逃げだしたのは――」

「盗品を返しにきたんだ」と、バンコラン。「ジャック・ケッチの指示だよ。あんなものを盗むなんて想定外の行動だった、このジャック・ケッチはよく気がつくし用心深いやつだからな。だからテディはピストルや房飾りや時計を返しにきた……。むろん、ひと目で誰のしわざかわかったよ――」

「ひと目でそこまで見抜いておられたんですか？」タルボットが大声をあげた。「いったいどうやって？」

「粉だよ、粉！」バンコランが堪忍袋の緒を切らした。「石炭くずの粉がついていただろう！あの赤いバンダナに付着した黒い粉に気づかなかったか？　言うまでもなく、テディは盗品をバンダナにくるんで、石炭バケツの底にしまっておいた。あの吸いかけの煙草はテディのしわざだ。承知と思うが、煙草はやつの大好物だから……」

「ですがあの本、『芸術としての殺人』は！　まさか、あいつが読むわけは……」

「あるものか！　おそらくはサー・ジョンのしわざだ。あれをテディのしわざと悟られてはまずいと思い、机にあった本をジェフが背を向けたすきに開いておいたに過ぎない——ご記憶のように、他のわれわれは不在だったからな。その上でジェフの目を引きつけた。さきに述べたが、あの本を読んだ者などひとりもない。まっさらなページは切ってもいなかった」

「でしたら、テディがあの部屋に立ち入ったのは盗ったものを返しに行ったと——なら、なにも逃げるいわれはないでしょう？」

バンコランがふふっと笑い、部屋着のポケットから葉巻を出すと、さもおかしそうな顔で眺めていた。

「いやいや、警部、それが大ありだったのだよ！　ずいぶん怖かったろうという気がするね。入って火を熾すだろう、愛用の石炭バケツの底から返すつもりの品を出す。エル・ムルクの煙草を一本つけて、机の抽斗を開ける……。

そこで目に入ったものを思い出せないか？　抽斗のすぐ目につく場所に、スマイルの大判写真があっただろう！　それでなくても臆病風が吹き始めたところへ、当の死人の顔にいきなり睨まれたわけだ。前の晩に死人の車を嬉々として乗り回した度胸など、とうにどこかへ行ってしまい、後ろめたさがだんだんと芽生えていた。そんなやつの目の前に、あの写真は怨霊《おんりょう》さながら、ぬっと出てきたに違いない。盗んだものを返しに行ったら——墓からお化けが飛び出して、ご対面というわけだよ！

悲鳴を上げて逃げ出した。そこへ廊下で行き会ったサー・ジョンは、すぐ事情を見てとった。気づかなかったかね？　さもテディから事情を聞き出そうとするふりをして、実際はあの肩に指を食いこませていたじゃないか——しゃべるなという警告のしるしに。それでテディが震えあがって口をつぐむと心得ていたのだよ」

椅子にくつろいで葉巻をつけたバンコランを見ながら、今夜、自分の部屋でテディに聞いた言葉をひょっこり思い出した。「見てたよう、おれのこと。まっすぐ見上げて——」

19 ついに落とし戸が開く

「さてと、ここに長居してもしようがない」バンコランは肩をすくめた。「あのいかれた若造が計画全体を台無しにしてくれたのは納得できただろう。言いつけでは、車をどこか人目につかない場所に乗り捨ててくるはずだった。死ぬまでにいつかは自分の車を持つんだと、あいつは前に話していなかったか？ 運転したくてたまらないので、リムジンを動かせるならと、死人との同乗も辞さずにハンドルを握った——そして車を出したが最後、狂喜してロンドンじゅうをむちゃくちゃに乗り回したわけだよ！ それで筋が通るだろう」

「ですが、よりによって戻ってきたのはどうしてです？」タルボットが尋ねる。

「それならぼくにも答えられそうだ」さっきのやりとりを思いだした私が口をはさんだ。「今夜、テディと話したんだけど、あいつには抜きがたい思い込みがあって。『お使いだって、おれ、いつもまっすぐ帰る。いつもだぞ！』と言ってた。そこにとてもこだわってたんだ」

「そういうことだ」バンコランが応じた。「おそらくは。ジャック・ケッチにその件でさぞ怒られただろうよ。考えてもみたまえ！ 霧の有無はさておき、あの若造は恐怖と歓喜のドライブに驀進《まいしん》して回り——交通法規をことごとく無視していた、覚えているか？ さいわい霧が深かったおかげで、車が人目に触れても、運転はあの大男と思ってもらえただろう。ジェフのように至近距離でなくては異状に気づかなかったはずだ。しかもこれまた霧のおかげで、目的地にたどりついても人に見られずに降りられた。ところでジェフ、前の座席がずいぶん窮屈だとわざわざ指摘しておいただろう。あの運転手には狭苦しかったが、脚の短いテディにはかえって好都合だ。まあとにかく、ジャック・ケッチの計画の弱点はあれだった——まさか、共犯者がそんな狂気に駆られようとは想定外もいいところだったはずだ。あの車を追ってペルメル街へ向かった時ばかりは、われらが殺人犯どのも生きた心地がしなかったはずだ。いやはや、サー・ジョンもわれわれに負けず劣らず驚いていた……」

「サー・ジョン！　サー・ジョンですか！」タルボットが噛みつく。「いいでしょう——ここまでのご高説は、ひとまずすべて事実としましょう。ですが、あの方がジャック・ケッチだという決め手はまだなにもありません。テディの肩に指を立てていたにせよ、他意はなかったかもしれない。マールさんが背を向けたすきに本を開いたという確証もない。証拠はひとつもなかった！　じゃあ、どうやって今回の犯行と、あの方を結びつけられたんです？」

「まずは」バンコランが考えながら言う。「犯人が君を知っていた、という事実かな」

「私を、ですか？」

「ああ。ヴァイン署で君宛に寄せられた例の通報だよ、『ニザーム・エル・ムルクが絞首台で吊るされたぞ』うんぬん、という。われわれ全員が観劇で外出中のできごとだった。奇異なのは、通報者がタルボット警部を名指しした点にある。ただヴァイン署でなく、タルボット警部とはっきり名指しだった。君が自分でそう言っていたぞ。

私もかなり驚いた。所轄署の捜査警部の名前をそらで言える者が、ロンドンじゅうにどれだけいるかね？　ニューヨークで同じことができるか、ジェフ？　かくいう私は、パリで同じことができるか？　とりわけブリムストーン・クラブに住み、ロンドンの警察を知りつくした者が犯人ということになる。で、ブリムストーン・クラブに住み、ヴァイン署の捜査警部の名を知っているのが確実な者は？　サー・ジョン・ランダーヴォーンだ――運転手殺しがあったあと、タルボット警部を呼ぶとわざわざことわって電話したのだから！

それでもまだ、ここまでは漠然たる憶測の域を出なかった。やがて、ラウンジの絞首台模型に小さな木偶人形を吊るしたのは、サー・ジョンがタルボットを呼ぶからとラウンジへ行った時だと急に気づいてね。誰であれ殺人犯のしわざに違いないのは、はっきりしている。土壇場まで人形を持っていたのはエル・ムルクなのだから――

「おれが見せたんだ！」ふいにエル・ムルクの大声が隅からあがった。「あの木偶人形を！やつと会って、ここへ一緒に上がってから見せてやった。そしたら、そいつを取って――！」

「なるほど。さて、ここで思い出してもらおうか。われわれはあの模型を暖炉脇のキャビネットにしまって、六時にラウンジを出た。何者かがそれをキャビネットから出して中央テーブルに置くと、人形を吊るした。で、キャビネットに入れたのを知っていたのは？　三人しかいないぞ！　ありかを知っていたのは三人――ジェフと、サー・ジョン・ランダーヴォーンと私だ――で、運転手殺しの後で、見とがめられずに一人でラウンジに出入りできたのは誰だ？　サー・ジョン・ランダーヴォーンだよ、電話をかけてヴァイン署のタルボット警部を呼んだ。なぜかというと――」

「――なぜかというと」タルボットが補足した。「電話ボックスがラウンジ入口の正面だからです」

「まさしく。そこで私は自問自答してみた。もうひとつの通報電話をサー・ジョンがかけた可能性は？　エル・ムルクが絞首台うんぬんという不気味なあれだ。あらためて検討すると、可能だった。われわれの劇場の席はばらばらだった。やろうと思えば気づかれずにそっと抜け出し、公衆電話を使えたはずだ。さて、そこで！　彼はエル・ムルクを車から拉致できたか？　その後、エル・ムルクが車に乗っていたのはたかだか一街区で、運転手はこのクラブを出て二十分足らずで殺害されたと判明し――」

そこで思い出したのは、夕食に出る前にラウンジでサー・ジョンとバンコランを待っていた時のことだ。エル・ムルクは七時少し過ぎに出ていった。サー・ジョンがあらわれたのは、それから三十分もたってからだ……。

「どうやら異存はなさそうだな」バンコランがあくびした。「当然ながら、彼はわれわれを待たせておいて、その間にエル・ムルクをおびき寄せて路地から上がらせ、運転手を殺して、車を捨てにテディを送り出した――と、今は知っているが――それからわれわれと出かけた。実際、彼にはアリバイが全くない。いざ何かあった時にはいつも見当たらないのだから。今日の午後も姿を消していた、マドモワゼル・ラヴェルヌの家へ行っていてね。警視庁だと名乗って信用させるぐらい、わけはなかっただろう――いくら猜疑心《さいぎしん》の強いあの女でも！　昔の身分証明書を見せるだけで事足りただろうし、副総監というお偉方の迎えにあの女も満更ではなかったはずだ。そこを考えてみたことは？　さもなければ、ブロンソンの死顔が目を疑うように驚いていたのを考えてみたことは？　当然ながらブロンソンは彼の顔を知っており、かつての副総監にピストルをつきつけられて……」

「ですが今日の午後に、あの女にかかってきた電話は――エル・ムルクからの？」

バンコランは肩をすくめた。

バンコランは、エジプト人に目で尋ねた。

「あいつに無理やりかけさせられた」エル・ムルクが言う。「ああ――あんたの言い分はよくわかる！　無理にかけさせられた。警察が迎えに行く、おれは無事だと言わされた。失踪はただのお芝居でひとまず隠れてる、警視庁はこっちの味方だから怖がるなと！」

「周囲には警視庁に行くと吹聴しておけと言わされた？」タルボットが尋ねた。

「ああ！　そうとも！　吹聴しろと言わされた。そうすれば犯人の尾行もやむだろうからと、な？　で、おれはこう言った。なんなら来て、警視庁の連中と一緒に殺人犯を捕まえてもいい――」

「そもそも、どこから電話したんだ？」

横合いからバンコランが、「あとで、この面白い屋根裏を探検する際にでも教えてあげよう。ここには古色蒼然たる電話機があり、階下のエル・ムルクの部屋にある電話のどれかに接続してある。おそらくはライル卿がこの一郭《アパルトマン》で例の宴を張っていた時代の遺物だろう。階下の電話が通じている限り、その電話も使える。こっちの電話をエル・ムルクに使わせても、万に一つの危険もないわけだよ――ラヴェルヌ嬢が怪しんで、局に通話者を問い合わせたところで、通話元はブリムストーン・クラブだ。最後の疑いも解けてしまう」

バンコランはひと息入れ、じっと床を見つめた。

「細部には不明な部分もいまだにある」しばらくして言った。「今は推測だけだが。戦時中にグラフィンとサー・ジョンの息子が同じ部隊だったのは確かだ。そのランダーヴォーン青年の飛行機が終戦間際に撃墜され、戦死広報が出た。同じころにグラフィンが軍を追放された。とにかく、グラフィンとは知り合いだったに違いない。パリで再会した時、ランダーヴォーン青年は入院中だったらしい。そしてどちらもエル・ムルクと知り合った。ランダーヴォーン青年はエジプト学については本を書くほどの素養があり、エル・ムルクとの縁はそれがきっかけだろう……」

そこで不測の理由から、バンコランはにわかに口を閉じた。エル・ムルクが壁によりかかって一緒に話を聞いていたのを一同忘れていたのだ。タルボットも間の悪さに気がついたか、あわてて尋ねた。

「サー・ジョンがどうしてここを見つけたとお考えで？」

「どう考えてもテディだろう。クラブをうろつくうちに、この入口に行き当たったかな。むろん、断言はできかねるが」

「あとひとつだけ」タルボットが、「ダリングズさんの見た絞首台の影は――霧の中をさまよった晩の――」

「あれならこの絞首台の模型を見れば、謎が解けるはずだぞ。ラウンジの壁に、暖炉の火で大きな影ができていたのを忘れたか？　ダリングズが見たのと同じ理屈だよ。誰かが人形を絞首台の階段に登らせているのが窓のブラインドに映っただけだ。そして、警部」バンコランは身を乗り出した。「これもまた、サー・ジョン・ランダーヴォーンにまっすぐ結びつく手がかりだった。ダリングズがその影を見たのは、知っての通り、この建物だ。しかも一階の窓――窓が路地に面しているのは誰の部屋だね？　一階裏はサー・ジョンが独占していたと、私から説明を受けるまでもなかろう？」

「ああっ、なんてこった！　初めからそうと知っていれば――！」

「君にも見えていたはずのことばかりだぞ？」バンコランはからかい顔で腰を落ち着けた。「そうとも。まさしくそこがすべての推理の山場だった。サー・ジョンが夜ふけまで起きてお手製の模型に見入り、ご機嫌で笑っている。あの名刺作りも、さぞや入魂の……。

　その事実こそ、サー・ジョンが犯人だとはっきり名指しする決め手だった。数ある手がかりの中でも、このクラブの住人で部屋が合致するのはサー・ジョンしかいないし、例の外階段にも通じている。人に見られずに隠し部屋に出入りできるのは彼だけだ。あの階段は、彼専用でもあり、自由に使ってほうぼうへ行けるわけだよ」

「だけど疑問はもうひとつあるよ」私が口を出した。「夜中の一時すぎに、マドモワゼル・ラヴェルヌの家の玄関をノックして名刺を置いてきたのは誰か……」

「おそらくテディではないか」バンコランは答えた。「私の記憶違いでなければ、その名刺に血がついていたそうだ。死んだ運転手と並んで運転中についてしまった血ではないかな。サー・ジョンの言いつけでいちばんありそうな線は、もっと早い時間に運転手の死体をどこかに捨てて、あの家の玄関に名刺を置いてこいというものだろう。ところがドライブにすっかり気をとられて、うっかりしてしまった。やがて夜中に車をブリムストーン・クラブに戻した後になって、その使いを思い出したんだ。で、すませに行った。マウント街を歩いても、誰にも会わずにすんだのは運がよかった——ちょっと目立つ外見だからな。で、車を降りてから、女の玄関先に名刺を置きに行くまでの空白は、おそらく体の血を洗い落として着替えにあてたのだろう。あの格好でロンドンの街中を行くわけにはゆくまい」

「子供じゃないですか!」タルボットがぶつぶつと、「あんな子供が全部やってのけたとは——!」

「請け合うが、子供などではない」バンコランがきつくたしなめた。「見かけで判断してはいかん。二十五歳か、もっと上だ。背丈がせいぜい四フィート半なのは確かだが、それだけあれば車に乗りこんで運転ぐらいできる。戦時中に車のフロントガラスからかろうじて目が出せる程度の小男が救急車の運転手をやっていた例もある。砲弾の痕だらけのでこぼこ道をずっと無事故で、傷病者満載の重い車輌で往復したそうだ(原注—C・S・メリス中尉著『大戦中の思い出』参照)。テディに可能かどうかを考えるにあたって、思い出したのはその逸話だった」

バンコランは手でまぶたを払った。

「諸君、これまで事件のこみいった筋道を説明してきたが、それぞれの段階が最後までつながっているのがこれで了解できただろう。で、いざ判明してみれば、真実とはこの世の他のものと代わりばえしないものだ。やりたい放題のこの事件でいちばん割を食ったのは、心臓を撃ち抜かれた部長刑事と、無縁墓地に眠るあの大柄な黒人だよ。で、どうやら今は――活動写真のせりふではどうなるかな？――『心洗われ、魂の昂揚したエル・ムルク氏とその麗しき想い人は、互いの手と心を重ね、寄り添って夕陽の中を歩み去るのでありました――』」

彼はゆっくりと振り向いた。その顔に含みを持つ、恐ろしい微笑をたたえて。

「なんなら、そうしてくれてもいいよ。少なくとも私がひとりを偽証罪で牢獄送りに、もうひとりを殺人罪でギロチン送りにして楽しむまではね」

にわかに寒けを催す沈黙のなかで、ゆっくりと立ちあがったバンコランの椅子が床にこすれる耳障りな音だけが響く。あごを引き、眉間にしわを刻んだ厳しい表情になっていた。漆黒の部屋着に身を包んだその姿は黒と金のカーテンを背景にそびえ立つようだった。ガス灯の光が巻角《まきづの》の生えた頭の影をそのカーテンに高々と投げかける。今、そのくの字眉が険悪にひそめられ、炯々《けいけい》たる眼光が……。

エル・ムルクはオットマンにうずくまっていた。金縛りに遭ったように固まっていたが、しだいに勝ち誇った目になった。

「そう思うかい？」小声で、「へええ、そう思うんだ？」

「サー・ジョン・ランダーヴォーンは、君の首にその絞首縄をかけた」バンコランが知らん顔で続けた。「おそらくは臓腑をつかみ出すほどいたぶった挙句に、その頼りない落とし戸の上を歩かせる気でいたのだろう。無理に歩かせ、いざ落ちれば——落ちるよ、わかるか？——二十フィート落ちて、鋼《はがね》のロープで一思いに首を折る。あとはここにいたという自分の痕跡をきれいさっぱり消し去り、ぶらさがった君の死体を放置してわれわれに発見させるという寸法だ……。私が用意した死にざまはそこまで華々しくはないが、目的はちゃんと果たせるからな。鋼鉄の縄に勝るとも劣らぬ手際で、赤後家《ギロチン》が君の首をすぱっとやってくれる。これまでの職業人生で、私から逃げおおせた殺人犯は皆無だ——聞こえているかな？」相変わらず、毒をこめた優しい声だ。「かくも熱心に君を助けようとした理由はそれだよ。この捜査に関心を寄せ、ジャック・ケッチの手から苦労して君を救い出した理由はそれだよ。君にはパリに戻っていただく。夜明けに引き出され、古顔の床屋に慣れた手つきで首筋を剃ってもらい……」

がたがた震えているのに、エル・ムルクは気でも狂ったかというほど勝ち誇った顔をしていた。首につけた縄束がどしんと壁にぶつかる。黄色い目を飛び出さんばかりにむいていた。余分な手足でもあるかというほど盛大にオットマンの上でばたつく……。

「貴様に教えてやるぞ」エジプト人がどなった。「いいか、貴様——貴様は——」言葉に詰まり、指でバンコランをさす。「畜生め！　おれを連れ戻せるもんか！　理由、わかるか？　なぜかわかるか？　なるほど、薬を嗅がされてここに監禁されたのは確かだ。がんじがらめに縛られていたのも確かだ。だが知らんだろう、おれのやったことを？　あのガキがいる間はいくらか自由に動けたんだ。おれがドアを叩いた音がしなかったか？　この縄の端をふるってドアの縁を叩いたのが聞こえなかったか？」

あの叩く音はそのせいだったのか。だが、今更そんなことを気にする者は誰もおらず、呼吸を乱して息巻くその顔をじっと見ている。耳障りな言葉が続いた。

「あいつの前に、テディが薬を嗅がせにきた。そこで、おれがどうしたと思う？　あのチビを呼び寄せ、あの書類を持ってきたら、持ち合わせの金貨一枚をくれてやると言った。書類一式にはグラフィンの撮ったおれの写真も入ってる。グラフィンの野郎、こそこそと——おれがド・ラヴァチュールを殺した現場を隠し撮りしやがって——」英語がどんどん支離滅裂になっていく。気を取り直して、「おれを痛めつける鉄棒を灼く火でそいつを燃せば、金貨をやろうとテディに言った。やつはその通りにしたよ——その通りにな！」

そこで金切り声とも高笑いともつかぬ痙攣じみた発作が起きた。不精ひげに乱れ髪、黒く汚れたシャツの胸元を震わせて……。

「これで証拠はなくなった！　ド・ラヴァチュールを撃ったのはおれだが、証拠は皆無だ！　ジャック・ケッチは捕まり——おれは自由になった！　貴様らにはなにも立証できんよ。おれは自由だ！　そして、あの呪いも解けた……」

だしぬけにあることに思い当たったふうで、めくるめく天の啓示を受けたように、狂信じみた眼光がいっそう強まる。「呪いは」ぶつぶつと「呪いはもう——」大げさに両手をかかげ、静寂を破って、声高にわななく声で臆面もなく勝ち誇る。

「神々は死んだ！　おれが殺した！　ラーは死んだ！　ああ——アヌビスも死んだ！　復讐の

女神セクメトも死んだ！　おれの国の神々はことごとく滅んだ、もう追われることもない！　エジプトの神々は死んだんだぞう！」

座席を蹴って立つと、目を怒らせ、唾を吐いてバンコランを罵る。くるくると狂喜乱舞し、たがの外れた笑いと踊りに足を踏み出したとたん、落とし戸に全体重をかけてしまった。

幕切れはあっけなかった。短い絶叫だけを残して支え棒がもろくも折れ、天に上げた細腕や、愕然と落ちたあごが一瞬で消えた。派手な音で戸が落ち、鋼鉄の縄がそうぞうしく繰り出されてびぃんと伸び切り、梁《はり》を揺すぶる。真下の二十フィートを一気に墜《お》ち、鉄縄の結び目で首が折れて、聞くまでもない乾いた音がした……。

断末魔の絶叫がまだ残るこの世ならぬ沈黙を押して、タルボットと私は落とし戸の縁へ出た。頭をがっくり落としたエル・ムルクが、緑のランプの上にだらりと下がっている。宙に浮いた足の下で、テーブルに突っ伏したグラフィンが豚そっくりのいびきをかいていた。禿げ頭を鈍く光らせて。ぞっとしてめいめい目をそらすや、不気味な静寂を破る楽しげな歌が低く耳に届いた。

ご機嫌のバンコランが、鼻歌を歌っているのだった。

解説

若林　踏

謎解き小説において、不可思議な事件の謎を解き、物語内に秩序をもたらす名探偵はしばしば神に例えられる。しかし、時として他人をもてあそぶ悪魔にも見えないだろうか。そんな神と悪魔の顔を併せ持つ名探偵がいる。ジョン・ディクスン・カーが創造したアンリ・バンコランだ。

本書『絞首台の謎』はバンコランが登場する長編第二作である。内容を紹介する前にまずは書誌情報を整理しておこう。本書が *The Lost Gallows* の原題でアメリカの出版社 Harper & Brothers より刊行されたのは一九三一年のこと。同年にはバンコランものの第三作『髑髏城』（原題：*Castle Skull*）を、さらに翌三二年には第四作『蠟人形館の殺人』（原題：*The Corpse in the Waxworks*）を同じく Harper & Brothers より発表している。バンコランものの第一作にしてカーの長編デビュー作『夜歩く』（原題：*It Walks by Night*）が刊行されたのが一九三〇年のことだから、わずか二年の間にアンリ・バンコランを探偵役とした五長編のうち四作が刊行されたことになる。バンコランの物語がカーのキャリア最初期に集中していたことがお判りいただけるだろう。

The Lost Gallows の最初の邦訳は一九三六年の「新青年」夏季増刊に掲載された井上英三《いのうええいぞう》訳『絞首台の秘密』である。その後五八年の「別冊宝石75」に田中潤司《たなかじゅんじ》訳で『絞首台の謎』と題され掲載。さらに翌五九年に井上一夫《いのうえかずお》訳で東京創元社より「ディクスン・カー作品集2」として『絞首台の謎』が刊行、七六年に創元推理文庫に収録された。今回の和爾桃子訳は井上訳以来、約六十年ぶりの新訳である。

物語はロンドンにあるブリムストーン・クラブのラウンジでパリ警視庁の予審判事アンリ・バンコラン、元ロンドン警視庁の名士サー・ジョン・ランダーヴォーン、バンコランの友人で本書の語り手であるジェフ・マールの三人が語らう場面から始まる。サー・ジョンはバンコランとマールにロンドンで起こった奇妙な出来事を話す。サー・ジョンの友人が霧の中で迷っていたところ、ある家の横手に縄をぶら下げた首吊り台の影絵があり、黒っぽい姿のジャック・ケッチ（十七世紀に実在した絞首刑吏）が縄の調節にあがっていくのを見たのだという。サー・ジョンが話を終えた後、不気味なものがラウンジから発見される。それは絞首台の模型であった。誰が、何の目的でクラブのラウンジに絞首台の模型を置いたのか。

その晩、観劇のためにロンドンの街中へと出かけた三人は奇怪な事件に遭遇する。道を横断中の一行に、警官の停止を無視して一台の大型リムジンが突っ走ってきたのだ。運転席を見たジェフ・マールは吐きそうなほど恐怖にふるえて立ちすくむ。運転手は喉を掻き切られ、死んでいたのだ。リムジンはロンドンの町中を疾走した後、ブリムストーン・クラブの前で停車する。中には死んだ運転手以外、誰も乗っていなかった。リムジンの持ち主はニザーム・エル・ムルクというクラブに滞在するエジプト人だが、クラブから出かける姿を目撃された後、行方がわからない。謎だらけの状況のなか、さらに謎を深める情報がバンコラン達の元に舞い込んでくる。同じ晩、警察署に「ニザーム・エル・ムルクがルイネーション街の絞首台で吊るされたぞ」という匿名の電話が掛かってきたという。ところが〝ルイネーション〟などという名前の街は、ロンドンのどこにも存在しないのである。

「怪奇的な探偵小説あるいは探偵の出てくる怪奇小説と、いかようにも呼べる」と一連のバンコランものを評したのは評伝『ジョン・ディクスン・カー 奇蹟を解く男』（国書刊行会、森《もり》英俊《ひでとし》・高田《たかだ》朔《さく》・西村《にしむら》真《ま》裕美《ゆみ》訳）の著者ダグラス・G・グリーンであるが、まさに正鵠を得た表現だ。怪奇趣味を謎やトリックを引き立てるための飾りとして組み込んだ後の作品とは対照的に、三〇年代初めのバンコランものはエドガー・アラン・ポオやガストン・ルルーの作品にも通ずる、怪奇や幻想の世界に読者を案内することが目的のように書かれた小説である。中でも本書は、霧に包まれた街に突如浮かび上がる絞首台など、幻想性という面においては数あるカー作品のなかでも指折りのものだ。〈ギデオン・フェル博士〉シリーズや〈ヘンリ・メリヴェール卿〉シリーズなどは読んでいるけれどバンコランものは初めて、という方にはカーの描く幻視的な風景をきっと新鮮な思いで受け止められるだろう。

　本書では二つの魅力的な謎が前半に提示され、物語の牽引力となる。一つは死人が運転する車の謎、もう一つは〝ルイネーション〟という幻の街を巡る謎だ。不可能趣味の度合いからすれば、車の謎の方にカーらしさを感じて惹かれる方が多いだろう。しかし本書をより妖しい輝きを放つ小説にしているのは、むしろ〝ルイネーション〟の謎である。大都市ロンドンに突如として降って湧いた地図に無い街という、魔術を使ったとしか思えないような謎。カーは『アラビアンナイトの殺人』（創元推理文庫、宇野《うの》利泰《としやす》訳）といった長編などでも都市を舞台にした幻想めいた物語を書いているが、本書の〝ルイネーション〟の謎はその原点であると同時に、後の作品には見ることの出来ない幽玄なイメージを備えている。

　本書を読まれた方の中には、「謎のスケールの割には真相がいまいち」という感想を持たれる方もいるだろう。だがそれは〝ルイネーション〟の謎を、謎解き小説としての巧拙からのみ評価した結果に過ぎない。〝ルイネーション〟の謎は、その謎が解かれた後も悪夢のような感覚がいつまでも解消されずに残る。カーの狙いはこのもやもやとした感覚に読者を放り込むことにあるのだ。謎解き小説の核である謎やトリックが、怪奇幻想譚として小説を完成させるための一つのピースとして見なされるという、アンリ・バンコランものの特徴がこの〝ルイネーション〟をめぐる謎に良く表れている。

　本書を禍々《まがまが》しく、漆黒に覆われた世界に仕立て上げている大きな要因に、アンリ・バンコランという探偵役の存在がある。パリ警察を束ねる予審判事のバンコランは〈ものうい長身の魔王――ひょいと片眉上げた魔王《メフィスト》〉と本書で形容されるように、冥界から地上に降り立った悪魔のような雰囲気をまとった人物として描かれる。見た目だけではない。その行動や思考過程においても、血の通った人間とは思えない顔を覗かせることがあるのだ。犯罪捜査を遊戯のように捉え、右往左往する関係者たちを高所から見下ろす悪魔の化身というべき人物がロンドンを闊歩《かっぽ》するたびに、本書はより仄暗さを増すのである。

一種のアンチ・ヒーロー的な要素を有しているこの悪魔的な探偵像はどこから生み出されたのだろうか。その鍵となるのが「グラン・ギニョール」である。

「グラン・ギニョール」とはパリのモンマルトル地区にあった劇場の名前である。そこでは二十世紀初頭に拷問や火あぶりなど、残虐な描写を売りにした恐怖劇が上演され好評を博していた。一九二七年から二八年の間、米国からヨーロッパへと渡ったカーは滞在先のパリで「グラン・ギニョール」劇を見物し、帰国後の二九年にひとつの中編を書いた。それが長編『夜歩く』の原型となった「グラン・ギニョール」だ。「パリ警察の長アンリ・バンコラン氏による演出、十部構成のミステリ」という副題が付いた本書でカーは、バンコランを恐怖の権化として描き、芝居仕立ての展開で陰惨怪奇な推理劇を表現した。

「グラン・ギニョール」劇がどんなものだったかは、当座の人気作家アンドレ・ド・ロルドの作品を収めた短編集『ロルドの恐怖劇場』（ちくま文庫、平岡敦《ひらおかあつし》編訳）や『グラン＝ギニョル傑作選　ベル・エポックの恐怖演劇』（水声社、真野倫平《まのりんぺい》編訳）を読んでいただくのが良いだろう。「グラン・ギニョール」劇にある恐怖の根源は、人間性の剝奪にある。人間は降りかかってきた災厄の前ではモノ同然になり、為すすべもなく人体や精神が損壊されていく。「グラン・ギニョール」劇ではそうした非人間的な扱いを受ける世界があることを観客に示す、黒い遊戯だったのである。（余談だがこの黒い遊戯の精神は、現代のフランス・ミステリにも受け

継がれていると思う）
こうした悪魔のような存在から人間がモノとみなされる恐怖をカーが感じ取り、具現化したものの一つが「グラン・ギニョール」と『夜歩く』から『蠟人形館の殺人』までの四長編におけるアンリ・バンコランではないだろうか。本書では人間を冷ややかに見つめるバンコランの姿が、最も尖鋭的な形で表されている。本書を手にした貴方の耳の中で、悪魔の高笑いが響き続けるはずだ。
カーは『蠟人形館の殺人』を発表後、一九三七年の『四つの兇器』（ハヤカワ・ミステリ445、村崎敏郎《むらさきとしろう》訳）に一度登場させたきりでアンリ・バンコランものを書かなくなってしまった。『蠟人形館の殺人』の間に語り手ジェフ・マールのみが登場する『毒のたわむれ』（ハヤカワ・ミステリ357、村崎敏郎訳）を書いた後、カーは名探偵ギディオン・フェル博士を一九三三年の『魔女の隠れ家』において登場させる。以降、フェル博士とカーター・ディクスン名義の作品に登場するヘンリ・メリヴェール卿が、カー作品を代表する名探偵となっていく。ユーモラスでありながら推理の才能に溢《あふ》れ、おまけに女性に優しい騎士道精神の持ち主という陽性の人物造型ゆえか、フェル博士とH・M卿の人気は現代の推理小説ファンの間でも根強い。一方で、どことなく陰気で暗いアンリ・バンコランは二大探偵の影に隠れる存在になりつつあるようだ。
しかし、謎解き小説の探偵役が神のようにも、また悪魔のようにもなり得ることを証明したバンコランは、フェル博士やH・M卿のみならず、英米探偵小説黄金期に誕生したその他多くの名探偵にはない魅力を放っている。本書を含む新訳版の刊行は、その魅力に触れるまたとない機会といえるだろう。冥界より蘇りしメフィストフェレスの魔性に、多くの読者が取り憑かれんことを。

編集　藤原編集室

検印
廃止

訳者紹介　英米文学翻訳家。慶應義塾大学文学部中退。訳書にカー「夜歩く」「髑髏城」「蠟人形館の殺人」、ヒューリック〈狄《ディー》判事〉シリーズ、サキ「クローヴィス物語」「けだものと超けだもの」など多数。

絞首台の謎

2017年10月31日　初版

著　者　ジョン・
　　ディクスン・カー

訳　者　和《わ》爾《に》桃《もも》子《こ》

発行所　㈱東京創元社
代表者　長谷川晋一

162-0814/東京都新宿区新小川町1-5
電　話　03・3268・8231-営業部
　　　　03・3268・8204-編集部
URL　http://www.tsogen.co.jp
振　替　00160-9-1565
工友会印刷・本間製本

ISBN978-4-488-11843-3　C0197

永遠の光輝を放つ奇蹟の探偵小説

THE CASK◆F. W. Crofts

樽

F·W·クロフツ
霜島義明 訳 創元推理文庫

◆

埠頭で荷揚げ中に落下事故が起こり、
珍しい形状の異様に重い樽が破損した。
樽はパリ発ロンドン行き、中身は「彫像」とある。
こぼれたおが屑に交じって金貨が数枚見つかったので
割れ目を広げたところ、とんでもないものが入っていた。
荷の受取人と海運会社間の駆け引きを経て
樽はスコットランドヤードの手に渡り、
中から若い女性の絞殺死体が……。
次々に判明する事実は謎に満ち、事件は
めまぐるしい展開を見せつつ混迷の度を増していく。
真相究明の担い手もまた英仏警察官から弁護士、
私立探偵に移り緊迫の終局へ向かう。
渾身の処女作にして探偵小説史にその名を刻んだ大傑作。

探偵小説の愉しみを堪能させる傑作

CUE FOR MURDER◆Helen McCloy

家蝿とカナリア

ヘレン・マクロイ

深町眞理子 訳　創元推理文庫

◆

カナリアを解放していった夜盗
謎の人影が落とした台本
紛失した外科用メス
芝居の公演初日に不吉な影が兆すなか
観客の面前おこなわれた大胆不敵な兇行！
数多の難問に、精神分析学者ベイジル・ウィリングが
鮮やかな推理を披露する
大戦下の劇場を匂うがごとく描きだし
多彩な演劇人を躍動させながら
純然たる犯人捜しの醍醐味を伝える、謎解き小説の逸品

◆

わたしの知るかぎりのもっとも精緻な、もっとも入り組んだ手がかりをちりばめた探偵小説のひとつ。

――アンソニー・バウチャー